À Samuel et Clara,

Vous possédez, vous aussi,
tous les pouvoirs et les dons
pour être les héros de votre vie !
Faites-en une belle aventure !

Avec amour et tendresse xxx

Pour les besoins du roman,
j'ai dû prendre quelques libertés
avec la géographie et l'histoire du Québec.
Par choix, des noms ont été changés
afin de préserver l'identité
des personnes concernées.

Prologue

ELSA
An 2071

Dans un futur si près du présent…

Il y a un an, ma vie a basculé. J'avais seize ans et je me rappelle ce jour comme si c'était hier. Le jour où tous les enfants de seize ans doivent parader devant les gardes du Diable et attendre le verdict : être choisis soit pour traverser sur la rive nord, la rive du Mal, soit pour demeurer sur la rive sud, la rive de l'Espoir. Les humains travaillent, dans le premier cas, au fonctionnement du Domaine du Diable et, dans le second, à l'approvisionnement de celui-ci avec de rares ressources. D'une manière ou d'une autre, peu importe où nous nous trouvons, le résultat est le même : nous sommes les esclaves du Diable jusqu'au jour où nous serons tous anéantis.

La seule différence réside dans le fait que la majorité des familles habitent sur la rive sud, tandis que quelques malheureuses âmes ont été arrachées de leurs mains et envoyées de l'autre côté pour vivre entourées des bêtes diaboliques. C'est pour cette raison que la rive sud a été baptisée la rive de l'Espoir, car tous ceux qui y vivent espèrent sans cesse le retour de leurs proches adorés.

Je me souviens avec difficulté ce que je souhaitais le plus ce jour-là : demeurer sur la rive sud avec ma mère, mes frères et mes sœurs, mes grands-parents, mes oncles et mes tantes, ou traverser de l'autre côté, rejoindre mon père ? Il me manquait tellement, mais l'idée de perdre tout le reste de ma famille était tout aussi insupportable. De toute façon, je n'ai pas eu le loisir de faire ce choix. Les horribles créatures se sont approchées de moi, m'ont sentie de la tête aux pieds, m'ont enduite de leur bave visqueuse avant de m'escorter vers le convoi de transfert. Je ne sais pas selon quels critères, mais elles m'avaient choisie.

Le souvenir de l'odeur infecte de l'épaisse bave, qui s'étendait sur ma figure et pénétrait les commissures de ma bouche, me soulève le cœur à nouveau. Je me revois dans le convoi, entourée d'une douzaine de jeunes qui, comme moi, ravalaient leurs larmes pour ne pas ajouter au fardeau de nos familles qui étaient en sanglots.

Je me revois m'éloigner de ceux que j'aime, sachant très bien que même si cette rive portait ce nom, il n'y avait en réalité aucun espoir. Ni pour eux ni pour moi. J'ai laissé derrière moi tout ce que j'avais de plus précieux : ma famille et le rêve d'une vie meilleure.

Ce jour-là, tout s'est éteint; malgré cela, je serais prête à tout pour raviver cette faible lueur d'espoir...

Chapitre 1

JUSTINE
An 2016

Le claquement amplifié de mes souliers de vélo sur la plate-forme de métal me rend nerveuse. Le chemin piétonnier étant étroit, je préfère pousser mon vélo à mes côtés. Encore quelques mètres, et je serai rendue au centre du pont. J'aime m'arrêter à cet endroit pour prendre une pause. Non pas de l'effort physique que me demandent mes déplacements d'une rive à l'autre, mais une pause de toutes les préoccupations qui trottent sans cesse dans ma tête. C'est la seule place où je peux faire le vide et ne penser à rien.

J'appuie mon vélo et admire le magnifique paysage que propose le fleuve Saint-Laurent. À gauche se déploie la pointe de Sillery avec son clocher d'église qui surplombe la falaise; c'est dans ce quartier que j'habite avec mon père une semaine sur deux. À droite, la rivière Chaudière enroule la marina de l'ancienne ville de Saint-Romuald; c'est l'endroit où j'habite avec ma mère l'autre moitié du temps.

Une sonnerie me sort de mes pensées, et je prends mon cellulaire dans la poche de mon coupe-vent. Je réponds en fixant au loin l'horizon :

— Allo !

— Oh ! Chérie, je suis contente de t'attraper. Tu es partie vite et je n'ai pas eu le temps de te dire que Rose présente son spectacle de piano samedi. Je suis certaine qu'elle serait contente que tu y sois, enchaîne d'un trait cette voix que je reconnaîtrais entre toutes.

— Bien, je ne crois pas que je pourrai y être, maman. C'est ma fin de semaine avec papa. En plus, il reçoit ses associés pour un brunch et aimerait que je puisse les rencontrer, dis-je.

Je ferme les yeux quelques secondes, et tout mon visage se crispe à l'idée de devoir encore jongler avec ce genre de situation, et même pire, de décevoir quelqu'un.

— Je comprends, ma chouette. Je ne veux pas te mettre dans l'embarras. Préviens-moi si tes plans changent, d'accord ? dit-elle en masquant du mieux qu'elle peut sa déception. Passe une belle journée. Je t'aime, ma grande.

— Je t'aime aussi maman, dis-je avant de rompre la communication.

Je range mon téléphone et prends une grande inspiration. Voilà mon lot de tracas quotidien ; toujours déchirée entre deux rives, entre deux villes, entre deux familles, entre deux vies. L'une, où je vis avec ma demi-sœur Rose qui a huit ans, et l'autre, que je partage avec mon demi-frère Félix qui a six ans. Mes parents se sont séparés, il y a plusieurs années, et ils ont chacun bâti une nouvelle famille.

Je vogue d'une vie familiale à l'autre, n'arrivant jamais à m'ancrer à un port d'attache. Pour une fille d'à peine dix-huit ans, c'est un peu jeune pour se retrouver à la dérive.

Je soupire pour expulser ces pensées et faire place à la sérénité de ce terrain neutre. La température est clémente pour la fin septembre. Le soleil qui plombe sur ma tenue noire me réchauffe.

Je sors de mon sac un calepin et relis une dernière fois le poème que j'ai écrit hier soir. Je m'oblige à jeter mes états d'âme sur papier, car un jour j'aimerais poursuivre des études en littérature. Pas étonnant que ma dernière création s'intitule «Entre deux mondes». Un peu ironique, j'en conviens.

J'ai pris l'habitude de signer mes écrits avec la simple lettre «O» en majuscule. J'adore l'eau depuis toujours. Peut-être cela vient-il aussi du fait que je m'appelle Justine Saint-Laurent et que j'ai un attachement particulier pour cette vaste étendue d'eau. La lettre «O» me fait aussi penser à cette marque que j'ai sur l'épaule droite.

Je m'accroupis et enroule la feuille du calepin autour d'un barreau de la balustrade. Je me doute que tôt ou tard le vent l'emportera, et que celle-ci finira sa route, bercée par les eaux du fleuve, comme un message lancé à la mer.

Je prends ma gourde, et plusieurs gouttes d'eau tombent sur la rampe pendant que je me désaltère. Je m'amuse à tremper mon index dans l'eau et à réécrire les phrases de mon poème sur la main courante de la balustrade. Les lettres s'effacent, aussitôt séchées par la brise.

Je grimpe sur le barreau inférieur de la balustrade et me penche pour admirer le fleuve qui semble glisser sous mes pieds. C'est comme si le flux des eaux était un tapis roulant qui se déroulait avec le courant. Je me plais à imaginer que je peux retenir le courant ou le déplacer à ma guise par le simple fait d'y penser. J'ai la vive impression que celui-ci suit à la lettre les indications de mon imagination. J'arrête certaines vagues tandis que j'en déplace d'autres vers la gauche ou la droite. La hauteur du pont et la vitesse des flots me donnent un léger vertige. Un cri strident me sort de mes pensées.

— Hé! Descends de là au plus vite!

Je sursaute, faisant tomber ma gourde sur la plate-forme métallique. Je relève la tête et aperçois un jeune homme, devant une voiture noire arrêtée sur une voie du pont. Les feux d'urgence de son véhicule clignotent et un bouchon de circulation commence à se former derrière. Avant que je comprenne ce qu'il fait là, il crie à nouveau:

— Tu comptes sauter, oui ou non? Si tu veux le faire, dépêche-toi, autrement tu vas créer tout un embouteillage!

L'arrogance de cet abruti fait monter la colère en moi. Je descends de la balustrade et me précipite vers lui.

— Non mais, je rêve! dis-je en le fusillant du regard. C'est *toi* qui souhaites te tuer en t'arrêtant comme ça en plein milieu du pont! Dégage et mêle-toi de tes affaires!

D'un vif geste de la main, je l'invite à poursuivre son chemin.

Je m'accroupis pour récupérer ma gourde d'eau et tente d'ignorer les klaxons des voitures qui manifestent leur mécontentement. Ce qui me confirme que l'abruti n'a pas suivi mon conseil. Ébranlée par cette altercation, je réalise que mon cœur bat plus vite et que ma respiration est courte.

Le bouchon de ma gourde a été projeté sous l'impact de la chute, et une mince couche d'eau s'est déversée sur la plate-forme de métal. J'observe un moment la flaque d'eau qui s'est formée.

Certains ombrages sont plus foncés sur la surface de l'eau. J'y découvre des formes bizarres qui se dessinent sur un axe horizontal. Je me penche pour les examiner de plus près et réalise que ceux-ci semblent plutôt former des lettres: *o-j-e-s-u-i-s-p-r-i-s-e-a-u-s-s*. Je recule un peu pour avoir une meilleure vue d'ensemble de cette étrange vision.

C'est alors que je décode quelques mots: *o je suis prise auss...* Il m'apparaît évident qu'il manque des lettres, et je me surprends à passer ma main sur le métal sec, au bout de la mare, dans l'espoir de faire apparaître les lettres manquantes. Rien.

Je remue l'eau pour comprendre d'où sortent ces lettres. Ce ne semble pas être une inscription sur la plate-forme, en tant que telle, mais plutôt un reflet qui se crée sur l'eau. Ma main trempée continue sa course vers la droite, au-delà du message. L'eau qui humecte le métal fait apparaître la lettre *i* suivie des lettres *e-n-t-r*. D'emblée, j'attrape ma gourde à toute vitesse et déverse l'eau qui reste.

La suite, qui devient alors visible, me fait tressaillir de stupeur :
... entre deux mondes. Aidez-moi, je vous en prie.

Un appel à l'aide. Qu'est-ce que cela veut bien dire ? À qui s'adresse-t-il ? Comment ce message peut-il apparaître ?

Je continue à verser de l'eau, mais en vain ; aucune autre manifestation.

J'ai du mal à assimiler ce qui se passe sous mes yeux et, sans même y penser, je me retrouve à mouiller le début du message dans l'espoir d'en découvrir plus. Un seul mot jaillit de tous mes efforts à faire naître de nouvelles lettres : *Chère*. Un seul mot, mais celui-ci a une telle signification que la chair de poule envahit mon corps entier. Tous mes poils se hérissent sur ma peau, à mesure que je répète la séquence complète dans ma tête.

Chère O, je suis prise aussi entre deux mondes. Aidez-moi, je vous en prie.

Chapitre 2

JUSTINE
An 2016

Je demeure accroupie devant cette révélation, les questions se bousculant dans ma tête. Ce message s'adresse-t-il vraiment à moi? On dirait que oui, puisqu'il commence par: *Chère O…* Il fait référence à un être pris entre deux mondes; cela voudrait dire que la personne a lu mon poème. Comment cela est-il possible? Qu'attend-elle de moi? Je suis soudainement saisie d'un vertige et j'ai l'impression que le sol se met à trembler sous mes pieds.

De nouveau, un cri provenant de derrière moi me sort de ce tourbillon d'interrogations. Je me lève d'un bond, ce qui n'améliore pas l'effet de tournis.

— Veux-tu bien me dire ce que tu fais là?

Il n'est pas nécessaire que je me retourne pour savoir à qui j'ai affaire. L'abruti.

La colère me donne la force nécessaire pour enfourcher mon vélo et poursuivre mon chemin, n'ayant qu'une idée en tête: m'éloigner de cet abruti. Dans mon énervement, tout mon corps se met à trembler si fort que j'ai de la difficulté à fixer mes souliers sur les pédales à clip et à contrôler mon guidon.

— Je ne suis pas certain que tu sois en état de remonter sur ce truc, reprend-il pour ajouter à mon embarras. Tu vas vraiment y passer, si tu continues !

Les battements de mon cœur s'accélèrent. Après avoir enclenché mon pied droit, j'avance de quelques mètres, mais je n'arrive pas à tenir une ligne droite. Cette plate-forme étroite me laisse peu de marge de manœuvre. Au moment où mon second pied s'enclenche sur la pédale, je perds l'équilibre. La roue arrière de mon vélo dérape et seul le guidon pris dans la rampe de la balustrade me retient. Puisque je ne peux me libérer les pieds, je me retrouve dans une position précaire.

Je tente de relever la tête, mais la force de la gravité me maintient vers le bas. Je réussis à grand-peine à dégager mon pied gauche en donnant de vifs coups, mais je n'y arrive pas avec mon pied droit. Mon casque frotte sur les barreaux à chaque tentative. J'ai peur qu'un mouvement trop brusque m'envoie tout droit dans le fleuve. Mon cœur bat de plus belle et la sueur ruisselle sur mes tempes, en voyant l'immense vide sous le pont. Le courant de l'eau semble maintenant se déchaîner sous moi, et la panique m'envahit.

Je rassemble toutes mes forces et donne un coup brusque, libérant ainsi mon pied. Mon vélo est déstabilisé par cette manœuvre abrupte et commence à glisser le long de la balustrade. Alors que je crois tout perdu, et que je risque de tomber à la renverse, des mains se posent sur les miennes. Celles-ci agrippent le guidon avec fermeté pour le ramener à la verticale.

Je lève la tête et plonge dans un regard d'un bleu si pur et si clair, que je crois me retrouver face à un ange. Pendant une fraction de seconde, je me demande si je suis toujours vivante.

Chapitre 3

Quelques minutes plus tard, je suis assise sur le siège du passager, dans la voiture noire de l'inconnu, une voiture de type utilitaire sport, dans laquelle il a mis mon vélo dans le large coffre arrière. Il a stationné celle-ci quelques rues plus loin en bordure de la piste cyclable.

Je passe mes doigts dans ma longue chevelure brune pour tenter d'y remettre un peu d'ordre. J'ai l'impression d'avoir été renversée par un raz de marée. Rassembler cette crinière en queue de cheval me semble la seule option décente qu'il me reste.

Je baisse le miroir au-dessus de moi et fixe le tout avec l'élastique que j'ai à mon poignet. Mes yeux verts sont un peu rougis. J'essuie, vite fait, une trace de mascara sous mon œil gauche.

En remontant le miroir, je prends conscience que son regard est posé sur moi. Il glisse les yeux le long du cuissard noir qui recouvre mes jambes et remonte le long de mon corps. Il s'attarde sur chacune des courbes qu'épouse mon coupe-vent noir, moulant comme une seconde peau.

Bien que je sois habillée de la tête aux pieds, je me sens soudainement mise à nue. Un malaise m'envahit, alors que je cherche comment combler le lourd silence dans lequel nous sommes plongés, depuis que je suis montée dans la voiture.

— Tu te sens mieux?

— Oui, je crois que ça va aller, dis-je en frottant mes mains sur mes cuisses.

Nerveuse, je feins de repasser mon cuissard en lycra sur lequel ne se trouve aucun pli.

— Prends le temps de reprendre tes esprits. Je ne suis pas pressé, dit-il, marquant une pause avant de continuer. Dis-moi, qu'est-ce que tu faisais au juste là-bas?

En premier lieu, j'ai de la difficulté à replacer les événements dans ma tête. Puis, tout me revient à la mémoire : notre altercation, le message, la chute de vélo. Le message! *Chère O... Aidez-moi.* Le message est pour moi. Je dois retourner pour déchiffrer ce message.

— ... Le message... sur le pont... c'est pour moi... Il faut que je le revoie... Il faut que j'y retourne... Je dois... Je dois... que je bégaye sans pouvoir en ajouter plus.

— OK, OK, ça va aller, enchaîne-t-il sans me laisser le temps de terminer.

Il pose une main sur ma cuisse. La chaleur de celle-ci passe à travers le mince tissu moulant que je porte. Son contact chaud a un effet apaisant, et je retrouve peu à peu le fil de mes idées.

Réalisant que sa main s'est attardé quelques secondes de trop, il s'empresse de la retirer pour l'enfoncer d'un geste nerveux dans son épaisse chevelure.

— Tu veux boire quelque chose?

Sans même attendre ma réponse, il se penche vers moi et glisse un bras entre les deux bancs, pour atteindre une bouteille d'eau qui se trouve sur le siège arrière.

J'en profite pour observer davantage ses traits physiques. Il est d'une beauté unique. Sa chevelure est foncée. Des petites vagues lui donnent un certain volume et un look ébouriffé. Les traits de son visage sont parfaits, et un parfum frais d'après-rasage me monte au nez.

Les mouvements de son avant-bras me permettent d'apprécier le détail de ses muscles sculptés. À mesure que ceux-ci se contractent, un petit tatouage noir se dévoile sous la manche de son t-shirt blanc. Un signe chinois ou japonais; je ne saurais dire, et encore moins connaître sa signification. Il reprend place sur son siège, s'adossant un peu plus vers la portière, et il me tend la bouteille.

— Merci, que je murmure en attrapant celle-ci.

Le bout de mes doigts effleure sa main et une décharge électrique me parcourt le corps tout entier. Je me redresse d'un coup en reculant, moi aussi, vers la portière, pour mettre davantage d'espace entre nous. C'est alors que je réalise que l'effet inverse se produit: je me retrouve face à lui et nos regards se perdent l'un dans l'autre, créant ainsi une proximité intimidante. Je me dépêche d'ouvrir la bouteille pour prendre une gorgée.

— Tu veux bien me raconter ce qu'il s'est passé là-bas sur le pont ? dit-il en pesant chacun de ses mots, comme pour m'apprivoiser.

Je reste sans voix, hypnotisée par la douceur de ses mots, sa beauté et la profondeur de son regard, couleur océan, qui pénètre au plus profond de mon âme. Il a l'air détendu, assis en travers de son siège un genou replié sur celui-ci. Sa tenue est tout aussi décontractée : des jeans délavés et des bottes de travail. Je remarque une bande verte au bas de son jeans où sont entremêlés des brins de gazon frais tondu.

— ... Hum, hum... Tu as perdu la voix ? dit-il en se raclant la gorge.

— Euh... Non, bien sûr que non.

J'ai l'habitude d'être perdue dans mes pensées, mais là j'étais plus qu'absorbée.

— Alors, qu'est-ce qui s'est passé ? reprend-il avec un soupçon d'impatience.

Le charme se rompt et je retrouve mon bon sens. C'est bien l'abruti de tout à l'heure ! Tout me revient et mon corps se crispe. Comment fait-il pour me faire passer d'un état d'hypnose à celui d'hystérie ? Et ce, en quelques secondes ? Tantôt il me crie par la tête, tantôt il me caresse du regard et il me tapote la cuisse. Je ne comprends pas comment il fait pour sauter d'un comportement à l'autre aussi vite. Ce doit être un abruti instable !

— C'est plutôt à toi de me dire ce qui t'a pris de crier après moi?

— Hé! Je croyais que tu voulais te suicider! dit-il sur un ton ferme.

— Me suicider? Non mais! Tu déconnes ou quoi? dis-je, le fusillant du regard. Et puis, si cela avait été le cas, tu crois que la meilleure chose à faire était de me dire sauter au plus vite pour soulager le trafic?

Il appuie sa tête sur la vitre tandis qu'un large sourire se dessine sur ses lèvres.

— Tu trouves ça drôle? que je renchéris de plus belle.

Il relève sa tête et me fixe droit dans les yeux, prenant un air plus sérieux et un brin arrogant.

— Bien sûr que non! Bon, j'avoue que j'ai un peu paniqué... J'ai pensé que tu étais un autre timbré qui allait sauter...

— Un autre timbré?

— Oui, comme celui qui a sauté hier!

Il passe sa main sous son siège et me tend un exemplaire du journal Le Soleil. En couverture, une photo du pont occupe toute la page sous la manchette en grosses lettres: «*Incident macabre sur le pont de Québec*». Je me dépêche de tourner la page pour lire l'article en diagonale:

Un ingénieur âgé de 46 ans est porté disparu... Sa voiture a été retrouvée dans une rue environnante... Son corps n'a toujours pas été repêché des flots, mais tous les indices convergent vers la thèse d'un suicide... Un bout de nez a été retrouvé sur le montant d'un pilier, laissant croire qu'il se serait fracturé le nez lors de sa chute… Les analyses d'ADN ont révélé qu'il s'agissait bien du nez de la présumée victime…

— Erk! Quelle fin atroce!

Je lui redonne le journal, répugnée par cette histoire de nez.

— Ouais, surtout que son visage me dit quelque chose. J'ai l'impression de l'avoir déjà vu quelque part.

Il regarde un moment la photo de l'homme, avant de plier le journal et de le remettre sous son banc.

— Il faut vraiment être désespéré, dis-je en pensant tout haut.

— C'est en plein ce que j'ai pensé, lorsque je t'ai vu enrouler un papier sur le pont et monter sur la balustrade. Je croyais que tu étais désespérée et que tu allais sauter, mais quand je me suis approché de toi, tu m'as semblé saine d'esprit, et je me suis dit qu'une jolie fille comme toi n'avait aucune raison de se jeter par-dessus bord.

Il verrouille son regard dans le mien et relève les sourcils pour se donner un petit air séduisant. Mon cœur bondit dans ma poitrine, et je sens mes jambes devenir molles comme des guimauves, avant qu'il ajoute :

— … Sauf si, bien sûr, toute ta vie repose sur tes performances de cycliste.

Il éclate d'un rire franc, et un volcan de rage monte en moi.

— C'est toi qui m'as mise dans cet état et qui m'as fait perdre pied, espèce d'abruti! que je crie pour faire taire son insolence.

Son visage se crispe, et il se cale dans son siège en fixant droit devant lui. Une ambiance lourde plane dans l'habitacle de la voiture, et je le sens se replier dans une bulle.

— Ouais... C'est bien comme ça qu'on m'appelle ces temps-ci, murmure-t-il.

Je deviens mal à l'aise lorsque je comprends que mes paroles l'ont blessé. Cet inconfort s'intensifie, alors que je ne trouve pas les mots pour combler le silence. Je ferais mieux de partir. J'attrape mon sac à dos d'une main tandis que je pose l'autre sur la poignée de la portière. Avant même que j'enclenche le mécanisme, sa main frôle la mienne.

— Attends! Tu as raison. Je suis désolé de t'avoir mise dans cet état, dit-il en me tendant la main. Je m'appelle Victor, et toi?

— Justine, que je lui réponds, glissant ma main dans la sienne pour me présenter.

Au contact de sa peau, l'onde de choc qui parcourt mon bras est encore plus forte que la fois précédente. Cette fois, je sens que je perds bel et bien les pédales, et je n'ai aucune idée où je vais tomber.

Chapitre 4

JUSTINE
An 2016

Je regarde la voiture noire s'éloigner et je reste un moment à remuer mes pensées. Je n'arrive pas à me faire une opinion claire de ce garçon. Mes sentiments sont ambigus et houleux. Tantôt il dégage une certaine chaleur par son empressement à me rendre service, tantôt le petit côté obscur de son humour cynique me refroidit.

Je secoue la tête pour me remettre les idées en place, car j'ai d'autres préoccupations plus importantes que de débattre sur cet inconnu. Je dois faire la lumière sur cet étrange message. Dès que j'aurai fini mon entraînement et mon cours, je filerai sur le pont pour m'assurer que cela ne tient pas qu'à un de mes moments de rêverie ou bien de pure folie.

— Justine ! Ça roule, ma poule ?

Je me retourne et aperçois mon ami Noah. Du haut de son long corps svelte, il arbore une mine joyeuse ; ses cheveux brun doré et ses yeux couleur noisette le rendent encore plus chaleureux.

Je connais Noah depuis que nous sommes tout petits. Sa bonne humeur contagieuse et son amitié fidèle font partie des choses que j'apprécie le plus chez lui. De plus, il a toujours une réplique bien placée pour me faire rire. Je le surnomme parfois *l'Homme de la Terre,* car il a passé son enfance sur les terres de ses parents. Son père a toujours été agriculteur et il possède maintenant une érablière.

— On y va? dit-il en prenant mon vélo d'une main et en déposant l'autre de manière amicale sur mon épaule.

Bien qu'il soit de deux ans mon aîné, il n'a jamais agi comme si j'étais plus jeune que lui, et il me considère aussi comme sa meilleure amie. Même s'il fréquente Jade depuis bientôt deux ans, il ne m'a jamais laissée de côté. Celle-ci vit très bien avec le fait que nous passons beaucoup de temps tous ensemble.

— Je pense que c'est la première fois que je viens nager ici, en dehors de mes heures de travail, dis-je en réfléchissant tout haut.

Devant nous se dresse le complexe sportif de l'Université Laval ou le PEPS, comme on le surnomme. J'y donne des cours de natation l'été et les fins de semaine. Je surveille aussi quelques périodes de bain libre par semaine, en fonction de mon horaire.

— Bien, il faudra t'y faire, car nous allons nous entraîner ici plus souvent, ajoute-t-il avec certitude.

Noah vient de commencer sa première session à l'université, tandis que je suis encore au collège. Il étudie en graphisme. Il est doué en informatique et, aussi loin que je me souvienne, il a toujours été fasciné par les publicités et les slogans. Il a passé toute son enfance à inventer des slogans hilarants pour me faire rire. Bref, on ne s'ennuie jamais avec Noah.

— Tu veux faire quoi? dis-je en retrouvant un certain entrain à l'idée de bouger un peu.

— On court, et ensuite, si on a encore du temps, on nage, d'accord?

Ses doigts pianotent sur mon épaule. Son petit tic nerveux le trahit. Je sais qu'il me taquine. Noah est un coureur hors pair, mais il sait que j'ai besoin de nager pour vivre et que c'est ce que je préfère avant toute chose.

— Parfait! On commence par courir, j'ai besoin de me défouler un peu. Mais, fie-toi à moi, nous aurons du temps pour nager aussi, dis-je, lui lançant un clin d'œil.

— D'accord, ma petite sirène, mais garde-toi de l'énergie, on sort ce soir!

— Quoi? Oh, non merci! Je préfère rentrer tout de suite à la maison après mon cours, que j'ajoute, en pensant que mon seul objectif est de retourner sur le pont.

— Pas question! Jade vient nous rejoindre à l'université. Nous souperons tous les trois en ville, et elle compte sur toi pour danser ensuite.

— Désolée, mais je suis fatiguée.

— C'est jeudi! Tous les étudiants de la planète sortent le jeudi soir!

— On sait bien, toi tu es le parfait Homme de la Terre! Alors tu cadres bien sur cette planète.

— Allez, Justine, tu te reposeras demain soir... Alors, c'est oui?

Connaissant Noah et Jade, il n'y a aucune chance que je me sorte de cette situation. Si Jade a décidé que nous irions danser, elle trouvera une façon de me convaincre d'y aller. Elle est de nature combative. Ce n'est pas pour rien qu'elle excelle en escrime depuis des années. Je devrai trouver un autre moment pour retourner sur le pont. Un moment dans un avenir très rapproché, car je ne pourrai pas m'en tenir éloignée bien longtemps.

— Justine ? Tu m'écoutes ?

— … Ouais, d'accord. Je vais y aller. Mais sache que je ne ressens pas le besoin de faire la fête le jeudi soir. Faut croire que je ne dois pas venir de cette planète !

— Non, c'est sûr ! Toi, tu es plus souvent sur la lune !

Il m'attire vers lui pour resserrer son étreinte. Je ne peux m'empêcher de sourire. Encore une fois, il a la réplique parfaite pour me rendre joyeuse.

○

Je demeure dans l'eau pendant que Noah termine ses longueurs. Mes yeux se déplacent de gauche à droite en alternance, comme si je suivais le contour arrondi d'un rapporteur d'angle. J'ai l'impression que je réussis à déplacer une petite masse d'eau le long de ce demi-cercle imaginaire, en l'élevant d'un côté, pour ensuite la faire redescendre de l'autre.

— Aïe ! Comment fais-tu ça ? crie Noah à quelques mètres de moi.

Je sursaute et mon petit manège s'interrompt sur-le-champ. Je vois alors une boule d'eau tomber et former un petit cratère en entrant à la surface de la piscine. Le son d'un léger *splash* me fait tressaillir à nouveau. Étrange. Je me retourne vers lui, en tentant de masquer ma propre stupéfaction.

— Comment je fais quoi ? Je ne fais rien du tout ! que je lui réponds en évitant son regard.

— C'est comme si tu faisais sauter l'eau au-dessus de la surface ; ne me dis pas que tu n'as rien vu ? Tes yeux suivaient le mouvement, ajoute-t-il à travers une respiration saccadée, résultat de son effort physique et de sa consternation.

— Oh, ça ! Eh… bien, c'était juste… Euh, je faisais juste balayer de l'eau de chaque côté avec mes mains, question de m'amuser en t'attendant !

J'essaie de trouver une explication plausible à une situation que je ne peux m'expliquer. Je pense bien avoir vu la boule d'eau retomber à la surface. Peut-être n'était-ce pas le fruit de mon imagination, comme je le croyais ?

— Justine, tes mains étaient sous l'eau. Comment cela pourrait-il être possible ?

En effet, comment cela pourrait-il être possible ?

Chapitre 5

JUSTINE
An 2016

Je n'aurais jamais dû accepter de sortir en ville. Je me sens coincée comme dans la cale d'un bateau, entre les barils d'alcool et les marins agités qui cuvent leur vin. Ma main tambourine sur la table bistro où mon verre de bière, que je n'ai pas encore touché, est posé. Je me concentre à nouveau sur celui-ci. Le liquide doré reprend sa course, exécutant un courant circulaire. Mon cœur saute une pulsation, et une sueur froide inonde tout mon corps, en me remémorant l'épisode de la piscine. Est-ce bien moi qui réussis à faire tourbillonner ce liquide ? ou est-ce que je rêve ? Pire encore, suis-je en train de devenir folle ?

— *Ho voglia d'andare a ballare!*

Je tourne la tête, intriguée par cette douce voix chantante. Jade se fraie un chemin à travers la foule. Noah la suit. Je lève les yeux au ciel, comme j'ai l'habitude de le faire chaque fois qu'elle nous parle dans une autre langue. Passionnée par les langues étrangères et vraiment douée, elle en parle quatre ou cinq de manière courante; elle donne même quelques cours dans une école de conversation anglaise. Je demeure silencieuse attendant la traduction.

— J'ai envie d'aller danser! Tu viens? lance-t-elle.

Elle pose son verre sur la table. Ses grands yeux m'invitent avec impatience.

Il est difficile de dire non à Jade Lafleur. Elle est un mélange de tendresse et de ténacité. Son visage est doux, ses traits délicats et ses cheveux blond doré, mais ce sont ses immenses yeux verts qui captent l'attention. C'est pour cela que ses parents l'ont nommé Jade quand elle est née, car ses yeux étaient déjà verts comme la pierre qu'on utilise pour les bijoux. Moi, je dirais qu'elle tient plutôt son nom de la dureté de cette pierre; c'est une battante et elle a quelquefois la tête dure.

— Non, allez-y tous les deux. Je crois que je vais bientôt rentrer. Je dois me lever tôt, car j'ai promis à mon père de reconduire mon demi-frère Félix à l'école.

Noah et Jade me dévisagent, perplexes. Je vois dans leurs expressions que ni l'un ni l'autre n'achète cette piètre excuse. Je distingue un soupçon d'inquiétude dans leurs yeux.

— Qu'est-ce qu'il y a, Justine? Tu n'as pas l'air dans ton assiette, dit Noah, soucieux.

Il lance un regard à Jade, et celle-ci comprend qu'il souhaite me parler seul à seul. Elle s'excuse pour se rendre aux toilettes. Je sais que Noah est préoccupé, car il tient sa carte de crédit entre son pouce et son index et la fait arquer sans cesse d'un côté et de l'autre. C'est depuis toujours sa façon, à lui, de passer sa nervosité.

Noah reprend :

— Qu'est-ce qui ne va pas ? Tu n'as pas dit un mot du souper et presque rien avalé. Ça fait plus de vingt minutes que tu es debout à fixer ton verre. Je sais que quelque chose ne va pas. Qu'est-ce qui te tracasse ?

— ... Euh, je suis juste un peu fatiguée. Je suis désolée, si je gâche votre soirée, que j'ajoute en scrutant la foule pour éviter le regard de Noah.

On se connaît depuis tellement longtemps que nous savons interpréter chacune des nuances de nos expressions faciales et la signification de nos regards. Il va savoir que je mens, et cela va à coup sûr l'inquiéter. Toutefois, je doute qu'il découvre la nature du plan que j'ai élaboré pour ma fin de soirée.

— Arrête donc ! Tu ne gâches pas notre soirée ! Nous n'aurions pas dû te tordre le bras, mais tu sais comment Jade me trouve nul pour danser...

Je perds le fil de son discours, dès que j'aperçois une silhouette familière se tenant au bar derrière Noah. Il ressemble à Victor, le garçon que j'ai vu sur le pont, mais je ne le vois pas assez bien pour en être sûre. Un regain d'énergie monte en moi. Je me déplace légèrement vers la droite pour avoir un meilleur angle.

On dirait bien que c'est lui, mais il a l'air si différent. Il est vêtu d'un jeans noir et d'une veste en cuir, ce qui lui donne une allure plus rebelle. Il se tient derrière un groupe de quatre ou cinq gars accoudés au bar, qui rient à gorge déployée. Une série de petits verres sont alignés devant eux. Il est le seul du groupe à ne pas boire. Il observe plutôt la scène en retrait. Son regard est dur et son visage, crispé, comme s'il s'apprêtait à les réprimander.

— Justine? Tu m'écoutes? insiste Noah en me ramenant à l'ordre.

— Non... Euh... Oui, oui, je t'écoute, dis-je, sans pouvoir quitter Victor des yeux.

Intrigué, Noah se retourne pour voir ce qui pique ma curiosité. Je dois trouver un moyen pour créer une diversion. Je n'ai pas envie de devoir expliquer à Noah ma rencontre avec Victor sur le pont. Je crois bien qu'il n'aurait pas approuvé que je monte dans la voiture d'un parfait inconnu. Il a toujours été trop protecteur avec moi.

Je ne devrais pas me soucier de ce garçon, mais c'est plus fort que moi. Les mots brûlent mes lèvres et sortent de ma bouche avant même que je puisse élaborer une manière de détourner le sujet.

— Tu connais ces garçons?

— Ouais, vaguement. Juste un, en fait; celui qui se tient derrière. Je le rencontre dans les corridors de mon pavillon, à l'université; je crois qu'il étudie en architecture. Tout le monde raconte que c'est un abruti; ça ne fait même pas un mois que l'école est commencée, et il a déjà manqué plus de la moitié de ses cours. On dit qu'il a des agissements douteux et qu'il traîne dans les recoins louches de la Basse-Ville, si tu vois ce que je veux dire...

Se sentant observé, Victor se retourne dans notre direction. Il plante son regard dans le mien et, au bout de quelques secondes, il esquisse un sourire narquois. Je suppose qu'il me revoit dégringoler de mon vélo et perdre les pédales. Je lui renvoie un sourire timide. Noah, témoin de notre échange, me prend les mains et se penche vers moi pour me forcer à le regarder.

— Justine, je suis sérieux, tu ne devrais pas t'intéresser à ce genre de gars, dit-il, m'écrasant les doigts pour accentuer ses propos. Ça ne peut que t'attirer des ennuis…

Il n'a pas le temps de finir sa phrase, que des bruits d'éclats de verre retentissent. Un des gars agrippe le barman par le collet et prend son élan pour lui balancer une droite en pleine figure. Victor attrape son poignet de justesse, empêchant l'assaut et évitant des blessures au barman sans défense.

En quelques secondes, trois gardiens de sécurité apparaissent derrière le petit clan. Deux d'entre eux soulèvent l'assaillant pour l'entraîner vers la sortie. Celui-ci se débat comme un diable dans l'eau bénite. Le troisième gardien escorte le reste du groupe de Victor à l'extérieur du bar. Que s'est-il passé? Tout est arrivé si vite…

— Tu vois ce que je veux dire? lance Noah en contemplant la scène qui se déroule devant nous.

— Ouais, tu as sûrement raison, que je murmure en guise de réponse.

Je les regarde s'éloigner sans savoir quoi en penser. L'ambivalence des sentiments que j'éprouve envers Victor, depuis le début, est sans doute le signe qu'il y a quelque chose qui cloche chez lui, mais une petite partie de moi aimerait que Noah ait tort.

— Je vais rentrer chez moi, dis-je à Noah sur un ton ferme.

Je me lève d'un bond, attrape mon sac et ensuite ma veste, sans prendre le temps de l'enfiler.

— Mais comment vas-tu rentrer? dit-il en jouant de nouveau avec sa carte de crédit avec tellement de vigueur que la pauvre carte cède sous la pression de ses doigts et se casse en deux. Les deux parties sont projetées quelques tables plus loin.

— T'inquiète pas, je vais prendre un taxi pour me rendre chez mon père. Tu pourrais laisser mon vélo plus tard en passant? Salue Jade de ma part et on se téléphone demain...

Je m'éloigne d'un pas rapide, en lui soufflant un baiser du bout des doigts.

Noah, ahuri, lève les bras au ciel. Il semble vouloir des explications, mais ça devra attendre. Je lui parlerai demain pour justifier mon départ hâtif, mais pour l'instant, je ne veux pas perdre une seconde.

○

Rendue à l'extérieur du Maurice Nightclub, je traverse à toute vitesse la magnifique terrasse qui surplombe la Grande Allée. Je dégringole l'escalier, croisant les trois gardiens qui remontent vers l'entrée. J'arrête ma course sur le palier, à quelques marches du trottoir. Je peux apercevoir Victor qui tente de raisonner son copain. Je descends plus bas pour entendre la conversation.

— Tu vas arrêter de faire l'idiot, Elliot? Tu ne trouves pas que cela a assez duré? dit-il avec fermeté.

— Si je suis un idiot, eh bien toi... t'es un abruti, bafouille Elliot en titubant sur place, visiblement affecté par l'alcool.

— Ouais, c'est ça... Je sais, je suis un abruti. Tu me le répètes assez souvent. Qu'essaies-tu de faire au juste ? Si tu continues ta vie comme ça, un de ces jours, tu vas te faire casser la gueule, et je ne serai pas là pour surveiller tes arrières, le rabroue-t-il en appuyant son index sur son épaule droite.

Ce petit mouvement déstabilise Elliot et manque de le faire tomber à la renverse. Victor le rattrape par le collet, mais l'instabilité d'Elliot accentue son mouvement vers l'avant. Il bute contre Victor qui ne bronche pas d'un centimètre durant la manœuvre. Elliot se redresse avec lenteur pour ne pas perdre à nouveau l'équilibre. Il replace ses longs cheveux en broussailles, en maugréant et en lâchant quelques jurons. Il a les mêmes cheveux foncés que Victor.

— C'est jus... tement ça le problème. Je t'ai rien demandé, alors laisse-moi tran... quille, tu veux bien ? hurle-t-il en pointant son index sous le nez de Victor. On dirait que tu veux toujours jouer les superhéros Vic... tor, déclare-t-il, hoquetant entre les syllabes. Ouais... c'est ça, Thor ! Thor, comme le superhéros. Prends ton marteau et trouve-toi quelqu'un d'autre à sauver ! Quelqu'un d'autre comme...

Elliot laisse sa phrase en suspens, pendant qu'il cherche autour de lui. Ses yeux s'arrêtent alors sur moi.

— Là ! Il y a une belle princesse à sauver !

Victor se retourne et m'aperçoit. Dans ma nervosité, je baisse les yeux et fais semblant de chercher quelque chose dans mon sac à main. Je suis tirée d'affaire par le préposé au stationnement qui sort de la voiture de Victor et lui rend ses clés. Victor les range dans sa veste et aide Elliot à monter à l'arrière d'un taxi, où se trouvent déjà ses trois copains. Il se retourne ensuite vers moi. Je réalise que j'aurais dû profiter de cette diversion pour m'enfuir.

— Tu attends ton petit ami?

— Euh… non, ce n'est pas mon petit ami. En fait, il est resté à l'intérieur avec sa copine.

— Tu as laissé ton vélo au préposé au stationnement?

Son visage, qui semblait tout à l'heure tendu, se radoucit et laisse entrevoir un léger sourire.

— Non, je n'ai pas laissé mon vélo au préposé, dis-je, exaspérée.

Je soutiens son regard pour lui démontrer que je n'aime pas qu'il se moque de moi.

— J'attends un taxi, et en voilà justement un, que j'ajoute en pointant la voiture qui s'arrête derrière la sienne.

Je descends les marches, passe devant lui d'un pas ferme, sans rien ajouter.

— Hé, attends! Tu veux que je te laisse quelque part?

Il m'attrape le bras et m'oblige à me retourner vers lui.

— Non merci… Thor! Tu m'as déjà sauvée une fois aujourd'hui; je vais laisser la chance à quelqu'un d'autre, que j'ajoute avec un brin d'ironie.

— Allez, je peux te raccompagner. Tu m'as dit que ton père habitait à Sillery, ça ne doit pas être très loin de chez moi.

— Je ne vais pas tout de suite chez mon père…

Les mots s'échappent de ma bouche et je réalise que je n'aurais pas dû les dire. Je me dégage de l'emprise de son bras pour ouvrir la portière du taxi.

— Mais où vas-tu alors? Il est presque minuit, dit-il en refermant la porte.

— Je, je vais… que je balbutie, puisque je ne sais pas quoi inventer pour me débarrasser de lui.

Mon regard reste accroché quelques secondes au ciel, à la recherche d'une réponse.

— Euh… Oui, c'est cela! Je vais aller manger quelque chose avant de rentrer, mais merci pour ton offre.

— Je ne te crois pas, lance-t-il, me défiant sans gêne. Je suis peut-être un abruti à tes yeux, mais je ne suis pas stupide et je sais très bien que tu mens.

Il plonge son regard dans le mien. Il fait sombre, mais la lumière des réverbères fait miroiter le bleu de ses yeux. Il me fixe un long moment, et je sens son regard me pénétrer et scruter chaque recoin de mon esprit, à la recherche de mes moindres secrets.

— Je sais très bien où tu veux aller, affirme-t-il sans broncher.

Il se dirige vers sa voiture, en fait le tour et ouvre la portière du côté passager. Il me tend la main pour m'aider à y grimper avant d'ajouter:

— Monte, je vais t'accompagner.

Je sais qu'il est tard et que je devrais éviter ce garçon. J'ignore pourquoi, mais ma main se retrouve dans la sienne, et je prends place dans sa voiture.

Chapitre 6

JUSTINE
An 2016

Nous sommes de retour sur l'avenue des Hôtels près de l'aquarium et de l'entrée du pont. Exactement où nous étions stationnés plus tôt, cet après-midi. Il fait si noir qu'on peine à distinguer la piste cyclable que nous devons emprunter pour retourner sur le pont.

La seule chose que je perçois, devant nous, est un périmètre de sécurité délimité par des rubans jaunes. Ce doit être l'endroit où se trouvait la voiture de l'ingénieur qui s'est suicidé sur le pont. Un frisson me parcourt le corps à cette idée morbide. Je dois avouer que ne pas me retrouver seule ici, au beau milieu de la nuit, est quand même une bonne chose.

Je n'ai pas eu d'autre choix que d'informer Victor sur la nature et le contexte du message que j'ai vu plus tôt aujourd'hui. Un sentiment de malaise m'envahit. Je regrette, maintenant, de ne pas avoir été plus vague ni d'avoir tempéré mes mots par des «J'ai cru voir...» ou «J'ai dû rêver, mais...». À ce moment précis, il doit penser que je suis timbrée.

Je sors de la voiture en plaçant deux bouteilles d'eau, que j'ai trouvées sur le siège arrière, dans les poches de ma veste, tandis qu'il s'affaire à chercher une lampe de poche dans le coffre arrière.

— Tu dois croire que je suis folle, que je bredouille en le rejoignant.

— Non, pas du tout! Je ne crois pas que tu es folle. Peut-être que tu as juste un petit circuit déréglé? dit-il avec un sourire moqueur. T'en fais pas, je suis certain que c'est ce qu'on pense de moi par les temps qui courent, ajoute-t-il, avant de replonger la tête dans le coffre.

La lumière du coffre me permet de l'apercevoir pendant qu'il fouille dans des boîtes remplies de matériel et d'outils. Son bassin s'appuie sur le pare-chocs arrière de la voiture tandis qu'il cherche à bout de bras dans les boîtes. Ses mouvements répétés finissent par découvrir la bande de peau au bas de son dos, juste au-dessus de son jeans. Une chaleur me monte à la tête et, par simple mécanisme de défense, je ne peux m'empêcher de lui lancer:

— Wow! Tu traînes toute une artillerie! Est-ce que c'est là que tu ranges ton marteau et ton costume de Thor? Tu me montres de quoi ils ont l'air?

Je retiens difficilement un petit rire nerveux, en m'imaginant une cape rouge et une armure de fer coincées entre une rallonge électrique et une perceuse.

Il sort la tête et me tend la lampe de poche. Il s'approche ensuite de moi. Trop près de moi. Son regard croise le mien avant qu'il ne se penche vers moi, effleurant ma joue au passage. Il murmure alors à mon oreille :

— Si ce sont mes biceps que tu veux voir, je peux arranger cela. Ça nous évitera la ballade sur le pont, dit-il, figé dans cette position.

L'image de ses biceps me revient en tête. Je me sens rougir et je recule d'un pas, un peu sonnée par sa réplique. Je baisse les yeux pour camoufler ma gêne.

— Euh, non merci ! Crois-moi, ce que nous allons voir sur le pont est beaucoup plus intéressant.

Il referme le coffre et nous sommes replongés dans la pénombre un moment, avant que je réalise que c'est moi qui tiens la lampe de poche et qui dois éclairer le chemin.

— Allons-y, dis-je en me ressaisissant et en pointant le faisceau lumineux dans la direction à suivre. C'est là qu'on va voir si mes circuits sont déréglés !

○

Quelques minutes plus tard, nous sommes accroupis ; chacun de nous a un genou posé sur le pont, à l'endroit exact où j'étais cet après-midi. Je prends une grande inspiration, alors que j'ouvre la première bouteille d'eau. C'est le moment de vérité, et je sens la tension monter en moi.

— Je me sens ridicule. Si on ne trouve rien, tu vas penser que je suis cinglée.

— Bien, on n'aura qu'à mettre ce bref instant de délire sur le compte de l'abruti qui t'a fait perdre les pédales !

Son ton de voix tente de me mettre à l'aise, mais ma nervosité est à son comble.

Je réalise que je n'aurais pas dû l'amener ici. C'est la deuxième fois que je monte dans sa voiture sans trop savoir pourquoi. Qu'est-ce qui me prend ?

Mon corps est crispé et je sens l'angoisse m'envahir en même temps que la chair de poule. Bien que le vent souffle et que ma veste ne suffit pas à contrer le froid humide de la nuit, je sais fort bien que c'est la situation stressante qui me fait frissonner.

En silence, je commence à verser un filet d'eau sur la plate-forme de métal. Victor éclaire le sol avec la lampe de poche. Je passe ma main sur le métal pour étendre l'eau sur la surface et reste ensuite immobile en attendant la suite.

Les secondes qui passent me semblent plus longues qu'à l'habitude, et au bout d'une minute, je dois me résigner. Rien ne surgit de la matière recouverte d'eau. J'étends l'eau afin de couvrir une plus grande surface, impatiente de découvrir quelque chose, mais en vain. Toujours rien.

Je jette un coup d'œil à Victor qui passe une main dans ses cheveux. Je ne sais pas si cela indique qu'il a hâte de voir ce qu'il va arriver ou si c'est un signe de désintéressement.

Découragée, je me mets à dessiner un grand cercle avec mon doigt, puis un autre à côté, puis un autre, puis un autre. La série de lettres « O » s'efface au fur et à mesure que mon doigt évolue. J'inscris ensuite : « Youhou, il y a quelqu'un ? » consciente que j'ai franchi le cap du désespoir. Je fixe la mare d'eau une minute supplémentaire, avant de fermer les yeux, déclarant forfait. J'ai dû rêver et imaginer cela de toutes pièces. Est-ce possible de délirer à ce point?

Je me rappelle le message que j'ai vu apparaître plus tôt. Tout semblait si réel. Il ne peut y avoir qu'une seule explication. La colère monte en moi et je décharge celle-ci sans retenue.

— Je le savais depuis le début! C'est toi qui m'as mise dans cet état! Depuis que tu as crié après moi, j'ai l'impression que tout se met à dérailler... moi y compris!

Je me lève d'un bond, furieuse contre lui, mais aussi contre moi-même qui s'est laissé déranger les esprits et par cet... cet...

Argh! Je laisse échapper un rugissement en serrant les poings. Je tourne les talons et rebrousse chemin, d'un pas déterminé. J'ai franchi la moitié du parcours lorsque j'entends la réplique de Victor.

— Non mais, j'hallucine?

Je ne veux même pas me retourner pour argumenter avec lui. Il doit jubiler d'avoir pu mettre le doigt sur *le* circuit déréglé de mon cerveau. Je commence à saisir son petit jeu; il provoque les gens, et ensuite il s'amuse à leurs dépens en voyant leur réaction. Comment ai-je pu être aussi naïve?

— Non mais, c'est pas croyable!

Son ton de voix alarmé m'arrache à mes pensées et je freine sec. Je me retourne et constate qu'il est toujours agenouillé sur le pont, au même endroit, à balayer le faisceau de la torche au-dessus de la mare. Il lève les yeux et son regard effaré me saisit.

— Bon sang, Justine ! Viens voir ça !

Je reviens à toute vitesse et me penche à ses côtés. Je fige sur place en voyant les lettres miroiter à la surface de l'eau :

O, c'est bien toi ? Oui, je suis là ! Aide-moi, je t'en prie !

Je lance un coup d'œil à Victor qui semble stupéfait de voir les lettres débouler à toute allure, comme si elles apparaissaient sur l'écran d'un ordinateur :

Libère-nous... nous sommes en danger.

— Nous sommes en danger ? Ça veut dire qui, nous ?

Mon index se met à inscrire dans la mare : « Qui es-tu ? Qui est en danger ? »

Je suis Elsa... Le monde entier est en danger. S.V.P., délivre-nous.

Je croise le regard de Victor qui s'empresse de me demander :
— De quoi au juste, ils doivent être délivrés ?

N'ayant aucune réponse à lui offrir, j'inscris la question dans l'eau et la réponse apparaît dans l'instant qui suit.

Des forces du Mal... Les légendes sont vraies... Il faut faire vite avant qu'il ne soit trop tard...

Je suis sidérée, et Victor semble tout aussi dérouté que moi. Je ne sais pas par quel bout prendre tout cela. Si elle veut que je la délivre, il faudrait bien que je sache où elle se trouve. Je me lance avec cette question de base : « Mais, où es-tu ? »

Sur le pont.

— Elle est peut-être à l'autre extrémité, vers la rive sud ? dis-je en pensant tout haut.

Je sais que cela ne fait pas de sens. Comment peut-on communiquer avec une personne à l'autre bout du pont, en écrivant des lettres sur l'eau ? D'où ma question suivante : « Quelle rive ? »

La rive du Mal... nord.

— Mais alors, on l'aurait croisée sur notre chemin, en s'en venant ! que je m'exclame avant d'inscrire : « Moi aussi, j'arrive de la rive nord et, en ce moment, je suis au centre du pont. »

En ce moment, c'est quand pour toi ?

— Tu parles d'une drôle de question à poser ! que je rouspète, ne sachant plus quoi penser. En ce moment, ça veut dire, maintenant ; un point c'est tout !
— Écris-lui la date d'aujourd'hui, lance Victor, impatient de déchiffrer cette énigme.

J'inscris: «22 septembre 2016», puis me ravise. Je brouille l'eau et réécris, juste au-dessus, le chiffre «23». Il est minuit passé, nous sommes le 23 septembre, maintenant. Quelques secondes plus tard apparaît une réponse encore plus intrigante que toutes les autres.

Chapitre 7

JUSTINE
An 2016

Ici, nous sommes le 23 septembre 2071.

— Mon Dieu, comment est-ce possible ? C'est plus de cinquante ans dans le futur, s'écrie Victor.

J'enchaîne les questions telles qu'elles me viennent en tête : « Que doit-on faire ? »

Délivrez-nous.

« De quoi ? Comment ? »

Des forces du Mal... En renversant le sortilège.

« Quel sortilège ? Comment faire ? »

Le sortilège qui menace le futur.
Je ne sais pas encore comment l'arrêter...

Quelques secondes s'écoulent avant que la suite devienne visible.

... Je dois me sauver. Je vais me faire prendre par les gardes.

«Les gardes de qui»? que j'inscris à la hâte.

Les gardes du Diable.

Le Diable? Mais qu'est-ce que c'est que cette histoire? Que dois-je faire?

Je demeure statique, mais rien d'autre ne surgit. J'attrape la deuxième bouteille d'eau et dévisse le bouchon. Mon pouls s'accélère et la chaleur de mon corps monte en flèche, alors que je me démène pour en extraire son contenu par de brusques mouvements de va-et-vient.

Il faut absolument que les mots se pointent. J'ai besoin d'en savoir davantage. Allez, Elsa, dis-m'en plus! Je me débats avec la bouteille, en accélérant le mouvement, pour faire sortir les dernières gouttes qui tardent à s'écouler. Mais en vain. Il ne reste plus rien dans le contenant de plastique, et mon interlocutrice du futur ne semble plus là.

Je me laisse tomber sur la plate-forme, m'assoyant en tailleur et fixant la mare devant moi. Tant de questions demeurent sans réponses dans ma tête. Victor pose une main sur mon épaule. Ce simple contact aurait, en temps normal, contribué à m'apaiser un peu, mais je demeure bouleversée par cet échange mystérieux. Un sentiment de frustration monte en moi.

Tout à coup, l'eau de la flaque se met à bouillonner, en éclaboussant quelques gouttes ici et là, comme si elle était en ébullition.

— Mais qu'est-ce qui se passe? demande Victor en approchant sa main pour toucher l'eau. Ouch! C'est brûlant! ajoute-t-il, stupéfait.

Il se lève d'un bond, m'empoigne par le bras et me soulève du sol avec vigueur. Un tremblement fait bouger la plate-forme sous nos pieds. Nous échangeons un regard inquiet. Ce n'est pas notre simple poids qui a causé cette secousse, et nous le savons tous les deux.

— Allez, Justine, il est temps de ficher le camp d'ici, dit-il sur un ton alarmé.

Chapitre 8

ELSA
An 2071

Je sens bouger la plate-forme, sous mes genoux, de manière inhabituelle. L'arrivée des convois de marchandises sur le pont provoque, en temps normal, une légère vibration, mais rien de cette ampleur. Je lève les yeux et observe les gardes qui se tiennent à une quinzaine de mètres. À la lueur des torches qui encadrent l'entrée du pont, je vois trois gigantesques créatures, toutes griffes dehors, qui jettent leurs regards perçants sur moi. Ils ont senti quelque chose, eux aussi, car ils s'avancent dans ma direction.

Mon corps se crispe. Les gardes semblent en état d'alerte compte tenu de l'assemblée qui aura lieu plus tard aujourd'hui. On dirait qu'ils sont aux aguets et sentent une menace. Cette assemblée a été convoquée d'urgence et tous les gardes de niveaux hiérarchiques supérieurs doivent y assister. Je compte bien trouver une façon de savoir ce que le Diable a de si important à leur dire.

Je rabaisse la tête et tente de demeurer immobile, dans la position que j'ai coutume de prendre en attendant les convois de marchandises ; ces chariots qui transitent d'une rive à l'autre, transportant nourriture et autre matériel. Je me tiens à genoux, les mains sur ceux-ci, la tête baissée, prosternée devant eux comme une vulgaire esclave, ce que sont tous les humains dans ce monde dirigé par le Mal personnifié.

D'habitude, lorsque je rejoins mon emplacement sur le pont, au début de mon quart de travail, je dispose de quelques minutes avant que les gardes ne viennent superviser les opérations de déchargement. Durant ces moments de répit, j'en profite pour griffonner sur la plate-forme de métal, avec la pointe de l'outil servant à mon travail.

Ces quelques mots sont, la plupart du temps, destinés à ma mère et au reste de ma famille vivant de l'autre côté. Ils me manquent tellement, et chaque fois que je me retrouve ici, entre ces deux rives, la douleur de leur absence m'accable. Je sais que ces mots ne peuvent être lus, mais cela me fait du bien de déverser mon amour pour eux. Toutefois, cette nuit, j'ai vu pour la première fois apparaître des mots. Un poème relatant une souffrance qui ressemble à la mienne. Une inconnue, du passé peut-être, qui vit aussi entre deux mondes. Notre échange pourrait-il être enfin cette lueur d'espoir dont je me nourris ?

Une des créatures s'avance plus près, en reniflant la plate-forme qui a cessé de vibrer. Son collier lumineux rouge affiche le chiffre quatre-vingt-dix. Je sais que chacun des gardes possède les autorisations pour circuler dans un secteur spécifique ; comme nous, leurs allées et venues sont contrôlées.

Elle s'arrête à mes pieds pour sentir l'outil pointu qui est posé au sol devant moi. Celui-ci a la forme d'une baguette chinoise et sert à ouvrir les portes des chariots de marchandises. Elle relève la tête et me fixe de son regard terrifiant. Ses yeux, d'un jaune ombré, dans lesquels se dessinent de minces ovales noirs en guise de pupille, sont horrifiants, mais je garde mon calme. Ces bêtes ne doivent pas percevoir de sentiments anormaux, car cela pourrait les alerter. Je présente mes mains devant moi, comme on le fait lorsqu'on veut apprivoiser un animal, ce qu'ils sont en réalité. La créature se penche et se met à flairer l'odeur de celles-ci.

Je déteste les voir s'approcher si près de moi et s'imprégner de mon odeur corporelle. Mon cœur cesse de battre, pendant que la créature noire et hideuse interprète les données de son inspection olfactive. Peut-elle percevoir les sentiments qui m'animent depuis cette mystérieuse conversation? N'ayant repéré rien d'anormal, elle retourne avec lenteur vers le poste de garde, laissant le pelage malodorant de sa queue frôler ma joue. Je réprime un haut-le-cœur et retiens mon souffle. Les deux autres bêtes à poil demeurent à proximité, le temps que j'exécute mon travail de déchargement des convois.

Le vrombissement sur les rails m'annonce qu'un chariot arrivera sous peu. Je laisse échapper un soupir de soulagement. Plus vite je m'exécute, plus vite ils me laisseront tranquille. Aussitôt que le premier wagon s'arrête devant moi, les créatures se bousculent pour en flairer le contenu. Je ne lève même pas les yeux et fais comme si les deux hommes qui conduisent le chariot n'étaient pas là, mais je les entends haleter à cause des efforts déployés et de la chaleur accablante que dégage le brasier sous le pont. Ils doivent faire avancer ces wagons, en forme de grande cuve rectangulaire, en soulevant et abaissant chacun le lourd bras d'un balancier.

Au bout d'un moment, les gardes retournent au poste. C'est le signal que tout est en ordre et que je peux me mettre à la tâche. Je me lève et débloque les loquets du chariot avec mon outil, pour permettre d'ouvrir la petite portière et aider à décharger la nourriture qui s'y trouve. La majeure partie des victuailles n'est même pas pour nous, les humains. Mon estomac émet un cri, me rappelant l'état de famine dans lequel nous sommes tenus avec nos minces rations.

Un des hommes descend du wagon et s'avance vers moi. Il pose sa main sur la mienne, comme s'il cherchait à m'aider dans ma tâche. Je sais que son but en est un autre, puisque je sens un bout de papier effleurer ma peau. Il arrive que des gens tentent de faire passer des messages d'une rive à l'autre, mais il est rare qu'ils franchissent toutes les étapes. La plupart du temps, ils sont détruits par ceux qui les portent, de peur d'être pris sur le fait et de subir de lourdes conséquences.

J'ai envie de secouer la tête pour refuser. La garde est déjà en état d'alerte et je ne veux pas risquer d'éveiller davantage de soupçons. Toutefois, j'ai envoyé un message à ma famille, il y a un certain temps, et j'espère toujours une réponse. Je retourne donc ma main pour accueillir le papier illégal.

Alors que je referme le poing pour faire disparaître le papier, une douleur violente irradie tout mon dos. Je tombe à quatre pattes, terrassée par la souffrance du puissant coup de fouet que je viens de recevoir. J'entends la fine lanière de cuir fouetter l'air et je prends appui sur mes mains au sol, me préparant à encaisser le coup suivant. Mon dos arque et je laisse échapper un cri étouffé. La douleur est encore plus vive, puisque le cuir pénètre ma chair déjà déchirée. La sensation de brûlure est intolérable.

Je me concentre sur la boule de papier, qui roule sur la plate-forme, et pense à ma famille que je veux revoir. Sa trajectoire dévie et le papier tombe du pont, dans l'abîme brûlant. C'en est trop. Il faut mettre fin à ce monde de misère et de torture. Il faut trouver une façon d'anéantir ces créatures et de sauver l'humanité.

La colère et la détermination m'aident à accueillir les coups suivants avec un nouvel espoir. Si je peux communiquer avec le passé, j'ai peut-être une chance de changer le cours du futur.

Chapitre 9

JUSTINE
An 2016

— Tu sembles perdue dans tes pensées aujourd'hui, ma grande, me dit ma précieuse confidente. Tout va comme tu veux ?

— Oui, oui, grand-mère, c'est juste que je suis un peu fatiguée de ma semaine, dis-je en me mordant la lèvre inférieure.

J'ai l'habitude de tout raconter à ma grand-mère et je meurs d'envie de me libérer de ce fardeau qui pèse sur mes épaules. Je crois, par contre, que Victor a raison; il est préférable de garder cette histoire pour nous, pour le moment, en attendant d'éclaircir la situation. J'ai hâte d'avoir de ses nouvelles, car je n'ai personne d'autre à qui en parler.

J'ai passé les deux dernières nuits à remuer toutes les questions qui me viennent en tête, comme si j'affrontais une mer démontée, chaque vague me fouettant en plein visage, me secouant au plus profond de moi-même. Je suis exténuée et me sens houleuse. En temps normal, j'aurais évacué mes tourments par le biais de l'écriture, mais je suis trop vidée pour le faire.

J'ai donc décidé de passer le reste de la journée de samedi avec ma grand-mère, pensant que cela me ferait du bien. J'ai eu tort. Ça me ronge encore plus de ne pouvoir rien lui dire.

J'ai essayé de ne plus penser à cet appel à l'aide et de me dire que je ne peux rien y faire, mais je n'arrive pas à lâcher le morceau. Un fort sentiment intérieur me dit de tenter quelque chose, comme si une puissante intuition dictait ma conduite.

— Je me sens vieille quand tu m'appelles grand-mère. Je préfère quand tu m'appelles Alice, mais bon, si tu aimes mieux ainsi...

Je ne l'appelle par son prénom qu'à de rares occasions. J'aime mieux me rattacher à notre lien familial, même si elle trouve que cela fait vieux jeu. Noah, lui, a cédé à sa demande, il y a bien longtemps.

— Tu veux manger quelque chose? dit-elle.

— Non merci, je n'ai pas faim, que je réponds en allumant mon cellulaire, dans l'espoir qu'un message soit entré durant le récital de piano. Aucun appel manqué.

— Tu ne pourras pas refuser une tasse de thé bien chaud, alors? Il fait si humide. Cela va nous réchauffer un peu.

— Si tu insistes, dis-je, le nez collé à la porte-fenêtre, regardant la pluie tomber.

Ma grand-mère habite dans une charmante petite maison sur la rue Saint-Laurent, à la limite de Lévis et Saint-Romuald. La cour arrière donne sur le fleuve, mais je ne peux même pas l'apercevoir. Une brume épaisse s'étend comme un immense rideau de scène blanc, que j'aimerais voir se lever pour profiter du spectacle. Un spectacle que je connais par cœur : en avant-scène, le magnifique fleuve Saint-Laurent ; du côté cour, les bâtiments de la ville et son majestueux château ; du côté jardin, la charpente entrelacée du pont de Québec. Si seulement je pouvais voir le pont dans son ensemble, je pourrais deviner ce qu'il attend de moi.

— Voilà ! dit-elle en me présentant la tasse fumante au doux parfum de jasmin. Celui que tu préfères, ajoute-t-elle en me dévisageant.

— Merci, grand-mère, dis-je en examinant les feuilles de thé qui se sont déposées au fond de la tasse, comme si j'espérais y lire mon avenir pour savoir quoi faire de la situation qui m'accable.

Sentant l'atmosphère s'alourdir et le regard de ma grand-mère peser sur moi, je tente une diversion.

— Tu me fais voir tes nouvelles créations ?

— Bien sûr, elles sont dans l'atelier.

Je la suis dans le petit corridor qui mène à un garage double qu'elle a converti en atelier. Elle est une artiste verrière qui réalise de magnifiques sculptures de verre soufflé. Son immense espace lui permet d'y loger son four, tous les outils nécessaires, un comptoir-lavabo, une grande table ainsi que de grandes étagères pour exposer ses œuvres. Je m'en approche pour y admirer les nouvelles sculptures qui se sont ajoutées à la collection. Je m'arrête devant une magnifique série de sphères multicolores.

— Elles sont vraiment magnifiques ! Ça fait très moderne.

— Merci, trésor. C'est gentil, dit-elle, prenant place à la table. Viens, raconte-moi ce que tu fais sur la rive sud, aujourd'hui. J'étais surprise de te voir au récital. Ta mère m'avait dit que tu ne viendrais pas. Pourquoi as-tu changé tes plans ? enchaîne-t-elle avec une pointe de reproche.

Je soupire et m'assois devant elle, la tête basse.

— Oh, trésor ! Tu ne peux pas laisser la culpabilité mener ta vie !

— Je sais, je sais, mais j'ai pu me libérer de la réception de papa et je savais que ça ferait plaisir à maman et à Rose, dis-je en baissant les yeux.

Certes, j'atterris souvent chez elle pour évacuer ma culpabilité devant une tasse de thé, mais ce n'est pas la principale raison pour laquelle je suis venue chercher du réconfort, aujourd'hui.

— Chérie, tu ne peux pas toujours faire plaisir à tout le monde. Tu as droit à ta vie et tu dois penser à toi, dit-elle, prenant une pause pour prendre une gorgée de thé. Bon sang ! Tu devrais te trouver un projet qui te tient à cœur, ou encore mieux, un amoureux. Ça réglerait le problème.

Je la dévisage, ne comprenant pas où elle veut en venir.

— Tu aurais le goût de passer plus de temps avec lui et tu arrêterais de t'en faire pour tes parents ! Je sais que tu me dis toujours que Noah ne pourra jamais être ton amoureux, mais il peut te présenter quelqu'un ?

— Ouais, tu as probablement raison...

Je regarde à nouveau mon téléphone. Je réalise l'ambiguïté de ma réponse. C'est reprendre le contrôle de ma vie qui m'importe, et non de trouver un amoureux. Avant même que je puisse rectifier le tir, elle se lance à nouveau :

— Tu ne pourras pas toujours plaire à ta mère. Même si elle aime bien que tout soit parfait, la vie ne l'est pas et ne le sera jamais. Elle t'impose de manger une nourriture parfaite, sous prétexte que c'est ce qu'il y a de meilleur pour la santé. Laisse-moi te dire que ça fait du bien, de temps en temps, de manger un peu de friture ou des sucreries. Au moral, je veux dire…

— Grand-mère, ce n'est pas la faute de maman…

C'est étrange qu'elle s'en prenne à ma maman tout à coup. Je sais qu'elles sont souvent en désaccord sur plusieurs choses, mais elle n'a pas l'habitude de tenir ce genre de propos. Elle a l'air tendue, elle aussi, et je remarque que ses yeux sont cernés.

— Je t'assure qu'elle n'a rien à voir là-dedans. Elle ne fait pas exprès de me rendre coupable. En tant que nutritionniste, c'est normal qu'elle ait une légère déformation professionnelle qui parfois prend de drôles de proportions, j'en conviens.

Noah se moque d'elle en secret et l'appelle la *nutriphoniste*. Il dit qu'elle nous casse sans arrêt les oreilles avec la nourriture !

Je croyais que cela me ferait du bien de venir ici, mais, en fait, je ne me sens pas d'humeur à argumenter avec elle. Je balaye la pièce du regard et mon attention se porte sur un seau d'eau, posé sur le comptoir, dont elle se sert pour refroidir ses pièces lorsqu'elle travaille le verre. Mes doigts pianotent sur la table tandis que je l'examine de loin.

— Une légère déformation, tu dis ? Je crois qu'il y a beaucoup d'exagération dans tout ça. Regarde, moi, j'en ai mangé toute ma vie des glutens et je ne suis pas à la veille de mourir…

Encore une fois, elle a raison ; elle dépasse les soixante-dix ans et l'on dirait qu'elle n'en a même pas soixante. Seuls ses cheveux blancs, coupés au carré, trahissent des signes de vieillesse. Elle est menue, se tient en forme et est au courant de l'actualité et de toutes les nouvelles tendances.

Je la laisse s'emporter sur les histoires de ma mère et me concentre sur le seau d'eau. Un petit jet jaillit au-dessus, comme une fontaine. Je sursaute. Cette vision fait remonter l'angoisse que j'avais si bien refoulée suite aux événements survenus sur le pont. L'eau se met à bouillonner, comme si elle était dans une casserole sur une cuisinière. Est-ce moi qui ai fait bouillir l'eau sur le pont, l'autre nuit ? Ma foi, c'était brûlant ! Penser que c'est moi qui aie pu faire cela me terrorise. Un frisson me parcourt le corps et mes paumes deviennent moites.

— … Je trouve que tout cela est un peu démesuré. Tu ne trouves pas ? Je n'ai jamais pris de probiotiques de toute ma vie et je me considère en pleine santé. Es-tu d'accord avec moi ?

— Quoi ?

Je me retourne et essuie mes paumes sur mon pantalon d'un geste nerveux. Elle me dévisage, en attendant une réponse que je ne peux pas lui donner.

— En parlant de nourriture, tu n'as vraiment pas l'air dans ton assiette aujourd'hui, ma belle Justine. Qu'est-ce qui ne va pas ?

Sa voix s'adoucit et je sens l'inquiétude pointer dans son regard.

— Euh… Rien. Ça va.

Je m'efforce de garder mon calme et me rappelle que la meilleure défense peut parfois être l'attaque.

— Toi non plus, grand-mère, tu n'as pas l'air en grande forme. Tu n'as pas l'habitude de grogner contre maman de cette façon.

Elle baisse les yeux et laisse échapper un soupir.

— C'est vrai. Je ne sais pas ce qui m'a pris. Je suis désolée, ma grande. Je n'aurais pas dû parler de cette manière. J'ai eu une mauvaise nuit et je me sens un peu irritable.

— Qu'est-ce qui t'a empêchée de dormir ? Tu n'allais pas bien ?

— Non, sois sans crainte. Je vais bien. J'ai juste fait un cauchemar et j'ai ensuite eu du mal à me rendormir.

Elle se frotte les tempes avant de poursuivre :

— Toi, ma belle, s'empresse-t-elle de renchérir, dis-moi ce qui ne va pas ?

Son regard préoccupé m'attendrit et j'ai envie de tout lui dire. Je détourne la tête vers le seau d'eau et vois la surface de l'eau qui s'agite, alors que mes yeux s'embuent de larmes.

— Je... Je...

— Allez, Justine, tu sais que tu peux tout me dire. Ça va te faire du bien.

Elle pose ses mains sur les miennes en une étreinte douce et chaleureuse. Je sens la pression de mon angoisse et mon désespoir monter dans ma gorge et les larmes emplissent vite mes yeux. Lorsque je fonds en sanglots, une trombe d'eau explose du seau et se répand sur le comptoir et le plancher.

Grand-mère se lève et observe l'eau qui s'égoutte sur le sol.

— C'est ça qui te met dans cet état? s'émerveille-t-elle devant le dégât. Ne t'inquiète pas mon trésor, c'est tout à fait normal.

Elle me prend par les épaules et me regarde droit dans les yeux.

— Pour dire la vérité, j'avais hâte que ça arrive!

Chapitre 10

JUSTINE
An 2016

Après avoir séché mes larmes et m'être calmée, je retrouve peu à peu mes esprits. Je me rends compte que les dernières vingt-quatre heures ont été éprouvantes et je suis soulagée que la pression soit un peu retombée.

— Bois, ça va te faire du bien, murmure-t-elle en glissant ma tasse vers moi.

Je porte la tasse à ma bouche et laisse couler le liquide, maintenant tiède, dans ma gorge desséchée. Elle a raison, ça fait du bien. Je me mouche une dernière fois et prends une grande inspiration.

— Grand-mère, tu savais que cela allait m'arriver?

— Oui, trésor. Je crois savoir ce qui se passe et tu n'as rien à craindre. Dis-moi, selon toi, tu peux faire bouger l'eau depuis quand?

— Euh… Je ne sais pas. Je crois que j'ai toujours pu faire cela, mais je ne savais pas que c'était moi qui réalisais ces prouesses. Je croyais que c'était le fruit de mon imagination, mais, ces derniers jours, des événements se sont produits, et je me suis rendu compte que c'était moi qui contrôlais tout.

— Qu'est-ce qui s'est passé au juste? se presse-t-elle de demander.

Je repasse les dernières journées en rafale dans ma tête et fais le tri de ce que je crois pouvoir lui confesser. Pas question de faire allusion à ce qui s'est passé sur le pont.

— Bien, je suis allée à la piscine avec Noah et, en l'attendant, je me suis mise à faire bondir une masse d'eau sur la surface. Il m'a vue et m'a fait remarquer mon geste. C'est à partir de ce moment que j'ai réalisé que s'il pouvait le voir, ça ne pouvait pas se passer que dans ma tête.

Je baisse les yeux ne sachant pas si mon affirmation sera perçue comme une bonne ou une mauvaise réponse. N'ayant pas de signe de sa part, je décide de poursuivre :

— En y pensant bien, je crois avoir toujours possédé cette aptitude. Je me rappelle que je jouais à faire des vagues dans mon bain, quand j'étais toute petite, mais je ne crois pas qu'à cet âge, c'était aussi clair et précis. Ce que je faisais était plus modéré et moins perceptible.

— C'est bien ce que je croyais! s'exclame-t-elle avec un petit sourire en coin.

— Grand-mère, que m'arrive-t-il? dis-je d'un regard suppliant.

— Chut! souffle-t-elle en passant une main sur mes cheveux. Il n'y a pas de raison d'avoir peur. Je crois que cette aptitude ou ce don, si on peut dire, t'a été transmis à la naissance. Dis-moi, qu'est-ce que ta mère t'a raconté au sujet de ta naissance?

— Elle m'a dit que j'étais née, ici, dans ta maison, avec papa et toi; qu'elle avait fait appel à une sage-femme parce qu'elle tenait à accoucher dans l'eau ; elle avait acheté une petite piscine gonflable et disait que je semblais me plaire dans ce bassin d'eau, puisque j'étais calme et enjouée.

Un sourire s'accroche sur le visage de ma grand-mère et ses yeux s'illuminent à l'évocation de ces souvenirs.

— Oui, c'est bien vrai. Tu avais l'air heureuse, couchée sur la poitrine de ta mère, de l'eau jusqu'au cou. Ton père aurait préféré que l'accouchement se passe à l'hôpital. Il voulait que tu ne sois exposée à aucun risque, mais ta mère y tenait tellement qu'il avait cédé à sa demande. En fin de compte, il se disait que c'est elle qui ferait le travail, alors il valait mieux qu'elle soit confortablement installée. J'aurais aimé que ton grand-père soit là, mais la vie nous l'a enlevé trop vite. Albert aurait fait un grand-père extraordinaire.

— Mais alors, mon don m'a été transmis dans l'eau ! que je lance, impatiente de connaître la vérité.

— Non. En fait, il est en lien avec l'eau, car tu as été en contact avec l'eau à ta naissance, mais je crois qu'il t'a été transmis par ta mère.

— Ma mère a aussi un don avec l'eau ? Elle ne m'en a jamais parlé.

— Ta mère ne t'en a jamais parlé, car je crois qu'elle ignore qu'elle possède un don. Je n'ai jamais abordé le sujet avec elle, non plus. Son pouvoir est discret, car elle n'a jamais pris conscience de ses capacités et ne l'a jamais exercé. Mais il est là, et toi-même en as vu les effets.

— Je n'ai jamais vu ma mère faire des prouesses avec l'eau de toute ma vie ! Elle n'est pas très fervente de l'eau. C'est à peine si elle trempe un pied dans la piscine.

— Non, c'est juste. En fait, son don à elle n'est pas du tout en lien avec l'eau.

— Mais alors, de quoi s'agit-il ? que j'enchaîne, perplexe, n'ayant aucun souvenir de réalisation particulière.

— Son don est en lien avec le bois.

— Le bois ?

— Oui, tout à fait. En y pensant bien, tu vas voir que j'ai raison. Pourquoi crois-tu qu'elle s'intéresse aux arbres comme personne d'autre ? Leur tronc, leur écorce, leur essence. Comment réussit-elle à avoir les plus belles récoltes de prunes, de pommes, de poires et de marrons ? Et d'où crois-tu qu'elle tire son expertise pour la collecte de l'eau d'érable, si ce n'est de ce don ?

L'évidence me saute aux yeux. C'est bien vrai, ma mère est étrangement douée pour tout ce qui a rapport au bois et aux arbres. Elle est une de ces personnes qui ont le pouce vert. Elle réussit à tout faire pousser de manière phénoménale. Elle est amie avec la mère de Noah depuis qu'elle est très jeune. Quand celle-ci a épousé un agriculteur, et qu'ils ont acheté une érablière, ma mère est vite devenue leur porte-bonheur.

Chaque printemps, elle participe à l'entaille des érables et c'est de là qu'elle a obtenu ce titre. C'est elle qui dirige les opérations, car elle sait toujours quelle est la meilleure journée pour commencer la récolte de l'eau d'érable et elle connaît l'endroit précis où l'on doit entailler chacun des arbres pour que la coulée soit la plus efficace. Je comprends, maintenant, que ce que l'on qualifiait de «hasard» ou de «chance du débutant» est, en fait, un don.

— Mais alors, est-ce que c'est toi qui lui as transmis ?

Je comprends par son sourire que j'ai vu juste.

— Je l'ai placée dans un petit berceau de bois juste après sa naissance.

— Et toi ? Quel est ton don, grand-mère ?

Elle se lève et avance vers son four de verrier, qui me fait penser à un immense four à pizza. Elle a dû travailler à ses œuvres un peu plus tôt, aujourd'hui, car il reste encore de la braise. Elle tend sa main droite devant elle et s'amuse à chantonner :

— Tadadam !

Au même moment, le feu jaillit. Les flammes sont si puissantes qu'elles sortent de l'ouverture en émettant un vrombissement. Je perçois l'intensité de la chaleur sur mes joues et l'agréable odeur du bois qui se consume. Au bout de quelques secondes, grand-mère se retourne vers moi, et le feu réintègre son antre en diminuant d'intensité.

— Wow ! Ton pouvoir est puissant, grand-mère ! Le mien ne l'est pas autant.

— Crois-moi, il était beaucoup plus puissant à une certaine époque... En ce qui te concerne, je suis convaincue que tu as tort. Tu ne t'es pas entraînée à l'utiliser comme moi et, par conséquent, tu n'as pas pu voir jusqu'à présent tout son potentiel, mais je sens que tu as une force hors du commun.

— Qu'est-ce qui te fait croire cela ?

— Comme je te disais tout à l'heure, lors de ta naissance, tu étais bien heureuse dans l'eau du bassin, mais lorsqu'il a été le temps de te sortir de l'eau, tu t'es mise à hurler. Ta colère était si forte que tu as pleuré jusqu'à l'épuisement et tu t'es ensuite endormie, exténuée. Pendant que tu pleurais, il s'est mis à pleuvoir comme j'avais rarement vu, juste au-dessus de la maison, comme un silo. La perturbation météorologique, qui s'était formée, s'est déplacée et s'est intensifiée lorsqu'elle a atteint la région de la Montérégie. Il y a eu des quantités importantes de pluie verglaçante qui ont causé des ravages incroyables et des pannes d'électricité majeures. Je me souviens de cette soirée du 4 janvier 1998, comme si c'était hier. Je crois que ton don est responsable de cette crise du verglas, mais je n'ai pas toutes les réponses... Bref, tout est rentré dans l'ordre, mis à part le fait que ta mère a dû s'obstiner avec toi toute ta vie pour te faire sortir d'un bain ou d'une piscine.

Elle me fait un clin d'œil moqueur et je souris en pensant aux fois où j'ai tenu tête à ma mère, en refusant de sortir de l'eau. Mes pensées reviennent à la charge aussitôt afin de poursuivre l'élucidation du mystère qui entoure les dons familiaux.

— Et toi, grand-mère, ta mère avait un de ces dons, elle aussi ?

— Non, chérie. Ma mère est morte en me donnant naissance et je suis convaincue qu'elle n'avait pas ce genre de pouvoir.

— Mais alors, comment ton don t'a été transmis ?

Avant même qu'elle puisse me répondre, Alice se penche vers l'avant agrippant sa tête entre ses deux mains. Elle se met à se balancer sur sa chaise en poussant des gémissements de douleur. Affolée, je m'agenouille à ses pieds et pose mes mains sur ses cuisses.

— Grand-mère, qu'est-ce qu'il y a ? Qu'est-ce qui ne va pas ? Tu as mal quelque part ?

Le ton de ma voix monte à chacun de mes appels, et je tente par tous les moyens d'attirer son attention, mais en vain. Son visage est crispé par la douleur et elle ne semble pas m'entendre, comme si elle était plongée dans un état de transe. En dernier recours, j'attrape ses poignets et la relève d'un geste brusque, pour la forcer à me regarder dans les yeux. Je la serre avec tant de fermeté que mes doigts deviennent tout blancs.

— Grand-mère, c'est moi, Justine, reviens... Dis-moi quelque chose! que je lui crie de toutes mes forces.

Elle sursaute, cesse de gémir et me fixe d'un regard apeuré, le temps de reprendre ses esprits.

— Grand-mère, tu m'as fait peur, que s'est-il passé?

Mon cœur tambourine si fort dans les veines de mon cou, que je saisis à peine ce qu'elle marmonne d'une voix tremblotante. Je relâche ses poignets et caresse sa joue du revers de la main.

— C'est... C'est... si fort. Ça me fait mal à la tête. Les voix... Les... Ce sont les mêmes voix que dans mon cauchemar, cette nuit. Elles semblent si... réelles. Le danger aussi...

— Quelles voix? Quel danger?

Tout à coup, elle attrape ma main qui caresse sa joue et en freine le mouvement. La terreur dans ses yeux s'est éclipsée pour faire place à de la détermination.

— Debout, on n'a pas de temps à perdre! Nous devons t'entraîner à utiliser ton don. Si celui-ci a autant de potentiel que je le pense, il reste beaucoup de travail à faire pour atteindre son apogée. Il faut que tu apprennes à l'exploiter pour te défendre et te protéger. Si mon intuition s'avère bonne, nous ne serons pas trop de deux pour faire face à la menace...

Chapitre 11

JUSTINE
An 2016

Alice se lève, dépose le seau au fond du lavabo et ouvre le robinet d'eau froide à grand jet.

— Grand-mère, qu'est-ce qui se passe?

— Disons que des bribes de mon passé semblent vouloir refaire surface. Je ne veux pas trop t'inquiéter avec cela, surtout pas avant l'entraînement. Cela pourrait t'embrouiller l'esprit et affecter tes capacités. Allez, mettons-nous au travail, et ensuite je t'en dirai un peu plus.

Elle ferme le robinet, soulève le seau et le remet à sa place sur le comptoir. Elle recule pour me laisser toute la place.

— Bon, ça devrait aller pour commencer! Installe-toi comme tu veux et refais la même chose que tantôt, je vais juste te guider à travers le processus.

J'avance, fixe l'objet devant moi, en me demandant comment y parvenir. Maintenant que je me concentre, je n'arrive plus à me souvenir ce que j'ai fait la dernière fois. Cela s'était passé sans déployer d'effort ou même que j'y ai pensé. Pourtant, je devais bien faire quelque chose, cela ne pouvait pas arriver tout seul...

— Youhou, mon ange! Tu reviens sur terre? dit-elle en riant, balayant une main devant mes yeux.

— C'est juste que j'ignore comment m'y prendre.

La tension s'insinue dans mon cou. Je balance ma tête de chaque côté et roule mes épaules pour me détendre.

— Reste calme. Tu ne dois pas te mettre de pression, dit-elle, ayant saisi mon inquiétude. Tu dois juste te concentrer sur ce que tu souhaites accomplir. Visualise le résultat; si tu veux une fontaine, par exemple, imagine l'eau jaillir et le mouvement qu'elle doit suivre, dit-elle, se frottant le menton avant de poursuivre. Comment pourrais-je t'expliquer... C'est comme si tu voulais dessiner une fleur et que tu voyais dans ta tête le modèle exact avant de commencer: sa forme, son contour, ses couleurs. Tu vois ce que je veux dire?

— Ouais, je crois que oui.

J'inspire et me concentre à nouveau. J'imagine une fontaine, d'environ trente centimètres de haut, qui jaillit en continu au centre du seau.

Ce qui se produit est loin de ce que j'avais imaginé. À peine deux à trois gouttes sont soulevées de la surface et retombent sans créer de remous. Je soupire, découragée de ma piètre performance, et me retourne vers grand-mère.

— Ça va, c'est normal. Il ne faut pas t'en faire. On vient de changer la dynamique; avant tu le faisais sans t'en rendre compte, maintenant, c'est moi qui te commande de le faire.

C'est certain qu'il faut tout réapprendre le processus, sans compter que ça ajoute de la pression. Bon, allez. On reprend!

Je me remets à la tâche et l'heure qui suit n'est qu'une longue et pénible répétition d'essais et d'erreurs. J'ai chaud et je suis exténuée. Toutes mes tentatives ont échoué et je n'ai pas réussi à élever plus de cinq gouttes d'eau à la fois. Ironiquement, ma meilleure performance à produire des effets avec l'eau se situe dans le nombre de gouttes d'eau qui perlent sur mon front et les larmes qui embuent mes yeux.

— Justine, il ne faut pas te décourager. C'est comme si tu apprenais à nager, ça demande beaucoup de pratique.

Je lui lance un regard perplexe.

— D'accord, ce n'est pas un bon exemple. Dans ton cas, dès qu'on t'a mise dans l'eau, tu as su tout de suite nager. Mais bon, vois ça comme apprendre à faire du vélo ou du patin. Ça ne vient pas tout seul et ça demande beaucoup d'heures d'entraînement.

— Je ne crois pas que je vais y arriver, grand-mère.

— Bien sûr que oui. Tu étais déjà fatiguée en arrivant ici. En plus, je t'ai révélé que tu avais un don et je t'ai bousculé… C'est peut-être un peu trop à la fois, dit-elle avec tendresse. Rentre à la maison et repose-toi. Nous reprendrons tout cela un autre jour, ajoute-t-elle en me tapotant l'épaule.

Elle a raison sur un point: je suis vidée. Toutefois, je doute que je puisse parvenir à développer ce don. On dirait que je n'ai plus aucune habileté. La porte de l'atelier grince et une voix familière interpelle ma grand-mère.

— Alice? Tu es là?

Nous nous retournons en même temps pour apercevoir le visage souriant de Noah apparaître dans l'entrebâillement de la porte.

— Noah! Quelle belle surprise!

Avant d'aller l'accueillir, elle se penche à mon oreille et murmure:

— Reviens me voir cette semaine. Je vais préparer un entraînement plus encadré et nous pourrons parler un peu de cette menace…

— Menace? Quelle menace? dit Noah, après avoir fait la bise à ma grand-mère, en relevant ses manches pour montrer ses biceps contractés. Je suis prêt à utiliser ces muscles de fer contre n'importe quelle menace!

La vision de ces petites dénivellations sur ses longs bras est pitoyable. Je roule les yeux, en pensant que ces minuscules biceps ont au moins la force de m'arracher un sourire.

Chapitre 12

ELSA
An 2071

L'assemblée va commencer sous peu. Les gardes de niveaux supérieurs sont regroupés au milieu de la travée centrale du pont. Ils sont des centaines de créatures à marmonner en attendant le Diable. Ça me rend nerveuse à les voir si nombreuses. Elles sont plus horrifiantes que les gardes habituels de par leur aspect physique mi-humain, mi-animal. Mon père les surnomme les *mutations*, car on dirait qu'elles mutent vers une forme plus humaine.

Autrefois, elles avaient une forme animale comme tous les autres gardes. Maintenant, elles sont beaucoup plus grandes et marchent sur deux pattes. Leurs corps perdent, petit à petit, leurs épaisses toisons de poils noirs, ce qui les rend d'autant plus affreuses. Elles sont moins velues et leurs poils ressemblent plus à une étrange pilosité qu'à un pelage. Certaines peuvent même parler, tandis que d'autres gémissent ou rugissent pour communiquer.

Je suis cachée près de mon point de travail habituel. Je dois accueillir une cargaison de marchandises dans une demi-heure.

Dès la fin de l'assemblée, je m'installerai donc à mon poste pour attendre le convoi de marchandises. Il a été facile de déjouer la sécurité réduite pour arriver un peu plus tôt. Mon père étant au travail, je n'ai pas eu besoin de sortir en catimini. Il n'aurait pas voulu que je déroge à mon horaire de peur que je m'attire des ennuis.

Je n'ai jamais vu le Diable depuis mon arrivée ici. Ceux qui l'ont vu en sont restés marqués et racontent à quel point il est terrifiant. On dit qu'il se promène à travers le temps, dans le passé et dans le futur, pour s'assurer que son plan soit exécuté à la perfection. Mais de quel plan s'agit-il ? Personne ne le sait. Moi, je compte bien le découvrir.

Je ne suis pas certaine de bien voir l'assemblée compte tenu de l'obscurité. Même si nous sommes en plein milieu de la journée, aucune lumière ne traverse l'épaisse couche de fumée noire qui enveloppe la ville depuis des décennies. Ma mère m'a déjà parlé du temps de son enfance où elle pouvait encore apercevoir quelques faibles rayons du soleil à travers les lourds nuages gris. Maintenant, nous sommes plongés dans une obscurité perpétuelle. Les seules lueurs qui percent la noirceur proviennent du brasier et de la lave qui bouillonne sous le pont. Cette lave qui, à ce qu'on m'a dit, était autrefois de l'eau.

La sueur ruisselle sur mon front. La chaleur est insoutenable aux abords du pont, mais l'anxiété me donne encore plus chaud. Je suis consciente du danger et des risques de mon insubordination. Je ne dois pas me faire prendre.

J'utilise le bas de mon chandail pour éponger mon visage. En relevant la tête, je vois une lumière étincelante jaillir sous le tablier du pont et s'élever dans le ciel en une colonne de feu. Un vent tourbillonne autour comme un typhon et son intensité me fait perdre l'équilibre. Je me cramponne aux montants du pont pour éviter de basculer et d'alimenter le brasier.

Un personnage sombre apparaît sur la structure supérieure, comme s'il était en suspension au-dessus du pont. Il a une forme plutôt humaine, mais on peut encore distinguer certaines traces animales malgré sa mutation avancée. Son visage a encore la proéminence d'un museau et des crocs recourbés sortent de sa bouche. Deux oreilles pointues se dressent de chaque côté de sa tête. Son corps est enveloppé dans une énorme cape noire, mais une longue queue agile en ressort et se balance de chaque côté en fouettant l'air. Il est encore plus effroyable que je l'imaginais.

Une autre colonne de feu se dresse devant lui et un homme apparaît au centre. Ses mains et ses pieds sont liés par des cordages, et il se lamente de douleur. L'individu a le visage couvert de sang. En l'observant, je m'aperçois qu'il a un trou au milieu du visage, comme si on lui avait arraché le nez. Ma gorge se noue lorsqu'une voix grave rugit de colère.

— Tu vas mourir devant mes fidèles serviteurs ! C'est ce qui arrive lorsqu'on se met le nez dans mes affaires ! reprend-il, suivi d'un rire diabolique. Que cela serve de leçon à tous !

Le Diable tend une main devant lui et la colonne de feu qui entoure le pauvre homme s'embrase avec ardeur. En une flambée, la chair de celui-ci se décompose répandant une odeur répugnante. Je réprime un haut-le-cœur et serre mon outil dans mon poing pour contenir ma rage. Encore un sacrifice effroyable pour démontrer sa puissance et s'assurer de garder ses serviteurs et ses esclaves dans les rangs. Nous entendons souvent parler de ce genre «d'exploit».

D'un geste nonchalant, il se penche en avant pour prendre appui sur sa canne. Ses longues griffes recouvrent le pommeau de celle-ci. Des poils dégringolent de son museau et ses crocs se découvrent davantage, alors qu'il ouvre la gueule pour s'éclaircir la gorge:

— Comme vous le savez tous, tout a commencé un 23 septembre, il y a de cela bien longtemps. Tout finira aussi un 23 septembre, dans un avenir très proche. L'échéance arrivera sous peu et nous aurons, enfin, tous les pouvoirs et toutes les ressources nécessaires pour régner sur l'humanité. Toutefois, je vous ai convoqués, car j'ai ressenti, hier, une perturbation dans les forces du Mal. En ce 23 septembre, je suis tenté de croire que ce n'est que cette date fatidique qui déjoue notre champ de force, mais je doute que ce soit le cas. Je dois donc vous mettre en garde contre une menace possible...

Il prend une pause, tandis que des grondements émergent de la foule, traduisant la colère et le mécontentement des troupes de mutants.

— Silence! crie-t-il en balayant sa queue au-dessus des têtes.

Un coup de vent violent fait lever terre et cendre, et les créatures se cachent les yeux pour se protéger. La bourrasque me fait à nouveau perdre l'équilibre et je dois lâcher mon outil pour me cramponner davantage. L'outil percute le sol et un bruit aigu retentit à son contact avec la plate-forme de métal.

— Il ne s'agit pas d'un danger imminent, mais je tenais à solliciter votre vigilance. Il est déjà arrivé, dans le passé, que les forces du Mal aient été ébranlées, mais la situation a pu être contrôlée. Je vous assure que le boulon d'or, celui qui contrôle notre sort et notre destinée, est en sûreté et qu'il demeurera sous haute protection jusqu'à l'échéance, dit-il, tandis qu'il tend l'oreille dans ma direction.

Son oreille sursaute chaque fois qu'il tente de capter un bruit quelconque. Le Diable ferme les yeux, le temps de renifler un bon coup.

A-t-il pu entendre le bruit que j'ai fait ? Cela me semble impossible à moins d'avoir une ouïe ultrasensible, chose dont ces créatures sont peut-être dotées. Je récupère mon outil et le dissimule dans ma manche, en rampant sur le sol pour aller prendre ma position de travail. Mieux vaut ne pas courir de risques. À peine ai-je le temps de m'agenouiller que la queue du Diable s'enroule autour de mon corps, des chevilles à la gorge. Il me tire vers lui aussi vite que la langue d'une grenouille qui s'empare de sa proie. Je ne peux plus respirer durant la manœuvre.

Je me retrouve suspendue au-dessus des centaines de *mutations* rassemblées sur le pont et de la longue ligne orangée de lave qui coule sous leurs pieds, tel un fleuve de flammes. Une vive sensation de vertige monte en moi, mais ce n'est rien comparé à ce que je ressens lorsque le Diable me fait pivoter vers lui et que nous nous retrouvons face à face. La terreur s'empare de moi et me paralyse.

— Qu'est-ce que tu fais ici ? me crache-t-il au visage.

Ses yeux jaunes perçants et son regard malin le rendent encore plus horrifiant. Je sens son regard pénétrer mon âme, comme s'il avait le pouvoir de scruter mes pensées. Je suis dépouillée de tous mes moyens et possédée par sa force mentale. Je réponds, tel qu'il l'ordonne.

— Je... Je travaille sur le pont. J'attends les convois de marchandises, que je réponds, le souffle toujours coupé par la pression que sa queue exerce sur ma cage thoracique et ma gorge ainsi que par la peur qui m'envahit.

Il approche son museau et renifle avec lenteur, comme s'il analysait chaque parcelle de mon corps. Son regard détourné temporairement du mien, je réussis à fermer les yeux pour rompre le charme de possession et oublier la proximité de ses crocs. L'image de l'homme en feu me revient à l'esprit. Je vais y passer, moi aussi.

— Ton odeur me dit quelque chose. Oui, bien sûr ! Ça sent la trahison. Toi et toute ta famille dégagez cette odeur infecte. Écoutez-moi tous ! déclame-t-il en faisant pivoter sa queue afin que l'assistance puisse me voir. Regardez-la bien, ce sont ses ancêtres qui sont à l'origine de toute cette histoire ! Quelle coïncidence de te trouver ici un 23 septembre ! Tu manigances quelque chose ?

Il resserre son emprise si fort que, cette fois, je ne peux plus du tout respirer ni émettre aucun son. J'essaie de lutter pour me dégager, mais je n'ai pas la force nécessaire. Mon cerveau manque d'oxygène et ma vision se brouille. Au bout de quelques secondes, je me sens faiblir.

— Surveillez-la et, au moindre signe suspect, ramenez-la-moi vivante ! Je tiens à m'occuper personnellement de son cas. Je ne laisserai aucun obstacle se mettre en travers de notre destinée. Les forces du Mal seront bientôt plus puissantes qu'elles ne l'ont jamais été et nous serons alors indestructibles !

D'un brusque mouvement, sa queue se déroule tel un yoyo. Plongeant dans le vide, je sens le contenu de mon estomac remonter dans ma gorge. Lorsque le dernier tour se dénoue, j'atterris sur la plate-forme de métal. Mon corps roule sur quelques mètres, me rappelant à chaque tour les blessures des coups de fouet que j'ai reçus dans le dos. Je reste ensuite allongée sur le sol pour calmer la douleur et reprendre mon souffle.

Dans un tourbillon de vent et de fumée noire, le Diable disparaît aussi vite qu'il est apparu, comme s'il s'était volatilisé. Les gardes demeurent un moment prosternés sur le pont, ronronnant de satisfaction.

Je profite de leur distraction pour récupérer l'outil dans ma manche et commencer à graver un court message. La douleur de mon dos irradie vers mon bras et je dois limiter mes mouvements. Je dois conserver mes forces, je n'ai aucune idée du sort qu'on me réserve.

O, tout a commencé un 23 septembre.
Il faut trouver le boulon d'or...

Chapitre 13

JUSTINE
An 2016

— Comment as-tu fait pour me trouver? que je demande à Noah en montant dans sa voiture.

— J'ai croisé ta mère alors qu'elle rentrait du récital et elle m'a dit que tu étais ici. Je croyais que tu devais passer la journée chez ton père, ajoute-t-il en démarrant la voiture.

Noah habite dans le même quartier que ma mère, en fait, juste à quelques rues d'ici.

— Oui, mais j'ai changé mes plans. J'ai décidé de venir au récital.

— Ah non! Ne me dis pas que ton cœur balançait encore entre tes deux parents? dit-il en me lançant un regard désapprobateur. Est-ce que cela expliquerait pourquoi tu n'étais pas dans ton assiette l'autre soir?

— Ouais… c'est… c'est sûrement ça, que je bafouille en détournant mon regard du sien pour me concentrer sur le mouvement régulier des essuie-glaces qui estompent la pluie.

— Je te dépose chez ta mère ou chez ton père? demande-t-il, en cherchant mon regard pour comprendre ce qui me préoccupe.

— Tu traverses en ville ?

— Oui, j'ai promis à Jade d'aller la chercher au travail. Il pleut des cordes et ce n'est pas agréable pour transférer d'un bus à l'autre.

— Quelle galanterie, monsieur Cardinal ! que je rétorque avec une pointe d'humour.

Un sourire s'affiche un moment sur ses lèvres, traduisant une certaine fierté, mais celui-ci s'efface rapidement avant qu'il n'enchaîne :

— J'attendais ton appel hier ; je commençais à être inquiet. Tu n'es pas comme d'habitude et je sens que quelque chose ne va pas.

Je me raidis sur mon siège. Je sais que je ne peux rien cacher à Noah et qu'il a vu juste. Je ne peux pas lui dire ce qui s'est passé et je ne veux pas avoir à lui mentir non plus, j'essaie donc de détourner le sujet :

— Si ça ne te dérange pas de m'y déposer, j'irais chez mon père.

Il demeure silencieux, en continuant de rouler sur la rue Saint-Laurent. Il tourne à droite sur le boulevard de la Rive-Sud et roule un moment en me jetant des coups d'œil de temps à autre. Je tente de me détendre sur mon siège et de rester calme, mais je change de position toutes les trente secondes, ce qui rend mon comportement encore plus louche.

— Comment es-tu rentrée hier soir ? s'enquiert Noah.

Voilà ! La question qui tue ! Si je mens, il le saura immédiatement ; si je ne réponds pas, il saura qu'il est sur la bonne voie et continuera de creuser la question ; si je dis la vérité, je vais creuser ma tombe !

— Avec Victor, que je murmure en baissant les yeux.

— Quoi ? Le gars qui était au bar ? Celui que je t'ai précisément dit d'éviter ? crie-t-il en frappant la paume de sa main sur le volant.

— Oui, mais je crois que tu te trompes à son sujet. Et puis, tu n'as pas à t'en faire, il ne m'a rien fait. Il m'a juste vue sur le trottoir et a offert de me reconduire. Il habite tout près de chez mon père.

J'enchaîne l'information à une vitesse record, me justifiant du mieux que je peux dans les circonstances. Je préfère l'aviser au sujet de Victor, que de lui révéler ce qui s'est passé sur le pont. C'est la seule façon de le détourner des vraies raisons qui me tourmentent.

— Non, Justine ! Je suis certain que c'est toi qui te trompes ! J'ai entendu suffisamment de choses à son sujet pour savoir que tu ne dois pas t'approcher de lui. Tu dois me faire confiance et te tenir loin de ce gars-là, ajoute-t-il sur un ton autoritaire, l'index pointé vers moi.

— Tu n'as pas à me dire quoi faire, je suis assez grande pour prendre mes décisions toute seule, que je réplique, sentant la colère monter en moi.

Je n'ai jamais vu Noah s'emporter de cette façon et je me demande bien ce qui peut le rendre ainsi.

— Tu es jaloux ? C'est ça ?

— Non, ce n'est pas cela du tout ! J'essaie simplement de te mettre en garde.

— Me mettre en garde contre quoi au juste ?

Je cherche mon souffle et mon cœur bat à toute vitesse. Je n'ai pas l'habitude d'argumenter avec Noah de cette façon et ça me met à l'envers.

— C'est de lui que tu parlais avec ta grand-mère quand je suis arrivé? Je parie que c'est cela qu'Alice voulait dire quand elle parlait de menace? Elle pense, comme moi, que ce garçon est une menace?

— Non mais! Tu délires ou quoi? Tu entends un seul mot d'une conversation et tu t'inventes toute une histoire? Je ne veux plus que tu me parles de lui! Mêle-toi de tes affaires!

Voyant que mon argument est bon et que ce mot pêché au hasard ne constitue pas une preuve en soi, il soupire et prend une pause avant de reprendre :

— Justine, j'avoue que je m'y prends peut-être mal, mais, s'il te plait, laisse-moi finir, dit-il d'une voix adoucie. J'ai entendu trop d'histoires à son sujet pour ne pas savoir de quoi je parle. Ce garçon fréquente trop souvent les bars et, chaque fois, cela finit en bataille. Il ne va presque pas à ses cours et, quand il y va, il se défile avant la fin pour s'engouffrer dans les rues les moins fréquentables de la ville. Il a un comportement étrange. On me dirait qu'il est lié à des histoires illégales de drogue, de contrebande, ou de je ne sais quoi, que ça ne me surprendrait même pas...

Je relève les yeux pour débattre ces accusations non fondées contre Victor, qui me semblent tout à fait inappropriées, quand je m'aperçois que nous roulons sur le pont de Québec. En une nanoseconde, mes pensées basculent vers Elsa et je me demande si elle m'a écrit autre chose depuis l'autre nuit. Je dois le savoir.

— Arrête ici tout de suite, je veux descendre, que je hurle à Noah.

— Je ne peux pas m'arrêter ici en plein milieu du pont! dit-il, irrité.

— Noah, je veux descendre, prends la prochaine sortie!

— Voyons, Justine, ne prends pas cela de cette façon, je veux juste t'éviter des ennuis, réplique-t-il pour me raisonner.

— Tourne à droite et arrête-toi dans le stationnement.

Il obéit et, aussitôt que sa voiture est immobilisée, j'ouvre la portière et dévale la piste cyclable en courant.

— Justine, où vas-tu comme ça? Reviens, on va en parler! crie-t-il.

Mais je suis déjà loin et je n'entends plus le reste de son discours. Lorsque j'atteins l'entrée du pont, la pluie résonne sur la plate-forme métallique, comme si des clous tombaient du ciel. Je suis détrempée et je dois ralentir un peu ma course pour ne pas glisser sur le métal mouillé.

— Justine! Qu'est-ce que tu essaies de faire? crie Noah, avançant à tâtons et s'agrippant aux rampes de chaque côté. C'est juste un différend, on va en parler… Bon sang! Veux-tu bien me dire ce qui te fait perdre la tête comme ça?

Je freine ma course et m'accroupis tout de suite. Noah s'arrête de justesse derrière moi, évitant de me percuter de plein fouet tandis que je balaie l'eau d'une main.

— C'est ça qui me fait perdre la tête! que je lui dis, en pointant le message qui reluit dans l'eau:

O, tout a commencé un 23 septembre.
Il faut trouver le boulon d'or...

— Mais qu'est-ce que c'est que ça?

Il s'agenouille sur le sol et examine la surface de la couche d'eau qui recouvre le métal. Il passe sa main dans l'eau et n'arrive pas à comprendre d'où cela provient.
— C'est un message du futur.
— Ha! Ha! Très drôle! Tu me niaises?
— Non. Pas du tout. Je suis très sérieuse. Ce sont ces messages qui me perturbent depuis quelques jours.
— Tu en as vu d'autres?
— Oui. Je peux même en écrire moi aussi. Regarde.

Je me mets à genoux et écris sur la mare d'eau: «Elsa, es-tu là?»

Pendant que nous attendons la réponse, je lui fais un résumé de la situation, des autres messages reçus d'Elsa, de mes précédentes visites sur le pont.

Un éclair de colère traverse le regard de Noah à la mention de Victor. Avant même qu'il puisse rouspéter, Elsa nous répond:

Oui

S'ensuit un échange pour en savoir davantage: «Je veux bien t'aider, mais que sais-tu? Qui pourrait m'aider? Par où commencer?»

Je n'en sais pas beaucoup pour le moment.

Mes ancêtres sont à l'origine de cette histoire avec le Diable.

Peut-être est-ce en lien avec le fait qu'ils ont des dons?

Mon cœur se serre en lisant la dernière phrase. Je m'empresse de demander : « Des dons ? Quels dons ? »

Mon arrière-arrière-grand-mère = Feu

Mon arrière-grand-mère = Bois

Ma grand-mère = Eau

« Leurs noms ? »

Alice... Anne... Justine

— Bon sang ! Justine, j'hallucine ! dis-moi qu'elle ne parle pas de toi et de ta famille ?

— On dirait bien que oui, que je réplique, tout aussi abasourdie que lui.

— Tu as un don ?

— Je t'expliquerai cela plus tard, dis-je, pressée de vérifier ma relation avec cette fille.

Ce pourrait-il qu'elle soit ma petite-fille ? Je dois m'en assurer. J'inscris : « Je suis Justine, je crois que je suis ta grand-mère. »

Comment en être sûres ?

Je réfléchis à l'information que je pourrais lui donner et qui pourrait me distinguer. Le fait que j'ai les cheveux bruns, que j'aime la natation ou l'écriture, ne constitue pas en soi une façon de m'identifier. Surtout que, si elle est dans le futur, elle ne m'a pas connue à mon âge actuel. J'ai pu changer d'apparence ou de passions au fil des ans. Il n'y a donc qu'une seule chose qui peut me différencier : « J'ai une marque circulaire sur l'épaule droite, une brûlure en forme de O. »

Grand-mère, c'est bien toi ?

Je suis d'un coup submergée par l'émotion qui me monte à la gorge ; c'est ma petite-fille. Je vais avoir un enfant qui va par la suite engendrer cette jeune fille. Mes yeux se remplissent d'eau. Je voudrais tout à coup traverser le temps et aller la chercher. Je dois sauver ma petite-fille des mains du Diable…
— Justine ! Regarde la suite ! crie Noah pris de panique.

Je dois te laisser…
les gardes viennent vers moi et s'ils me surprennent…
ils vont me livrer au Diable…

Chapitre 14

JUSTINE
An 2016

— Tu veux que j'aille chercher Jade et qu'on revienne te voir ? demande Noah d'un air abattu. Je suis certain que ça lui ferait plaisir qu'on te donne un coup de main pour démêler ce mystère.

Il essaie, tant bien que mal, de me remonter le moral. Les derniers mots d'Elsa m'ont vraiment secouée. Je suis inquiète, et lui aussi, on dirait. Il a l'air nerveux et tambourine avec ses doigts sur le volant depuis que nous sommes partis du pont. Cette histoire l'a jeté à terre autant que moi et il sent l'urgence d'agir. J'avoue que ces messages du futur sont difficiles à digérer.

Je suis du moins contente que Noah sache maintenant toute la vérité ; cela va faciliter les choses entre nous. Il m'a toujours épaulée à chaque étape de ma vie. Ce qui m'arrive est si gros, que l'avoir à mes côtés est important pour moi.

— C'est gentil, mais je suis fatiguée et je ne sais pas par où commencer. Je crois qu'il serait mieux que je laisse la poussière retomber pour y voir plus clair.

— C'est une bonne idée. Fais-moi signe quand tu veux qu'on se mette au boulot !

— Merci, Noah. Je l'apprécie beaucoup.

J'ouvre la portière et il me retient par le bras.

— Dis, ton don ? Il peut arrêter la pluie ? dit-il avec un sourire taquin pour tenter de me remonter le moral.

— Non, je ne crois pas. De toute façon, il ne se passe pas grand-chose de ce côté-là...

— Hé ! T'en fais pas, on ne te laissera pas tomber ! dit-il en posant une main sur mon épaule. On va trouver un moyen d'arranger ça et de démystifier toute cette histoire de pont...

J'adresse un petit sourire à Noah avant de descendre de la voiture. Une pluie diluvienne s'abat sur moi, et je m'empresse de rejoindre la maison. Je suis trempée de la tête aux pieds. J'enlève mes bas pour ne pas mouiller le plancher de bois. Je traverse le couloir, sur la pointe des pieds pour ne pas y laisser de traces.

Quelque chose attire mon attention dans la bibliothèque qui longe le mur du salon. Mon père possède une impressionnante collection de livres de référence et un titre a attiré mon regard : *Le pont de Québec*[1]. Je retire le volume de la tablette où il se trouve et découvre sa couverture arborant une magnifique photo du pont. Je ne me souvenais plus que mon père possédait cet ouvrage.

---

[1] Michel L'HÉBREUX, *Le pont de Québec*, Québec, Les éditions du Septentrion, 2008.

Je ne peux me retenir d'ouvrir celui-ci et de le sentir. J'adore l'odeur des livres. Chacun a sa propre combinaison d'arômes de papier, d'émanation d'encre d'impression et du parfum des traces du temps. Je feuillette le livre qui trace toute l'histoire de la construction, enrichie de multiples photos d'époque. J'en prendrai davantage connaissance un peu plus tard. On ne sait jamais.

Je déboule les escaliers du sous-sol, pressée de retirer mes vêtements détrempés. Je suspends ceux-ci par-dessus la porte de douche. Ayant enfilé des vêtements chauds et confortables, je me laisse tomber en étoile sur mon lit et inspire profondément. Je dois me reposer et reprendre un peu du sommeil perdu. Je ferme les yeux et essaie de faire le vide dans ma tête.

Impossible. Les images s'y bousculent, comme les séquences accélérées d'une publicité de film d'action : les messages de détresse qui apparaissent sur le pont, l'eau de la piscine qui fait des rebonds, ma grand-mère qui contrôle le feu, les yeux bleus de Victor, le visage paniqué de Noah. La dernière image qui défile me fait bondir du lit. L'inscription d'Elsa : *Grand-mère, c'est bien toi ?*

Il n'est pas question de rester là à ne rien faire pendant que ma petite-fille est en danger. J'ouvre mon portable et j'inscris quelques mots-clés sur le moteur de recherche : don + pouvoir + eau + feu. Une liste de sites faisant référence à des ouvrages de science-fiction, de magie, d'elfes ou de sorcières, se pointe à l'écran. Rien de concret qui m'intéresse vraiment. J'effectue une autre recherche : pont + boulon + légendes, qui devrait être plus profitable. Avant même que j'appuie sur la touche retour pour démarrer la recherche, mon cellulaire annonce l'arrivée d'un message texte.

Je récupère celui-ci dans le fond de mon sac. Mon cœur s'emballe quand je vois que le message vient de Victor :

Ça va ?

Mes sentiments sont partagés ; je suis contente qu'il me texte, mais, d'un autre côté, cela fait deux jours que j'attends de ses nouvelles et que je me demande pourquoi il ne m'a pas donné signe de vie avant. Il m'avait pourtant dit qu'il m'appellerait. Je réponds simplement :

Oui. Toi ?

Oui, mais j'ai beaucoup travaillé ces derniers jours. Du nouveau ?

Bon, ça explique pourquoi il ne m'a pas appelée. Je me demande si je dois lui faire part de la suite des choses. Les mises en garde de Noah me reviennent à l'esprit et j'hésite. Est-ce que je peux lui faire confiance ? Je me ravise en me disant que ça ne m'engage à rien de le mettre au courant :

J'ai découvert un autre message. Elsa est ma petite-fille...

WOW ! C'est gros. Où es-tu ?

Chez mon père.

Je peux aller te voir pour en parler?

Sa demande me prend par surprise. Je ne réponds pas tout de suite et je mijote ce que je dois faire. Noah a peut-être raison. Je ne connais rien de lui et je ne sais pas ce qu'il manigance dans sa vie. Je revois les garçons qui étaient avec lui au bar et cette pensée me refroidit.

D'un autre côté, il n'a rien fait de mal, ni essayé de m'influencer dans quoi que ce soit. Au contraire, il a voulu m'aider. Au fait, pourquoi ne se sauve-t-il pas en courant loin de cette histoire aussi étrange? Essaie-t-il de profiter de ma vulnérabilité?

J'ai quelque chose à te montrer...

Son insistance me fait encore plus douter de ses intentions. Je dois me rendre à l'évidence: depuis le début, mes sentiments sont ambigus, son comportement étant tellement imprévisible. Tantôt il est protecteur, tantôt il m'attaque d'un humour noir. Noah, pour sa part, a toujours vu juste et a toujours été bon pour moi; je ferais peut-être mieux de suivre ses conseils. Je décide de répondre:

Je suis fatiguée, je vais me coucher tôt.

Demain alors?

Je travaille toute la journée.

Lundi après mon cours?

Je soupire et ferme les yeux. La raison me dicte de refuser son invitation et de mettre fin à nos communications, mais, lorsque ses yeux bleus me reviennent en tête, un léger sentiment d'excitation m'empêche de mettre fin à cette relation. Je craque et pianote sur mon téléphone :

D'accord, à lundi.

Chapitre 15

JUSTINE
An 2016

L'édifice de La Fabrique est imposant avec ses briques rougeâtres au contour beige et ses deux tourelles. Au sommet de l'une d'elles, une magnifique horloge surplombe ce coin de rue passant de la Basse-Ville. Les chauds rayons du soleil égayent encore ce lundi qui tire à sa fin. Le cours de Victor doit finir d'une minute à l'autre. Je suis un peu nerveuse. Je me demande si j'ai pris la bonne décision en venant ici.

Une horde d'étudiants franchissent les portes et j'aperçois Victor au milieu du flot humain. Je lui envoie un signe de la main. Son visage s'illumine en me voyant. Il est encore plus beau lorsqu'il sourit. Il dégage une énergie et une confiance en lui qui sont presque envoûtantes. Je sens mes genoux ramollir.

— Salut, content de te voir. Je suis tombé sur quelque chose qui va t'intéresser, dit-il avec empressement.

Ses yeux sont si bleus, dans la clarté du jour, qu'on dirait des parcelles de ciel.

— Je peux savoir où on va ?

— Non, tu le sauras lorsque nous serons sur place, ajoute-t-il sur un ton plus sérieux. Tu as apporté ce que je t'ai mentionné ?

— Oui, j'ai tout ça dans mon sac.

Je sens qu'il est inutile que je le questionne sur l'usage que je ferai des vêtements d'exercice *légers* qu'il m'a demandé de traîner avec moi. Le qualificatif *léger* m'occasionne une certaine appréhension. Que compte-t-il faire avec moi dans cette tenue ? Une voix familière me sort de mes pensées :

— Justine ? Mais qu'est-ce que tu fais ici ?

Je me retourne et aperçois Jade et Noah qui s'avancent vers nous. Le visage de celui-ci se renfrogne en voyant Victor. Malaise. Je m'en veux de ne pas avoir pensé que Noah a aussi quelques cours dans cet édifice ; j'aurais prévu un autre point de rencontre. Ne trouvant aucune excuse pour expliquer ma présence ici, je fais donc les présentations :

— Euh… Victor, voici mes amis, Jade et Noah.

Jade le salue d'un discret signe de tête, alors que Noah demeure de glace, son regard sévère braqué sur lui. Victor le dévisage un moment, puis se retourne vers moi, sentant que cela ne sert à rien d'éterniser cet échange.

— On y va ? dit-il. Ses yeux s'adoucissent au contact des miens.

— Non, elle vient avec nous, rétorque Noah d'un ton ferme et sans appel. On avait prévu aller la rejoindre chez elle, alors on la ramène avec nous.

D'abord, la réaction démesurée de Noah me surprend. Mais qu'est-ce qui lui arrive ? Puis, un élan de rage monte en moi, en réalisant qu'il me traite comme une enfant. De quel droit ose-t-il s'interposer dans ma vie de cette façon ? Je le fixe plusieurs secondes, pendant qu'il pianote ses doigts sur ses cuisses, nerveux et conscient de la portée de ses paroles.

— Allez, viens Justine, dit Jade en posant une main sur mon épaule pour calmer la situation. On avait juste l'intention de te donner un coup de main.

Mes yeux toujours rivés sur Noah, j'essaie de piger les motivations qui le poussent à agir de la sorte. C'est du jamais-vu pour Noah, lui qui a toujours eu un tempérament doux et respectueux. Nous n'avons jamais eu de conflits. Je ne m'explique pas pourquoi il agit ainsi, et ce, même s'il croit que c'est pour mon bien.

J'attends un moment qu'il se rétracte ou s'excuse, mais, non, il reste sur ses positions, les traits plissés par la colère. Au fond de moi, je comprends et sais qu'il a peut-être raison. Je ne connais pas Victor et je fais peut-être un mauvais choix, mais je n'accepterai pas que Noah décide à ma place. C'est moi la capitaine de mon navire !

— Allez-y, je vous rejoindrai plus tard, dis-je, en tournant les talons.

Chapitre 16

JUSTINE
An 2016

Nous empruntons une petite rue étroite à sens unique qui a tout d'une ruelle délabrée. Malgré la lumière du jour, ce quartier n'a rien de rassurant. J'aurais peut-être dû repartir avec mes amis, mais il est un peu tard pour faire demi-tour.

Victor s'arrête devant un immeuble en briques noires, sans fenêtres avec, comme seule ouverture, une grande porte rouge. On dirait que nous sommes à l'arrière de la bâtisse. Il monte les deux marches en béton et sort un trousseau de clés pour débarrer la porte. Éprouvant une certaine appréhension, je l'interromps avant qu'il aille plus loin :

— … Euh, ce que tu veux me montrer, c'est légal au moins ?

Il agrippe ma main pour me faire grimper sur le seuil avec lui. Dans l'élan, je me retrouve collée contre son torse et dois m'accrocher à son chandail pour garder l'équilibre. Il plonge ses yeux dans les miens, scrutant mon âme à la recherche des sentiments qui m'habitent. Pendant un instant, je me sens hypnotisée par la couleur de ses yeux et le parfum de sa peau. J'éprouve un tel émoi que je m'oblige à reculer.

— Tu as peur ? finit-il par dire. Je n'y crois pas. La fille qui rôde sur les ponts en pleine nuit a peur ? T'inquiète pas, tout est légal ici, ajoute-t-il avec un sourire amusé.

Je me sens un peu ridicule d'avoir posé cette question, mais, de nos jours, la frontière est parfois mince entre la légalité et l'illégalité. Par exemple, si l'on me demandait mon avis au sujet de son regard envoûtant, je finirais sûrement par dire que ce n'est pas légal !

Nous pénétrons dans un corridor étroit et débouchons sur une vaste pièce centrale où tout semble converger. Au milieu de cet espace trône une immense table basse en bois massif. Tout autour sont dispersés de nombreux coussins ronds et épais de multiples couleurs. Au centre de la table sont disposés : un service à thé, des barres énergétiques, ainsi qu'une pile de magazines santé. De chaque côté de la pièce se trouvent le vestiaire des dames et celui des hommes.

L'ambiance est apaisante et les murs de pierre ajoutent un cachet naturel. En face, un autre corridor se prolonge jusqu'à l'entrée principale et donne accès à deux salles d'exercice vitrées.

Je suis surprise par la beauté et la sérénité des lieux. Des arômes de jasmin, de rose et de lavande embaument la pièce, et un doux clapotis provient d'une petite fontaine décorative, blottie au fond d'une alcôve, juste derrière moi.

— Assieds-toi, propose Victor en déposant son sac au pied de la table. Prendrais-tu un thé ? demande-t-il en prenant la théière pour la remplir d'eau chaude.

— Oui, s'il te plait, que je réponds, intimidée par la situation.

Je me demande ce qu'on peut bien faire ici. Je laisse cette pensée de côté pour me concentrer sur la manière calme et posée qu'il a de préparer le thé. L'odeur de menthe se répand dans la pièce. Cet endroit détonne avec l'image que je m'étais faite de lui et les mises en garde de Noah à son sujet.

— Cet endroit est vraiment chouette, c'est ce que tu voulais me montrer ?

— Non, en fait je travaille ici à l'occasion et je savais que nous y serions tranquilles un moment, avant les prochains cours.

— Qu'est-ce que tu fais ici au juste ? que je demande, intriguée de l'imaginer travailler dans un endroit aussi zen.

— J'enseigne les arts martiaux, le karaté, la majorité du temps, et quelques classes de judo. Mon père était… hésite-t-il un instant, avant de reprendre son affirmation, euh… il est un adepte du karaté et il nous a fait passer tous les niveaux, à mes frères et moi.

Je remarque son hésitation et la lueur qui s'éteint d'un coup dans ses yeux. Je le laisse poursuivre, ne voulant pas intervenir dans sa vie privée.

— Notre professeur, mon mentor, a ouvert ce studio, alors je travaille ici depuis un bon bout de temps. Il m'a aussi fait découvrir le yoga chaud. Quand je peux me libérer, je viens en faire pour me détendre.

— Avec tous les outils que tu transportes dans ton camion, j'avais imaginé que tu travaillais à l'entretien ou à quelque chose comme ça?

— Oui, en fait, durant les fins de semaine, je travaille au Manoir Chaudière, près de Charny. Je m'occupe de l'entretien paysager et des petits travaux de maintenance. J'adore ce manoir avec son architecture de style victorien, poursuit-il avec une pointe d'excitation dans la voix. La période victorienne est l'époque du romantisme, dit-il, alors que ses joues s'empourprent.

Il baisse les yeux, comme si ce geste pouvait voiler la gêne sur son visage. Il se racle la gorge et reprend:

— Je suis fasciné par ce que les propriétaires en ont fait: le charme de l'époque dans un décor contemporain. J'aime passer du temps là-bas; ça me change les idées…

Je sens que la gêne s'installe, un peu comme lorsque nous étions dans sa voiture. Je me dépêche de changer de sujet, bien que je ne me lasse pas de l'écouter parler.

— Hum… Le yoga chaud? Je n'ai jamais entendu parler de ça.

— Je te montrerai tout à l'heure, si tu veux, c'est pour ça, en fait, les vêtements légers. J'ai pensé que ça pourrait t'aider à relaxer un peu…

Je laisse aller un soupir de soulagement. Voilà ce qui explique tout. Plus je l'écoute, plus mes doutes se dissipent et j'ai envie d'en savoir plus sur lui.

— Mais avant, tu dois voir ce que j'ai trouvé.

Il attrape son sac et en retire un volume qu'il dépose devant moi avec un brin de fierté. J'éclate de rire, j'extrais de mon sac le livre du pont de Québec, que j'ai trouvé hier chez mon père, et le pose devant lui.

— C'est pas croyable! C'est le même. Où as-tu pris ça?

— Je l'ai trouvé dans la bibliothèque de mon père.

— Ton père est ingénieur?

— Non, il est juste curieux. Il adore les livres de référence de toutes sortes. Le tien, oui?

— Oui, euh, en fait, il l'était, précise-t-il avec embarras.

Je fronce les sourcils, attendant de voir s'il va saisir la chance de m'éclairer sur tous ses propos contradictoires.

— Mon père est ingénieur, mais il ne pratique plus depuis qu'il est tombé gravement malade, débute-t-il avec une tristesse palpable. Il est à l'hôpital depuis quelques mois. Il est inconscient, dans le coma. Personne ne sait de quoi il souffre ni ce qui a causé sa maladie. Il s'est effondré sur la pelouse de l'université, en sortant du travail à la fin d'une journée. Il ne s'est jamais réveillé depuis.

— Je suis désolée, que je réplique, touchée par cette situation pour le moins étrange. Ça doit être dur pour ta famille et toi.

Il baisse les yeux et pianote sur la couverture du livre.

— Ouais, ma mère a dû réduire son temps de travail pour être à son chevet. Les assurances de mon père ont cessé de verser les prestations d'assurance invalidité, alors j'essaie de travailler le plus possible pour l'aider à joindre les deux bouts.

— Est-ce que tes frères aident aussi?

— Non, mon frère aîné, Simon, a jeté son dévolu sur ses études pour s'occuper l'esprit. Il termine ses études à l'université cette année. Mon frère Elliot, celui du milieu, encaisse plutôt mal la situation et s'est mis à dérailler. Tu l'as vu par toi-même l'autre soir, au bar... Je dois le suivre partout pour éviter qu'il fasse des bêtises. C'est un vrai gaspillage, car il est de loin le plus brillant de nous trois.

— Donc c'est toi, le frère cadet, qui tient le fort pour tout le monde, on dirait, dis-je avec sympathie.

— Ouais, si on peut dire. Je le fais pour ma mère, je ne peux pas la laisser tomber, dit-il, levant les yeux. Ma première session en architecture risque de s'écrouler et tomber en ruines, ce qui augure mal pour un architecte. Mais bon, ce n'est pas ça qui compte pour le moment.

Je lui retourne un sourire timide, attendrie par sa situation difficile, mais aussi impressionnée par son courage et son sens des responsabilités dans cette épreuve.

— Je suis vraiment désolée pour tout ce qui t'arrive. Tu as un horaire si chargé; je me sens mal que tu passes du temps à m'aider, en plus de tout ce qu'il y a sur ta liste.

— Tu ne devrais pas, car, de toute la liste, c'est ce que j'ai le plus envie de faire.

Son regard tombe dans le mien et je me sens défaillir.

Chapitre 17

JUSTINE
An 2016

Deux tasses de thé plus tard, nous avons parcouru le livre d'un bout à l'autre. Je suis forcée d'avouer que l'histoire de ce pont est passionnante. Je ne savais même pas qu'il s'était effondré deux fois durant sa construction.

Nous épluchons la partie du livre qui parle de quatre légendes se rattachant au pont. Au départ, nous étions excités de voir qu'il existait réellement une légende sur la présence d'un boulon d'or; nous avons vite repris nos esprits en constatant que rien de tel n'a jamais été prouvé, ce qui signifie que nous n'avons toujours pas résolu cette énigme. Victor brise le silence pendant lequel se bousculait une multitude de pensées :

— Donc, en résumé, la légende qui parle du boulon d'or suppose qu'à la fin des travaux, les ouvriers auraient procédé à la pose d'un boulon en or sur la structure. Toutefois, personne n'a vu la moindre trace de ce boulon au fil des ans, et beaucoup de gens remettent même son existence en question.

— Pourtant, si Elsa nous demande de le trouver, c'est qu'il a bien existé ! dis-je en soupirant. Si seulement on pouvait savoir ce qui s'est passé le 23 septembre, ça pourrait nous éclairer…

Je fais défiler les pages du livre sous mon pouce, d'une couverture à l'autre. Tellement de dates sont citées dans cet ouvrage que je vais devoir le lire en entier avec minutie.

— C'est sûr, mais, en attendant, nous pouvons y aller par déduction et réduire les possibilités, dit-il, prenant sa feuille de notes. Elsa a parlé des forces du Mal et des gardes du Diable. Il y a forcément un lien à ce sujet dans la légende que nous cherchons. Or celle qui s'intitule *Le pont des blasphèmes* n'en fait pas mention. Je pense que nous pouvons donc la rayer du lot.

Il prend son crayon et fait une croix sur ses notes avant de poursuivre.

— Il reste donc deux légendes faisant mention du Diable : une avec un chien et l'autre avec un chat. Tu me rappelles celle du chien ?

Je retrouve la page dans le livre pour lui faire un résumé.

— Celle avec le chien se nomme : *Le diable constructeur de pont*. Elle dit qu'après le premier effondrement, le Diable a dit aux ouvriers qu'il pourrait leur montrer comment faire pour que le pont tienne, mais à une seule condition : que l'âme de la première personne qui passe le pont lui appartienne. Ils ont accepté, mais, le moment venu, le curé a suggéré qu'on lui lance un chien à la place. Le Diable a voulu se sauver du chien, mais lorsqu'il a vu le curé à l'autre bout, il a alors sauté dans l'eau avec le chien.

— Et puis celle du chat, c'est quoi la différence déjà ?

— C'est un peu le même genre, mais elle est un peu plus précise. Le Diable s'est présenté après la deuxième catastrophe pour s'adresser au contremaître des travaux, se faisant passer pour un mystérieux ingénieur. Il a fait le même pacte, c'est-à-dire permettre de finir les travaux rondement, sans mort ni anicroche, en échange de l'âme de la première personne qui traversera le pont. Le jour de l'inauguration, le contremaître est arrivé avec un énorme chat noir dans une poche de jute. Il l'a jeté sur le pont en lui donnant un coup de pied. Le gros chat est parti en fou à la rencontre du Diable. Au milieu du pont, le chat a explosé dans une odeur de soufre et un bruit d'enfer. On n'a retrouvé qu'un tas de poils et de sang. On dit que, depuis ce temps, on peut apercevoir une petite lumière sous le tablier du pont; c'est le Diable qui attend la bonne occasion pour se venger.

— Alors qu'en penses-tu? Le chien ou le chat?

— Bien, si on se fie aux mots d'Elsa, elle dit que les légendes sont vraies. Donc, il y en a plus qu'une.

— Tu crois qu'il s'agit des deux?

— J'imagine que oui... ou plutôt l'une de ces deux-là, en plus de celle du boulon? À vrai dire, je ne sais plus. Je croyais qu'une légende était plus comme un mythe, quelque chose de fictif basé sur des parcelles de réalité déformée avec le temps. Si elle dit qu'elles sont vraies, je ne suis plus certaine de suivre. Mais, il y a quelques jours, je n'aurais pas pu imaginer communiquer avec une personne du futur... alors je suppose que tout est possible.

Mes mots s'éteignent dans un excès de découragement. Cela fait plusieurs jours que je cumule les questionnements sur cette situation étrange et sur celles qui ont mené à la découverte de mon don. Lorsque je m'arrête une fraction de seconde, tout cela me semble irréel.

— Bon, je propose d'aller sur le pont avant de rentrer, dit-il devant mon désarroi. Tu pourras écrire à Elsa pour lui demander des précisions sur les légendes et comment on peut faire pour l'aider.

— J'espère qu'elle pourra nous en dire plus, car je commence à m'inquiéter à son sujet…

— Oui, je comprends tes craintes et ton impatience d'agir. Mais avant, je crois que tu mérites une pause, lance-t-il d'un ton impérieux. Change-toi et rejoins-moi ici !

○

Quelques minutes plus tard, je me tiens près de la fontaine, vêtue de mes vêtements *légers* : une camisole rose et des leggings noirs. Je me sens comme mise à nue, d'autant plus que mes cheveux en chignon laissent mes épaules découvertes.

L'eau de la fontaine tombe en cascades sur des petites marches de galet, avant de rejoindre un bassin illuminé d'un ton bleuté. Je tente de faire remonter l'eau sur les galets à contrecourant, mais je n'y arrive pas. Après plusieurs tentatives, mon corps se raidit d'impatience. J'entends ouvrir la porte du vestiaire des hommes et je sursaute en émettant un petit cri.

— Tu as encore plus besoin de te détendre que je pensais, dit-il, amusé.

Il pose les yeux sur moi. Je n'arrive pas à interpréter son regard qui me balaye avec lenteur de la tête au pied. J'aimerais me dérober à cette observation, mais je suis figée sur place. Je me dépêche de répondre :

— Ouais, tu as raison, j'ai cumulé un bon lot de stress ces derniers jours.

Je me surprends aussi à l'admirer. Il porte un pantalon de sport long et ample d'un gris foncé anthracite; un chandail à manches courtes bleu pâle moule son torse musclé et rehausse l'éclat de ses yeux. Toutefois, le tatouage que je découvre sur son bras capte toute mon attention. Je l'avais remarqué lors de notre première rencontre, et je me demande toujours ce qu'il peut signifier.

Il se dirige vers la salle vitrée à gauche du couloir. Il s'arrête devant la porte et se retourne vers moi, réduisant l'espace entre nous.

— Il fait très chaud à l'intérieur. La salle est chauffée à 42 degrés Celsius. On va y aller graduellement pour laisser ton corps s'habituer à la température, précise-t-il en prenant un air sérieux et en posant ses mains sur mes épaules. Il faut que tu me dises si tu ne te sens pas bien durant la séance; il arrive, de temps à autre, que des gens éprouvent un malaise, ajoute-t-il avec précaution. Cette méthode de yoga est basée sur un enchaînement de vingt-six postures, mais on va en faire seulement quelques-unes pour une première fois. Ça te va?

— Oui, que je réponds avec assurance, tandis que j'ai l'impression qu'à l'intérieur de moi, tout se décompose.

Sa proximité, ses yeux, ses mains qui enveloppent mes épaules me font faiblir et j'ai l'impression de tomber en miettes. Je ne suis même pas encore entrée dans la salle que j'ai déjà chaud.

Lorsque nous pénétrons dans la salle aux lumières tamisées, la chaleur intense prend d'assaut mon système respiratoire ; c'est comme s'il n'y avait pas d'air dans la pièce et que je n'arrivais plus à respirer.

— Respire plus lentement, dit-il, comme s'il avait lu dans mes pensées.

Il place deux tapis côte à côte et s'installe debout sur l'un d'eux.

— Nous allons commencer par une respiration profonde. Je vais d'abord te montrer les mouvements et, ensuite, je vais me mettre derrière toi pour te guider.

J'acquiesce en hochant la tête, debout sur l'autre tapis. Je l'observe croiser les doigts et les placer sous son menton. Il déroule les mains le long de ses joues en levant les coudes vers le plafond et en inspirant profondément. Il expire ensuite en ramenant ses coudes vers le bas, près de sa poitrine, en arquant la tête vers l'arrière. Il répète l'enchaînement plusieurs fois et j'admire tous les muscles du haut de son corps qui se contractent tour à tour. Je chasse vite ces pensées et m'empresse d'imiter ses moindres gestes.

Il se positionne derrière moi, ses deux mains sur mes hanches pour me stabiliser. Cependant, le contact de ses mains sur mon corps me déconcentre et me fait l'effet contraire. Au lieu de m'ancrer au sol, je sens mes genoux se ramollir. Il glisse une main sur le bas de mon ventre, juste sous mon nombril.

— Ta respiration doit venir d'ici.

Des papillons s'animent sous sa main et virevoltent ensuite jusque dans ma tête. Je me sens la tête légère et dans un état de fébrilité. J'expire en penchant ma tête vers l'arrière. Ma nuque se retrouve posée au creux de son épaule et ma joue collée sur son cou. Il est si près de moi que ses pectoraux épousent la forme de mon dos au rythme de sa respiration. Son souffle régulier chatouille mon cou. Les milliers de capteurs sensoriels de mon corps tout entier vibrent à chacune de ces sensations nouvelles.

Une fois nos respirations en symbiose, il m'aide à allonger les bras au-dessus de ma tête. Il joint mes mains, mes index pointant vers le haut. Il me fait basculer vers la droite, comme une demi-lune, en tenant d'une main mes poignets, pendant que l'autre parcourt avec lenteur la courbe extérieure de mon tronc. Le mouvement, doux comme une caresse, fait émerger des frissons sur ma peau, malgré cette chaleur presque insupportable. Ses mains me guident ensuite vers la gauche, et je m'abandonne, portée par sa force et sa douceur.

Nous enchaînons une série de postures, passant de la position de l'arc à celle de l'arbre, et ensuite du cobra au lapin. Le plus difficile n'est pas de réaliser les mouvements complexes, mais de rester concentrée à la tâche. Mon esprit ne cesse de vagabonder vers ses mains qui glissent sur mon corps.

La dernière position, celle de l'aigle, me pose plus de difficultés, car j'ai du mal à garder l'équilibre. Une de mes jambes est enroulée sur celle qui supporte tout le poids de mon corps et mes bras forment une torsade l'un sur l'autre. Je me sens ridicule et suis prise d'un fou rire. Je tombe à la renverse et entraîne Victor qui essaie de me retenir. Nous rions de bon cœur, en retournant nous asseoir chacun sur notre tapis.

— J'avoue que je me sentais ridicule dans cette posture! L'aigle m'a vaincue. Je déclare forfait!

— Ouais, l'aigle n'a pas volé très, très haut! me taquine-t-il en me poussant d'un doigt assez fort pour que je retombe à la renverse.

Je demeure allongée au sol pour rire de plus belle.

— Sans blague, tu es très douée, déclare-t-il en s'allongeant sur son tapis. Il faudrait que tu reviennes pour que je te montre le reste...

Il tourne la tête et plante son regard dans le mien, en attendant ma réponse avec impatience.

— Je pense plutôt que c'est l'instructeur qui est doué, dis-je, me sentant rougir.

Je me détourne aussitôt pour fixer le plafond afin qu'il ne devine pas que je meurs d'envie de refaire l'exercice avec lui.

— Te sens-tu plus détendue?

— Vraiment! Je sens tous les membres de mon corps ramollis et lourds à la fois. Le plus étrange est de ressentir et de la fatigue et une énergie renouvelée en même temps.

— C'est exactement ce que ça fait, le yoga!

C'est exactement ce que *tu* me fais aussi! Je serre les lèvres pour m'empêcher d'exprimer cette remarque à haute voix. Le désir qui monte en moi, chaque fois qu'il s'approche, risque de me faire défaillir à tout moment.

— Je suis sérieux, j'aimerais que tu reviennes. Ça te dirait?

— Oui, avec plaisir.

Nous restons un moment allongés, les bras le long de nos corps. À un certain moment, sa main se rapproche de la mienne. Si proche, que j'en sens la chaleur. Je rêve que la prochaine fois, nous inversions les rôles et que ce soit moi qui puisse le toucher.

Chapitre 18

ELSA
An 2071

Lorsque j'arrive à mon poste de travail, je me rends compte que les demandes du Diable ont été entendues et prises au pied de la lettre. Être plus vigilant signifie qu'il y a plus de gardes, plus de *mutations*. Je profite d'une distraction passagère pour frotter la surface de métal et voir si de nouveaux messages sont apparus. Le contact de ma main sur le métal me donne une dose d'énergie, comme si la matière me revigorait. En voyant les lettres apparaître, je sens l'adrénaline monter en moi.

« De quelles légendes parles-tu ?
Quel est le sortilège ?
Comment le renverser ?
Qu'est-il arrivé le 23 septembre ? »

Je m'empresse d'inscrire la réponse à la première question : *La légende du boulon et la légende du…* Je n'ai pas le temps d'ajouter un mot de plus que j'entends un miaulement aigu provenant du poste de garde. Je relève aussitôt la tête. Mon visage est crispé par l'anxiété et je sais que l'image que je leur renvoie est claire : la peur, la frayeur est imprégnée dans mes moindres plis. Tout s'enchaîne ensuite.

La *mutation* responsable des gardes bondit vers moi et le reste du groupe emboîte le pas. La panique m'envahit, car je sais ce qui m'attend. Je ne trouve rien d'autre à faire que d'inscrire sur le pont : *Les gardes m'ont eue !*

L'instant suivant, je reçois un violent coup de patte derrière la tête et ma vision s'embrouille. Des crocs harponnent mes vêtements, déchirant encore une fois la peau de mon dos au passage. Je suis soulevée de terre, agrippée par la gueule d'une bête, comme un chaton. La douleur et le choc me maintiennent dans un état second, à la limite de la perte de conscience.

La bave de l'animal coule le long de ses crocs et imbibe mes vêtements. Son odeur infecte me monte au nez. Ma tête balance vers le sol et je ne peux rien voir du paysage. Nous filons à toute vitesse. J'ai la gorge nouée, le cœur qui palpite. La poussière, que la bête retourne à chaque pas, assèche mes narines et brûle mes voies respiratoires.

J'essaie de ne pas penser à ma vie qui est menacée ni à ma famille que je ne reverrai peut-être jamais. Je me concentre sur le fait que me retrouver prise aux mains du Diable est peut-être la seule chance que j'ai d'en apprendre davantage sur ses plans.

Je lutte pour ne pas sombrer dans l'inconscience. Je me redresse de peine et misère pour voir où nous allons. Même si la douleur est insupportable, je dois mémoriser les repères de la cache du Diable. Nous nous engouffrons dans ce qui semble être un grand domaine. Au centre se dressent deux gigantesques tours sur lesquelles trônent des sphères de feu. Celles-ci sont reliées par un rayon de lumière ondulant comme un courant électrique ou un électrocardiogramme, chargé d'une force prodigieuse.

Nous approchons des tours, mais, au dernier moment, nous bifurquons vers la structure qui se trouve en face et qui ressemble à un château ou même à une église. Sa structure imposante s'apparente à un long rectangle de pierre sur laquelle s'aligne une multitude de fenêtres hautes et étroites à intervalle régulier. Deux pignons sont érigés de chaque côté de l'entrée, tandis qu'un plus gros trône sur l'arrière du bâtiment.

Nous entrons par l'immense porte principale, et la créature me jette au sol, comme un vulgaire jouet dont elle ne veut plus. Je percute la dure surface et roule sur moi-même pendant plusieurs mètres avant de me heurter la tête sur un mur de pierre. Je sombre dans le néant.

Chapitre 19

JUSTINE
An 2016

Après avoir traversé la maison, je trouve Alice, assise sur une chaise berçante au beau milieu de son atelier, emmitouflée dans son châle préféré. Au pied de sa chaise sont installés un matelas, un oreiller et quelques couvertures. Son four de verrier est en fonction et des chandelles trônent, ici et là, à travers la pièce, l'entourant d'un cercle de feu. C'est comme si elle s'apprêtait à accomplir le rituel d'une secte mystérieuse. Le balancement régulier de la chaise et son regard sévère ajoutent un caractère d'épouvante à cette scène. Elle a l'air préoccupée, perdue dans ses pensées.

— Grand-mère, est-ce que ça va?

Elle se lève d'un bond et retrouve ses esprits.

— Oh, ma chérie! Je ne t'avais pas entendue arriver! dit-elle en m'enlaçant.

— Tu as dormi ici?

— Seulement les deux dernières nuits. On dirait que ce changement de décor atténue mes cauchemars. T'en fais surtout pas. Ce sont juste des caprices de petite vieille.

Elle prend la chaise berçante, la déplace contre le mur et pousse le matelas pour libérer l'espace central.

— Allez! Nous allons commencer l'entraînement.

Je me place, comme la dernière fois, devant le seau qu'Alice a rempli.

— J'ai repensé à notre dernier essai et je suis désolée de t'avoir fait subir tant de pression. C'était une erreur de te mettre à l'entraînement dans un mauvais état d'esprit. Pour commencer, il faut faire le vide dans ta tête. Si tu es perturbée ou si quelque chose trotte dans ta tête, tu n'arriveras pas à te concentrer sur ton don. Mais sois sans crainte, ça va venir avec le temps. Allez, on essaie.

Je roule mes épaules pour me détendre et prends une grande inspiration. Le problème est que je n'ai pas la tête vide. Elle est pleine de questions et d'inquiétudes. Je regarde la surface de l'eau et me rappelle que je n'ai pas encore abordé le sujet de mon don avec Victor. Je me demande si je devrais le faire...

Je fixe mon attention sur l'eau et imagine une fontaine. Rien ne se passe. Je sais que je peux faire confiance à Victor, mais tout de même. Pourra-t-il croire que des gens ordinaires puissent avoir des dons? C'est difficile à avaler, surtout que je ne suis pas sûre d'être capable d'en faire la démonstration.

— Justine! Sors de la lune!

Oups! Je comprends ce que ma grand-mère veut dire. Je suis trop préoccupée. Je ne peux m'enlever de l'esprit la séance de yoga, mais surtout, ma dernière visite sur le pont avec Noah. Elsa semble en danger et craint d'être livrée au Diable.

Comment faire pour l'aider ? Comment faire pour connaître les prochaines étapes ?

— Bon, on essaie autre chose. Ferme les yeux et fais le vide. Sens ton corps se vider de tous tracas et devenir léger. Ensuite, ouvre-les et concentre-toi.

Je m'exécute et tente de libérer mon esprit. D'ordinaire, je penserais à la mer et la plage ainsi qu'au bruit des vagues, mais cette fois, je pense au yoga. À quel point mon corps était détendu, et au sentiment de sérénité qui m'habitait. La seconde qui suit, je me sens basculer dans un état de bien-être et le vide s'installe. Je prends quelques grandes respirations pour canaliser en moi l'énergie qui en découle. Lorsque je m'en sens bien imprégnée, j'imagine une fontaine jaillir du seau. J'ouvre alors les yeux et, à ma grande surprise, elle s'écoule dans le seau, comme si elle avait toujours été là.

— Excellent, Justine ! Maintenant, essaie d'amplifier le jet.

Je me concentre à nouveau et la fontaine se change en trombe d'eau qui monte et monte encore plus haut.

— Magnifique ! Tu peux faire autre chose ? demande-t-elle, encore plus curieuse que moi de savoir ce dont je suis capable.

Je passe l'heure qui suit à faire des vagues et ensuite les arrêter, à faire des courants pour ensuite les rediriger dans l'autre sens, à faire danser des gouttelettes et reproduire toutes sortes de figures possibles et imaginables.

— Bon, c'est bien. Maintenant, il faudrait que tu apprivoises une autre source d'eau.

Elle se lève, pose le seau par terre et ouvre le robinet, laissant couler l'eau d'un bon débit dans l'évier. Je la questionne d'un regard inquiet.

— C'est le même principe sauf que l'eau est en mouvement. Vas-y, essaie! m'encourage-t-elle.

Quant à moi, ce n'est pas le même principe. Il y a un degré de difficulté supplémentaire : la vitesse d'exécution. Il faut faire bifurquer le jet, dès qu'il sort du robinet, avant qu'il ne retombe dans l'évier. Je me mets à la tâche et imagine la trajectoire espérée. Rien. J'ai beau essayer de la visualiser encore et encore, mais rien ne se matérialise et je suis envahie par la frustration.

— Arrête tout de suite! Ça ne peut pas fonctionner. Tu t'es lancée sans même avoir fait le vide dans ton esprit. Reprends-toi et oublie les difficultés de ce nouveau défi!

Je ferme les yeux, prends une grande inspiration et expire tous mes tourments. Le calme intérieur revient. Je me sens sereine. J'imagine ce que je souhaite accomplir dans le moindre détail et, avant même que je ne les ouvre, grand-mère crie :

— Arrête! Arrête! C'est assez!

J'ouvre les yeux et quelques secondes s'écoulent avant que je ne réalise l'ampleur de ce que j'ai fait.

Chapitre 20

JUSTINE
An 2016

J'éclate de rire en voyant Alice trempée de la tête aux pieds. Un jet puissant, en provenance du lavabo, lui arrive sur le ventre et éclabousse son visage.

— C'est beau, Justine ! Tu m'as prouvé que tu étais capable. Arrête-le, veux-tu ?

Oups ! Je me souviens que c'est moi qui contrôle la situation. Je me concentre et retourne le jet dans le lavabo. Celui-ci se rétracte aussi vite qu'un ruban à mesurer qui se rembobine dans son boîtier.

— Je suis désolée, grand-mère, je ne voulais pas te mouiller, dis-je, navrée d'avoir presque noyé ma grand-mère.

— Tu n'as rien fait de mal, au contraire ! Cela nous montre que tu progresses. Il reste un peu de fignolage à faire au niveau de la précision, mais tu t'améliores, dit-elle en me faisant un clin d'œil. À tel point que ça me donne envie de te mettre dans une situation plus difficile, comme, par exemple, une situation de défense ou de combat !

— Une situation de combat ? Dois-je vraiment apprendre ça ?

— On n'est jamais trop prudent, dit-elle avec détachement, alors que je la sens contrariée par quelque chose. Allez, place-toi devant le four.

Ma grand-mère se dirige vers son four de verrier et ouvre la porte. La chaleur du brasier remplit vite la pièce.
— Tu es prête?
— Oui.

J'inspire à fond et fixe l'intérieur du four où une boule de feu est en train de se former. La boule de feu, d'environ dix centimètres, prend place au-dessus du brasier.
— À toi de jouer, Justine!

À ce signal, la boule de feu fonce droit sur moi. La surprise me fait perdre tous mes moyens et j'ai tout juste le temps de me jeter par terre et ainsi éviter qu'elle ne s'écrase sur mon épaule.
— L'eau, Justine! Tu as oublié de te concentrer sur l'eau! Fais-la jaillir sur la boule, comme tu l'as fait sur moi!
— Oui, oui, j'oubliais. Désolée!

Je me ressaisis et retourne dans ma bulle pour faire le vide. Je hoche la tête pour faire savoir à Alice que je suis prête. Je porte mon attention vers le four tout en regardant, du coin de l'œil, l'eau qui coule encore du robinet. Je trace, dans ma tête, la trajectoire que doit effectuer le jet pour atteindre la cible.

L'instant qui suit, une deuxième boule de feu prend naissance au milieu du brasier. Je fige sur place, me demandant si je peux l'éteindre. Sa chaleur est si intense et je la sens se rapprocher dangereusement.

À la dernière minute, un sentiment de peur m'empêche de me défendre et j'esquisse un mouvement vers la droite. La boule frôle mon épaule et fonce sur le mur au fond de l'atelier. Elle éclate, se désintégrant en mille et un tisons.

— Justine! Vite, l'eau! crie Alice d'un ton paniqué.

Je ne comprends pas, à première vue, la réaction d'Alice, puisque tous les tisons se sont désintégrés au contact du sol froid en béton. Ce n'est qu'avec la chaleur et une odeur de brûlé qui me monte au nez, que je réalise que mon épaule gauche est en feu. Mon blouson de jeans est en train de flamber et je ne sais pas quoi faire pour l'arrêter.

— Concentre-toi sur le robinet! m'ordonne Alice. Tu peux y arriver!

Je ferme les yeux et visualise la trajectoire que l'eau doit prendre pour venir éteindre ce feu. J'inspire un bon coup, mais il est trop tard. Mon visage se crispe de douleur, mes jambes flanchent et je tombe à genoux sur le sol. Ma souffrance est de courte durée; un seau d'eau se déverse sur ma tête et je me retrouve trempée.

— Oh, Justine! Je suis désolée! Je n'aurais pas dû pousser l'exercice si loin, dit-elle en posant le seau sur le sol.

— Ça va, grand-mère, ce n'est pas de ta faute. Je vais devoir m'entraîner plus fort, dis-je avec un peu de frustration. J'aimerais tellement que mon pouvoir soit aussi puissant que le tien…

J'enlève mon blouson mouillé et le lance sur la table. Je suis accablée par la tâche colossale qui m'attend. Tant d'efforts et d'énergie à déployer… Je ne sais pas si j'y arriverai. Je suis peut-être comme ma mère : quelqu'un qui ne développera jamais un vrai pouvoir. Cette pensée me ramène à Elsa et son hypothèse que tout son malheur est relié aux dons de notre famille. Je dois interroger Alice, mais avec réserve pour ne pas l'inquiéter.

— Grand-mère, connais-tu une Elsa ? Ce nom te dit quelque chose ?

— Non, ma chérie, je ne connais personne de ce nom. Si c'était le cas, je m'en souviendrais, c'est un si joli nom.

Donc, ma grand-mère ne sait pas que nos descendants luttent dans un monde futur contre les forces du Mal, ou même le Diable en personne. Je vais garder le silence et ne pas l'inquiéter davantage, tant que je n'en saurai pas plus moi-même. Par ailleurs, je ne sais pas si elle croirait à cette histoire de communication temporelle. Chose certaine, je parierais qu'elle ne me laisserait pas me mettre en danger.

Je me risque à aborder le sujet sous un autre angle :

— Au fait, grand-mère, tu ne m'as toujours pas dit d'où est venu ton don ?

Elle décolle les cheveux humides de mon visage et, d'un geste affectueux, les replace derrière mes oreilles. J'ai l'impression qu'elle étire le temps et qu'elle aurait préféré que je ne revienne pas sur le sujet.

— J'ai été en contact avec un objet d'une grande puissance. C'est grâce à lui que j'ai obtenu mon don, et tant que je l'ai eu en ma possession, mon pouvoir avait une force phénoménale.

— Ah oui ? Quel était cet objet ?

— Un boulon, un simple boulon. C'est une histoire
difficile à croire, je sais…

Les poils se hérissent sur mes bras et des frissons me parcourent
le dos. *Un boulon ? Cela pourrait-il être le boulon d'or du pont ?*
— Tu sais où est ce boulon maintenant ?
— Je n'en sais rien. La personne qui l'avait avant moi l'a
repris, dit-elle, tapant sur mon épaule pour me signifier que le
sujet est clos.

Je dois insister.
— Mais, comment as-tu eu ce boulon au départ ?

Elle secoue la tête, demeure silencieuse en se pinçant les lèvres,
comme si elle ne voulait pas en dévoiler davantage. Mon petit
doigt me dit que ce boulon n'est que la pointe de l'iceberg.
— Est-ce que cela pourrait avoir un lien avec la menace
dont tu me parlais l'autre jour ?
— C'est possible, mais j'ai peur que, si je t'en dis trop, tu
sois à ton tour menacée.
— Je crois que c'est déjà fait.

Chapitre 21

JUSTINE
An 2016

Elle ferme les yeux et laisse échapper un long soupir avant que son visage entier se crispe, comme si elle venait de réaliser l'ampleur du drame.

— Comment es-tu au courant ? Est-ce qu'il t'a retrouvée ? dit-elle d'une voix tremblotante.

— Retrouvée ? Mais qui voudrait bien me retrouver ?

Je ne crois pas avoir déjà vu ma grand-mère dans un tel état. Son front plissé traduit angoisse et effroi.

— Le Diable, ma belle. Le Diable. Depuis un moment, je sens que le Diable s'efforce de me… de nous retrouver.

Elle se laisse choir sur sa chaise berçante. Je déglutis et m'effondre à mon tour sur le matelas à ses côtés.

— Mais pourquoi le Diable voudrait-il nous retrouver ? que je m'exclame.

— Je ne sais pas pourquoi, mais je sens sa présence. Je sens qu'il est à ma recherche, comme il l'a été il y a plusieurs décennies. Cette fois, c'est différent, je sens qu'il est plus puissant. Il transperce mes barrières de protection. Je l'entends dans mes rêves depuis plusieurs nuits, comme s'il essayait de pénétrer dans mon âme: « Qu'essaies-tu encore de faire, Alice? Je vais te retrouver... »

Elle prend des intonations horrifiantes pour imiter sa voix. Elle se couvre les oreilles pour en chasser les échos et ses mains tremblent. J'en ai la chair de poule.

— C'est pour cela que tu te réfugies ici?

— Oui, chaque fois que je fais des cauchemars, je viens ici.

Elle inspire un bon coup et continue sur sa lancée:

— Il y a longtemps que je sais que je peux réaliser des prouesses avec le feu, ce n'est pas par hasard que je suis devenue artiste verrière. Par contre, ce n'est que plus tard que j'ai eu la confirmation que le feu pouvait aussi servir à me protéger.

— Te protéger? Mais comment cela peut-il être possible?

— Des événements m'ont permis de réaliser que le feu a des propriétés de protection, c'est-à-dire qu'il me rend invisible aux forces du Mal, si je peux le formuler ainsi, comme une barrière protectrice qui masque ma présence. C'est pour cette raison que j'ai déménagé ici, non loin de la raffinerie et de sa flamme qui brûle en permanence, quoique je ne sache si la distance est trop grande pour que l'effet de protection fonctionne. Au moins, cela me donne un certain sentiment de sécurité. De toute façon, lorsque je sens l'ombre d'un danger, j'allume le four à pleine puissance et disperse des chandelles pour accroître mon champ de protection.

— Un p... peu comme ce soir? que je bégaye.

— Oui, un peu comme ce soir, ajoute-t-elle avec précaution, consciente du sentiment d'insécurité que ses propos suscitent.

— Mais pourquoi prendre toutes ces précautions?

— Parce que... disons que dans le passé, j'ai eu une altercation avec le Diable et que je ne souhaite pas le revoir de sitôt. Un jour, il a presque réussi à me retrouver.

— Il a déjà failli te retrouver?

— Oui, je crois qu'il peut sentir notre présence, lorsque les éléments qui sont liés à nos pouvoirs sont loin de nous. Il avait repéré notre piste un jour que tu étais avec moi, Justine, et ta mère aussi.

Elle s'avance vers moi et relève la manche de mon chandail dévoilant ainsi la marque en forme de cercle que j'ai tout juste en dessous de l'épaule droite.

— Tu te souviens de ce jour-là?

— Oui, un peu, mais c'est assez vague comme souvenir. Il me semble qu'il y a eu de grosses bourrasques à l'extérieur, et lorsque tu m'as prise par la main pour m'entraîner avec toi, je me suis brûlée, en passant trop près de ta canne de verrier qui dépassait de la table.

Je me contorsionne pour contempler cette brûlure, vestige de mon passé. Je passe mon index sur la circonférence de ma cicatrice, alors qu'émerge le souvenir de la douleur intense ressentie.

— Oui, c'est bien cela. Tu devais avoir autour de sept ans à cette époque. Ta mère m'avait apporté des arbustes et toi, tu me regardais travailler pendant qu'elle les mettait en terre dans de grosses potiches. Dès que le vent s'est levé, j'ai senti une présence étrange, comme un mauvais présage. Les rafales étaient tellement puissantes que les branches des arbres se courbaient vers le sol. J'ai vite compris de quoi il s'agissait. Je me suis dépêchée à déposer ma canne brûlante sur la table et je t'ai attrapée par le bras pour t'attirer vers moi, près du four, dans l'intention de te protéger. Dans mon énervement, j'ai été maladroite et tu es passée trop près de la canne. Son embout en forme de cercle s'est enfoncé dans ta petite épaule rôtissant ta chair. J'ai ensuite versé de l'eau froide sur ton épaule pour apaiser ta brûlure, mais le mal était déjà fait.

Elle semble plongée dans des souvenirs douloureux.

— Mais si tu crois que c'était bien le Diable qui se manifestait cette journée-là, qu'a-t-il fait ensuite ?

— Rien. Le vent a cessé et tout est redevenu calme, comme s'il avait perdu notre trace. Je n'ai pas compris tout de suite comment cela avait été possible de vous cacher toi et ta mère, mais j'ai réalisé, après coup, que cette brûlure nous avait sauvé la vie. Moi, j'étais protégée par le feu des fours, ta mère tenait le tronc d'un arbuste, ce qui la rendait aussi invisible, si on peut le dire ainsi. La seule personne qui pouvait attirer l'attention du Diable était toi. Lorsque j'ai versé de l'eau sur ta plaie, le grondement du vent a cessé d'un coup, puisque l'eau te servait de protection. Il n'est jamais revenu par la suite, mais je me suis toujours dit qu'un jour ou l'autre, il réapparaîtrait.

— Et l'autre manifestation du Diable dont tu as fait mention, c'était dans quelles circonstances, au juste ?

— Bon, je crois qu'il vaut mieux commencer par le début, mais l'histoire est longue et il est trop tard. On reprend tout ça demain, et tu verras que l'histoire débute en 1917, sur le pont de Québec.

— D'accord. Mais grand-mère, avant que je parte, dis-moi où est le boulon ?

— Il est entre les mains du Diable, mais je ne sais pas où. Je ne crois pas que le retrouver est une bonne idée. Certes, ce boulon m'a donné des pouvoirs supplémentaires, mais il m'a pris quelque chose qui m'était très cher...

Chapitre 22

JUSTINE
An 2016

La silhouette de grand-mère s'assombrit et tout semble flou autour d'elle. Je ne vois maintenant que son visage. Un visage tendu par les tourments. Ses yeux s'agrandissent à mesure que la peur y prend place. Sa bouche s'ouvre, formant un grand «O», mais aucun son ne s'y échappe. Elle regarde d'un côté et de l'autre, en alternance, comme si elle guettait un danger.

J'essaie de crier: *Grand-mère, qu'est-ce qu'il y a? Qu'est-ce qui ne va pas?* Aucune parole ne sort de ma bouche. Je tente de remuer la main pour lui faire signe de regarder dans ma direction, mais celle-ci est paralysée; mes deux bras aussi, et mes pieds sont cloués au sol. Je ne peux ni bouger ni parler.

La panique monte en moi, car je ne peux pas l'aider dans sa détresse.

Elle cesse de regarder autour d'elle et me fixe. Un éclair de terreur traverse ses yeux et je vois remuer ses lèvres: *Il va nous retrouver! Il va nous retrouver! Tu comprends ce que je te dis, Justine? Il va nous retrouver!*

Je ne peux pas répondre. J'aimerais lui demander : *Qui ?* Mais je suis aussi muette qu'elle et incapable d'exécuter le moindre mouvement.

Le visage de ma grand-mère s'estompe. L'image qui se dessine est terrifiante : une tête à la fois humaine et animale. Des crocs pointus ressortent d'un museau difforme, mais ce sont les yeux jaunes et perçants qui me glacent le sang. Aussitôt que mon regard se visse à eux, je ne peux plus m'en dissocier. Je sens pénétrer une force maléfique dans mon âme. Une douleur aiguë me monte à la tête, lorsqu'une voix prend possession de mes pensées : *JE vais vous retrouver !*

Mon corps se contracte et je sursaute. Je me relève dans mon lit, haletante. La pièce est sombre, mais un rayon de lune laisse entrevoir ma table de travail et mon ordinateur. *Ma chambre.* Mon cœur bat à tout rompre et je suis couverte de sueur, alors que je me remets de ce mauvais rêve.

Je me demande si c'est ce genre de cauchemar qui hante ma grand-mère. Peu importe, que ce soit semblable ou non, j'ai maintenant la certitude que la menace pèse sur nous deux.

Chapitre 23

ELSA
An 2071

Lorsque je reprends conscience, je suis attachée à un mur de pierre. Ma tête penchée, un filet de salive coule sur mon menton et ma poitrine. J'ai les bras en croix et les pieds écartés, menottés au mur à un mètre du sol, par des chaînes de métal. L'odeur de la pierre humide empeste ce trou glacial et poisseux.

Lorsque j'essaie de redresser ma tête, les muscles endoloris de mon cou me confirment que j'ai dû passer un bon moment dans cette position. Le cliquetis de mes chaînes alerte la *mutation* qui se trouve au bout du couloir. Elle s'avance vers ma cellule et l'ouvre d'un coup de griffes.

— Tu es prête à parler maintenant ? demande-t-elle d'une voix rauque.

C'est la deuxième fois qu'elle vient m'interroger. Je suis toujours surprise lorsque j'entends ces créatures parler notre langue, puisque la plupart des gardes ne font que grogner ou miauler. Je présume que leur langage se développe à mesure qu'elles mutent vers un aspect plus humain. Je me racle la gorge, mais ne dit pas un mot. J'attends de voir ce qu'elle va faire. Je ne veux pas traiter avec cette *mutation*; seulement avec le Diable. Alors, aussi bien lui montrer qu'elle n'obtiendra rien de moi.

— Tu as perdu la voix, sale môme?

— Non, j'ai juste un chat dans la gorge! que je lance en défiant la créature d'un regard méprisant.

Celle-ci m'observe un moment avant de laisser entrevoir un petit rictus. Bien que son museau soit encore de nature animale, sa gueule commence à peine à prendre l'allure d'une bouche humaine: un portrait à moitié humain et à moitié chat diabolique plus qu'horrifiant.

— Tu vas me dire ce que tu faisais sur le pont?

— Je n'ai rien à te dire, car je n'ai rien fait d'autre que mon travail; tu perds ton temps à m'interroger. Tu dois bien avoir d'autres chats à fouetter?

La créature relève mon menton avec le bout d'une de ses griffes. Ma tête rejetée en arrière frotte contre le mur de pierre rugueux. Elle continue d'exercer une pression pour me forcer à lui répondre.

— Je m'amusais avec mon outil, dis-je, secouant la tête pour me dégager de son emprise. Je ne faisais rien d'autre que passer le temps en grattant le sol avec mon outil. Tu sais ce que c'est, gratter! Sac à puces! que je lui lance en crachant dessus.

— Petite insolente, hurle la bête en me griffant la joue gauche.

Je sens plusieurs entailles s'ouvrir et du sang chaud couler dans mon cou. J'en ai aussi sur les bras et la poitrine, stigmates que je dois à sa première visite dans ce cachot. La douleur est de moins en moins supportable avec le nombre de coups que je reçois chaque fois que je refuse de répondre à ses questions.

— Tu vas me dire si c'est toi ou ta famille qui perturbez notre champ de force. Qu'est-ce que vous manigancez encore ?

Je reste bouche bée. J'ai entendu le Diable mentionner qu'il y avait des perturbations dans les forces du Mal, mais je n'avais pas envisagé qu'elles pouvaient provenir de moi. Est-ce vraiment moi la responsable ? Et si oui, comment ? Je ne sais pas, mais cette révélation mérite une réflexion. Si c'est le cas, ça veut dire que je suis sur la bonne voie et que je dois en imaginer la suite.

— Allez, parle, idiote ! Mon maître veut que tu lui dises si tu as aussi des pouvoirs, continue-t-elle, appuyant sa griffe au creux de mon cou.

Même si je voulais lui répondre, je ne pourrais pas. La pression qu'elle exerce est si forte que ma gorge s'en trouve obstruée. Je regrette, à cet instant plus que tout autre de mon existence, de ne pas avoir de don, comme le reste de ma famille. Si j'en avais, cette créature serait déjà morte.

— Tu sais ce qui t'attend si tu ne collabores pas avec moi ? dit-elle sur un ton plus posé. Elle dégage sa griffe de ma gorge et je reprends mon souffle.

— Non, je ne sais pas, mais je donne ma langue au chat ! dis-je avec un sourire ironique, malgré la douleur des plaies qui irradie à travers tout mon corps.

Elle grimace, irritée par mon comportement arrogant. D'un vif coup, elle plante ses griffes dans mes cuisses et le mal est si atroce que je ne peux m'empêcher de crier. Elle les descend jusqu'à mes genoux avec une telle lenteur qu'elle les fait pénétrer profondément dans ma chair.

— Je vais laisser mon maître décider de ton sort! Crois-moi, il a la réputation d'être moins clément que nous. Et si tu ne parles pas avec lui, il fera parler quelqu'un d'autre de ta famille.

Elle retire ses griffes de ma peau et brise les chaînes, me laissant crouler par terre. Je ne sais pas si c'est à cause de la douleur de mes blessures, le choc sur la pierre ou la menace de s'en prendre à ma famille, mais je sombre à nouveau dans l'inconscience.

Chapitre 24

JUSTINE
An 2016

— Veuillez ouvrir votre livre à la page trente-six. Un volontaire pour lire le paragraphe dédié à Aristote ?

Non, il n'y a pas de volontaire.

Ce cours de philosophie est plus qu'endormant. Je dois être la seule qui garde les yeux ouverts même si je n'ai presque pas dormi de la nuit. J'ai un mal de crâne si terrible qu'il m'est impossible de me concentrer. De plus, le cauchemar que j'ai fait me revient sans cesse à l'esprit.

Le professeur déambule d'un bout à l'autre de la classe. Il gesticule, les bras en l'air, et semble le seul passionné par son récit. Il passe devant son bureau, prend une gorgée d'eau dans sa bouteille et reprend son monologue de plus belle. Je me concentre un instant sur celle-ci. J'imagine faire ressortir un peu d'eau du goulot et la faire couler ensuite sur la paroi extérieure dans un mouvement lent et fluide. Rien ne bouge. Je ferme les yeux, tente de faire le vide et recommence. J'ouvre les yeux et… encore rien. L'eau n'a même pas remué. Je soupire, agacée.

Pas étonnant! J'ai la tête pleine d'ennuis et constater que je ne peux toujours pas utiliser mon pouvoir est la goutte qui fait déborder le vase... ou pas, dans le cas présent. Mes pieds tambourinent d'impatience sur le sol et je fais tourner mon crayon d'un geste nerveux.

Je veux sortir d'ici, raconter mon rêve à grand-mère, appeler Victor et peut-être même Noah. Je n'ai pas eu de nouvelles de mon ami depuis notre altercation à la sortie des classes. J'ai peut-être eu tort d'attendre si longtemps, mais il ne m'a pas donné signe de vie, lui non plus. Il me manque et j'ai besoin de son soutien.

Je pose mon crayon, immobilise mes jambes et prends plusieurs grandes respirations. Mon corps se détend et je reporte mon attention sur la bouteille d'eau. Je dois réussir. Alice a raison, il est important que je développe mon pouvoir au plus vite. Avec l'ombre de cette menace qui plane au-dessus de nos têtes, je dois apprendre à me défendre et à me protéger.

Je prends note mentalement de traîner en tout temps une gourde d'eau pour dissimuler ma présence au Diable. Je me concentre sur la bouteille et fais une autre tentative. Pas le moindre remous.

Mon mal de tête reprend de la vigueur. Ce doit être mon énervement et l'angoisse de ne plus être capable d'y arriver. Mon cœur bat si fort dans mes tempes et ça m'élance dans toute la tête. Je ferme les yeux et me masse le front pour lutter contre cette douleur qui m'envahit à une vitesse fulgurante. Tout à coup, je réalise que cette douleur est la même que celle qui s'immisçait, hier soir, dans ma tête. C'est à cet instant que j'entends sa voix : *Je la tiens ! Ensuite, ce sera toi…*

Je sursaute, ouvre les yeux et fixe la bouteille. Elle vibre comme si un tremblement de terre faisait bouger la table sur laquelle elle est posée. L'adrénaline et l'urgence d'agir ont pris la place de l'angoisse et je sens une nouvelle force monter en moi. Les vibrations sont si fortes que la bouteille se dandine d'un côté et de l'autre, puis finit par tomber. L'eau se répand sur le bureau et le sol. Je réagis d'instinct.

— Oups, désolée ! que je m'empresse de dire en me levant de mon siège.

Tout le monde se tourne vers moi… quelle situation embarrassante ! Un, je tremble debout en plein milieu de la classe, ce qui constitue un sérieux malaise en soi ; deux, je viens de m'excuser d'avoir fait renverser la bouteille alors que personne ne peut se douter que c'est moi qui l'ai fait.

Il ne me reste qu'une seule option : déguerpir de cette classe et rejoindre au plus vite ma grand-mère.

J'attrape mon sac et me rue hors de la salle. Aussitôt le seuil de la porte franchi, je trouve mon cellulaire et compose le numéro d'Alice, en m'engouffrant dans l'escalier. Après plusieurs sonneries, mon appel bascule dans la boîte vocale. Je raccroche et fais une autre tentative. Toujours pas de réponse de sa part. Mon anxiété monte d'un cran et, d'instinct, je compose un numéro que j'ai déjà appris par cœur.

— Victor, c'est Justine ! Est-ce que tu pourrais venir à ma rencontre ?

Chapitre 25

JUSTINE
An 2016

En tournant sur la rue d'Alice, je sens tout de suite que quelque chose ne tourne pas rond. Une quantité anormale de branches cassées et de feuilles s'est accumulée sur la chaussée et les terrains avoisinants. On dirait quasiment qu'un ouragan est passé avant nous.

— C'est ici! Gare-toi dans l'entrée, dis-je avec autorité.

Je prends conscience de mon manque de tact et je me tourne vers lui avant de sortir.

— Je suis désolée de t'embêter avec toutes mes histoires, mais j'ai un mauvais pressentiment. Merci d'être venu avec moi, dis-je en baissant la tête.

J'ai les nerfs en boule, et ce, même si j'ai évacué tout ce qui m'inquiète. Je lui ai tout raconté sans réserve: mes discussions avec grand-mère, nos cauchemars et même nos histoires de dons. Je ne comprends pas qu'il soit aussi calme et qu'il accepte de me suivre dans ces péripéties qui n'ont ni queue ni tête, et ce, sans poser de questions ni émettre de jugement.

Il prend mon menton entre son pouce et son index, et m'oblige à le regarder.

— Je suis content que tu m'aies appelé. Je ne vais pas te laisser toute seule là-dedans.

Un sourire bienveillant se dessine sur ses lèvres et ses yeux sont remplis de compassion. Je me sens rougir sous son regard, mais le bleu de ses yeux vient m'apaiser.

— C'est la voiture de ta grand-mère ? demande-t-il, esquissant un mouvement de tête dans cette direction.

— Oui, c'est bien sa voiture.

— C'est bon signe. Elle ne doit pas être bien loin. Elle n'a peut-être pas entendu tes appels ?

Nous remontons l'allée et je sonne à la porte. Pas de réponse. Je cogne à quelques reprises et tourne la poignée. Celle-ci est verrouillée, comme d'habitude. Je sors mon trousseau et glisse ma clé dans la serrure.

— Grand-mère, tu es là ? dis-je en ouvrant la porte.

Je fais signe à Victor d'entrer et crie de nouveau. Je m'étire le cou et risque un coup d'œil vers la cuisine. Ce que je vois confirme mon mauvais pressentiment. Je me précipite dans la cuisine, Victor sur mes talons.

Le repas de grand-mère est servi sur la table : une soupe à moitié entamée et un sandwich encore intact à côté. Sa chaise est renversée et le contenu de sa tasse de thé, répandu sur la nappe. On dirait qu'elle s'est hâtée de partir et a tout fait tomber sur son passage. Je lève les yeux vers Victor et son expression laisse entrevoir qu'il en est venu à la même conclusion que moi. Il trempe un doigt dans la soupe.

— C'est froid, cela doit faire un moment que c'est arrivé. Faisons le tour de la maison.

Je le guide à travers les pièces. Sa chambre est ordonnée : le lit bien fait, un livre sur la table de chevet, les cadres et bibelots, tous à leur place sur la commode. Je lève le couvercle de son coffre à bijoux ; tout y est. Aucune trace d'intrusion ou d'indice présageant un vol.

La chambre d'ami, le salon et le sous-sol sont aussi bien soignés et rangés. Où a-t-elle pu aller ? Je cours vers l'atelier, son endroit de prédilection. Je me souviens qu'elle s'en sert comme refuge, depuis quelques jours, cherchant à masquer sa présence auprès des flammes.

Lorsque je m'engouffre dans le corridor menant au garage, une odeur de soufre me monte au nez et s'amplifie à mesure que j'avance. L'émanation est si forte qu'elle supplante l'odeur de fumée qui règne aussi.

— Erk ! Ça sent les œufs pourris, s'exclame Victor, constatant la même chose que moi.

En pénétrant dans l'atelier, l'atmosphère est froide et lourde à la fois, comme si un drame s'y était joué. L'atelier de ma grand-mère ressemble à une zone de guerre. Plusieurs de ses œuvres en verre sont en mille morceaux sur le sol. La porte du four est ouverte et des braises témoignent qu'Alice s'est servie de son pouvoir ; des cendres jonchent le sol, des traces de suie noircissent les murs, des objets à moitié brûlés sont éparpillés ici et là dans la pièce. Tous les objets qui ont pris feu se sont éteints par eux-mêmes sur le béton, mis à part la table centrale qui se consume à petites flammes.

Je cours vers le lavabo et tourne le robinet. Je sais que je suis trop perturbée pour me servir de mon don, mais je tente ma chance. Je ferme les yeux et me concentre, mais je n'arrive pas à faire le vide.

— Je n'y arriverai pas! dis-je, dépassée par la situation.

Je cherche le seau et l'aperçois fondu sur le sol. Victor enlève son blouson de cuir et l'abat sur la table, pour étouffer le feu.

Mon attention se porte sur la chaise berçante de ma grand-mère qui gît en morceaux près du four. Je m'approche et me penche pour récupérer le dossier en bois massif. Je caresse le bois usé par le temps. Mon cœur se serre. Alice aimait tellement cette chaise.

Je retourne le dossier et découvre quatre profonds sillons qui s'étendent le long des lattes de bois. Je ne crois pas avoir déjà vu ces marques étranges. En fait, je suis certaine qu'elles n'étaient pas là auparavant. On dirait que les griffes d'un monstre se sont abattues sur la chaise.

— Le Diable a enlevé ma grand-mère! que je crie de désespoir.

Mes jambes se dérobent sous moi et je m'écroule sur le sol, en sanglots.

— Tu en es sûre?

— Oui, le froid, l'odeur de soufre, les marques de griffes…
Ce sont toutes des traces du Diable !

Victor demeure silencieux alors qu'il assimile l'information.

— Je l'ai entendu dans ma tête… dis-je, entre deux
pénibles respirations. Je sais que c'est lui !

Je me mets à trembler et je fonds en larmes. Je ne veux pas
perdre ma grand-mère. Que va-t-il lui arriver ? Est-elle déjà
morte ?

Il m'attire vers lui et m'enlace. Il passe une main dans mes
cheveux et appuie ma tête sur son épaule. Ce doux réconfort
m'arrache des torrents de larmes.

— Je ne te laisserai pas tomber, on va retrouver ta
grand-mère et résoudre cette énigme.

— Mais comment ? dis-je entre deux sanglots.

— Je ne sais pas, mais on va trouver. Hé ! Il faut se ressaisir
et y aller étape par étape.

Je reste blottie un moment au creux de ses bras, plus longtemps
que je m'y crois autorisée. Profitant de la chaleur de son corps,
je me surprends à dessiner le contour de son tatouage avec le
bout de mon doigt.

— Ça veut dire espoir et courage, dit-il.

— Ça va m'en prendre à profusion pour me tirer d'affaire,
dis-je en me dégageant, à regret, de son étreinte. D'autant plus
que ma grand-mère ne pourra pas m'aider à développer mon
don. Je risque d'en avoir besoin plus que jamais.

— T'inquiète pas pour cela. Quand tu seras prête, je te
ferai rencontrer mon mentor qui m'a enseigné les arts martiaux.

Il est expert en méditation et techniques de pleine conscience. Je suis convaincu qu'il va être en mesure de t'aider à prendre le contrôle de ton don.

Il essuie une larme sur ma joue avant de poursuivre :

— Mais avant, il faut prendre le contrôle de la situation. Faire disparaître cette chaise et alerter les autorités.

— Mais qu'est-ce que la police va bien pouvoir y faire ?

— Rien, mais il faut aviser ta famille et rapporter la disparition de ta grand-mère. Tu n'auras qu'à laisser ta mère gérer la situation avec les forces de l'ordre, tandis que nous allons nous concentrer sur les forces du Mal.

Chapitre 26

JUSTINE
An 2016

— Ma mère sera ici dans une vingtaine de minutes, elle contacte la police et s'en vient, que je l'informe alors qu'il revient de sa voiture, où il a caché la trace du passage diabolique.

— Parfait! On n'a pas de temps à perdre. Il faut passer cette maison au peigne fin. Il y a peut-être des indices qui pourraient nous aider! N'importe quoi qui nous en dirait plus long sur l'implication de tes ancêtres ou sur les légendes du pont. As-tu une idée où ça pourrait être?

— Je connais quelques endroits où elle garde des affaires personnelles. Commençons par là!

Quinze minutes plus tard, nous avons examiné les armoires, les bibliothèques, les tiroirs, les garde-robes et tous les recoins susceptibles d'y contenir d'autres traces. Nous n'avons rien trouvé qui pourrait nous éclairer. J'ai même fouillé la boîte souvenir de grand-père Albert qui est décédé bien avant ma naissance.

Je suis découragée et Victor semble aussi perdre un peu espoir.

— Bon, retournons dans l'atelier pour vérifier qu'il n'y a pas d'autres marques du Diable, avant que ta mère arrive.

Le désordre, qui règne dans l'atelier, témoigne de l'agression, du combat qui y a été livré. Tant d'objets ont brûlé qu'il m'apparaît difficile de tout camoufler. Toutefois, il n'y a rien d'autre de vraiment compromettant.

— Qu'est-ce qu'on fait avec le matelas ? que je demande. Ça ne fait pas un peu bizarre de le trouver ici ?

— Peut-être, mais ça ne dit pas grand-chose non plus !

Je prends le tas de couvertures pour remettre un peu d'ordre. En le remuant, un carnet de notes et quelques feuilles libres tombent par terre. Je m'assois sur le matelas et ramasse les documents. Je reconnais tout de suite l'écriture d'Alice.

Justine,

Tu as raison. Il faut que tu saches. La menace pèse sur nous, que je t'en explique les origines ou non. J'en viens à la conclusion que tu dois tout savoir. Voici donc le journal intime de ton arrière-arrière-grand-père. Il raconte, depuis le début, comment tout cela a commencé. Il y a aussi une lettre que mon père, ton arrière-grand-père, a écrite lorsqu'il a pris la décision de tout me dire.

De génération en génération, chaque personne concernée a essayé de protéger sa descendance en cachant la vérité ou en essayant de l'ignorer. Chaque fois, une tragédie est survenue. Cette vérité est dure à croire, mais elle fait partie de notre lignée et il faut s'occuper de cette vérité. Je fais le choix de te mettre au courant, car je crois qu'unir nos forces pourrait nous être bénéfique. J'espère que j'ai pris la bonne décision, car s'il t'arrivait quelque chose, je ne pourrais pas me le pardonner. À toi, maintenant, de choisir ce que tu veux faire avec ce lourd bagage de notre passé.

Je t'aime
Alice xxx

Je termine la lecture à haute voix et Victor me presse de tout ranger. Je plie les feuilles et je les enfouis avec le carnet sous mon manteau de jeans.

— Ta mère va arriver d'une minute à l'autre ; tu veux que je reste avec toi ou tu préfères que je parte ?

À vrai dire, j'aimerais bien qu'il reste, mais, dans cet état de crise, ce n'est pas une bonne idée. Nous allons passer des heures avec les policiers et nous ne serons pas d'agréable compagnie. Un étranger rendra les choses encore plus inconfortables. Je suis certaine qu'il le sait et que sa question est une manière polie de rester en dehors de la situation.

— Tu peux y aller. Je vais m'organiser. Je veux bien te faire endurer mes histoires de diable, de don, de futur et tout le reste, mais ma mère sous tension ? Oh, mon Dieu ! Non ! Je ne peux vraiment pas te faire subir ça ! que je m'exclame pour alléger son départ.

Je mime un couteau qui tranche ma gorge d'un trait. Il sourit et l'atmosphère se détend.

— Tu es vraiment jolie lorsque tu souris. Je veux dire…
tu es toujours jolie… Enfin, tu vois ce que je veux dire, dit-il
embarrassé. Ça m'ennuie de te laisser toute seule.

— T'inquiète pas. Je ne serai pas toute seule. En plus, la
nuit va passer vite! dis-je en tapotant les documents cachés
sous mon manteau. J'ai beaucoup de lecture à faire.

— OK, à demain! N'hésite pas à m'appeler à n'importe
quelle heure de la nuit, dit-il, semblant inquiet de me laisser
seule.

J'ai le cœur lourd de le voir partir ainsi. Je réalise que je me sens
en sécurité avec lui. Dès qu'il franchit la porte de l'atelier, cette
scène de crime et tous mes tourments m'accablent à nouveau.

Grand-mère, où es-tu? Que doit-on faire pour s'en sortir?

Chapitre 27

ELSA
An 2071

Mon corps tressaille et je ressens une douleur vive sur mes cuisses. Étrangement, c'est la douleur qui m'a plongée dans l'inconscience qui, à présent, m'en fait ressortir. Je tente un mouvement, mais je n'ai pas la force de bouger.

— Ça va aller, chère enfant.

Je sens un liquide couler sur mes jambes et imbiber mes vêtements. Allongée sur la pierre froide et maintenant détrempée, je ne peux retenir un frisson et je me mets à grelotter.

— As-tu froid?

Je crois rêver; cette voix si douce, si réconfortante ne peut venir que de l'au-delà. Une main chaude se pose sur ma peau et me tapote la joue.

— M'entends-tu?

Oui, je l'entends. J'entends une voix et je sens une présence. J'ouvre les yeux et découvre le visage inquiet d'une vieille dame. Ce visage m'est familier, mais je ne crois pas avoir déjà vu cette femme.

— Qui êtes-vous ? Où suis-je ?

J'essaie de me relever et la dame s'empresse de m'aider dans cette pénible tâche. Je m'appuie sur son épaule et réussis à m'asseoir. Dès que je réalise où je suis, dans une grande pièce froide et poisseuse, je reprends mes esprits.

La cellule est faite de pierre et de terre et il y fait sombre comme dans un cachot. Les chaînes sont encore fixées au mur et quelques objets de base meublent la pièce : un tabouret et une petite table. L'humidité me ronge les os et l'odeur de moisissure est insupportable. À quoi s'attendre d'autre dans le Domaine du Diable ?

— Je suis Alice. Et toi, jeune fille, comment t'appelles-tu ?

— Elsa, dis-je, la gorge sèche.

Elle pose le linge humide, qui a servi à nettoyer mes plaies, à proximité d'un grand bol d'eau. Elle remplit une des deux tasses et me la tend. Je prends une gorgée. L'eau glaciale me fait frissonner à nouveau. Je suis si faible. J'ignore combien de temps je suis demeurée inconsciente, et la faim me tourmente, n'ayant rien avalé depuis un bon moment. La dame devine mon inconfort et me demande :

— Y a-t-il du feu près d'ici ?

— Dans l'âtre près du poste de garde, au bout du couloir à gauche, à la croisée des tunnels.

Elle se lève, s'approche des barreaux de la grille et examine les lieux. Elle inspecte la cellule et arrache une à une les quatre pattes d'un tabouret de bois, pour ensuite les poser à côté de moi. Elle retourne près des barreaux et reste immobile, comme si elle priait.

Au bout d'un moment, une boule de feu plane dans le couloir et s'immobilise devant notre cellule. Elle s'infiltre entre deux barreaux et atterrit sur l'amas de bois qui s'enflamme instantanément. À cet instant précis, une image apparaît dans mon esprit. Je revois ce visage familier dans un cadre du salon chez ma grand-mère.

— Alice? Serais-tu mon arrière-arrière-grand-mère? Celle qui a le don du feu?

Étonnée, elle me dévisage et soudain, son regard se remplit de tendresse.

— ... Elsa? Justine m'a demandé si je connaissais une Elsa... C'est de toi qu'elle parlait? Tu serais sa petite-fille? J'étais avec elle hier, et maintenant je me retrouve avec toi? Comment est-ce possible?

— C'est possible parce que tu viens du passé et qu'ici, pour toi, c'est le futur. Cinquante ans plus tard. C'est dans le monde du Diable que l'humanité sera plongée si nous ne faisons rien pour renverser le sortilège.

— Le monde du Diable?

— Oui. Un monde séparé entre deux rives: la rive du Mal, où les humains travaillent à opérer le Domaine du Diable, et la rive de l'Espoir, celle où les humains travaillent à approvisionner le Domaine du Diable. En fait, dans un cas comme dans l'autre, nous sommes tous des esclaves.

Je lui laisse le temps d'assimiler l'information avant de demander :

— Tu étais avec Justine ? Comme dans grand-mère Justine et grand-père de la Terre...

— Chut ! Tu ne dois rien me dire du futur. Cela pourrait influencer son cours. Crois-moi, j'ai déjà fait ce genre d'expérience et je ne veux pas répéter deux fois la même erreur, dit-elle sur un ton ferme. Comment Justine peut-elle savoir que tu existes ?

— J'ai écrit des messages à Justine, sur le pont, pour lui demander de l'aide. Je ne sais pas comment c'est possible, mais nous avons pu communiquer quelques fois ensemble. C'est étrange, car chaque fois le pont tremble... Et toi ? Comment es-tu arrivée ici alors ?

— J'ai été enlevée par le Diable et amenée ici. Mes ancêtres et moi avons déjà eu quelques altercations avec lui, mais je croyais que tout cela était chose du passé. Que me veut-il maintenant, après toutes ces années ? Je l'ignore.

Elle me fait un résumé des événements attribuables au sortilège qui, je sais depuis ma tendre enfance, pèse sur notre famille, mais je n'avais jamais su le fond de l'histoire. Je suis sidérée par son ampleur et désolée que mes parents m'aient caché ces informations cruciales.

— Tes parents voulaient sûrement te protéger... Que sais-tu du Diable ?

— Le Diable est sur ses gardes, car il ressent une perturbation des forces du Mal.

Je lui raconte ce que j'ai entendu à l'assemblée et lui fais part de la teneur de mes communications avec Justine. Alice demeure silencieuse et songeuse durant tout le récit.

— Il est fort probable que ce soit la transmission de vos messages qui cause les perturbations. Comme je viens juste de t'expliquer, interférer dans le passé ou le futur peut avoir de graves conséquences. Le fait que tu communiques dans le passé a forcément un effet ou une influence directe sur le futur. Déjà, Justine a été mise au courant de certains éléments et déploie des efforts pour résoudre cette énigme. Ça m'apparaît suffisant pour changer le cours des choses.

— Comment pouvons-nous alors renverser le sortilège et vaincre le Diable ? que je lui demande.

— Je ne sais pas si c'est possible de le faire ni comment. La seule chose dont je suis certaine est qu'il faut récupérer le boulon. Posséder ce boulon décuplait mon pouvoir. Nous gagnerons donc en puissance si nous l'avons avec nous. En plus, comme il ne sera plus entre les mains du Diable, je suppose que les forces du Mal s'en trouveront amoindries. C'est la seule solution que je vois.

— Où donc est-il, ce boulon ?

— Je ne le sais pas. Je l'ai eu en ma possession, à une certaine époque, mais le Diable me l'a enlevé. Sauf que… j'ai une idée sur la façon de le déjouer. Le Diable est réputé pour être un menteur, un tentateur, un séducteur et un provocateur. Il est avide de pouvoir et, pire que tout, il est très vaniteux. C'est là que nous pourrions le piéger. Si sa vanité réussissait à l'aveugler, il pourrait nous dévoiler certaines choses. C'est un grand risque à prendre, car nous pourrions toutes les deux y laisser notre peau.

— Je suis prête à tout faire ! Il faut tenter le coup !

Je me lève de peine et misère et avance à petits pas en me tenant contre le mur jusqu'à la grille de la cellule.

— Garde! Fais venir ton maître. Je suis prête à discuter avec lui.

Chapitre 28

JUSTINE
An 2016

— Tu n'as pas l'air d'avoir eu une meilleure nuit que moi! que j'affirme en laissant entrer Victor.

Ses traits sont tirés et ses cheveux, un peu ébouriffés. Même avec cette allure fripée, il est toujours aussi beau. Pour ma part, je doute qu'une nuit blanche ait produit le même effet. Mes yeux cernés et mon visage bouffi n'ont, selon moi, rien de séduisant. Ma mère et moi sommes restées avec les policiers jusqu'à trois heures du matin et depuis, j'épluche les documents que j'ai trouvés chez Alice.

— Ta mère est ici?

— Non, elle est au poste de police pour faire un suivi de l'enquête. Ils vont vite se rendre compte à quel point elle est rigoureuse… dis-je, levant les yeux au ciel. Mon beau-père, Éric, est au parc avec Rose. Il va passer prendre ma mère avant de rentrer.

— J'ai pensé à toi toute la nuit. Enfin… à cette histoire, que Victor précise, embarrassé. J'en ai profité pour entamer le livre sur le pont de Québec.

— Tu as trouvé quelque chose d'intéressant?

— Pas pour l'instant, sauf qu'en lisant l'histoire du pont, j'ai appris que Frank I. Ross était l'un des premiers actionnaires de la Compagnie du pont de Québec.

— Frank Ross ? C'est qui, lui ?

— Frank Irving Ross, pour être plus précis. La famille Ross a eu beaucoup de succès dans la région avec ses usines de sciage et la construction de chemins de fer. C'est lui qui a fait construire le manoir où je travaille les weekends. Il y a une grande bibliothèque qui contient peut-être des ouvrages sur le pont. Si tu veux, on ira ensemble samedi, et tu pourras faire des recherches pendant que je travaille. Qui sait sur quelle piste cela peut nous mener ? ajoute-t-il avec entrain.

— Je ne sais pas si c'est une bonne idée… Je dois rester auprès de ma mère et découvrir un moyen de ramener ma grand-mère.

— Résoudre cette énigme, c'est exactement ce qui te fera retrouver ta grand-mère. En plus, il faut t'occuper l'esprit. D'ailleurs, demain on a rendez-vous avec mon mentor. Il est prêt à parfaire ton entraînement et à t'aider à mieux contrôler tes pensées.

Son ton ne laisse aucune place à la discussion. Je n'ai pas le temps non plus de répliquer. Mon emploi du temps des prochains jours est donc une affaire classée. Une semaine déjà s'est écoulée depuis le premier message d'Elsa jeudi dernier. Depuis, toute ma vie a été chamboulée.

— Et toi ? Tu as appris des choses dans le journal trouvé chez Alice ? me demande Victor.

— Oui, viens, je vais te montrer !

Nous passons au salon et prenons place côte à côte sur le divan. La télévision, allumée depuis ce matin, diffuse en boucle les mêmes informations sur la chaîne RDI. J'ai un mince espoir que quelqu'un, quelque part, puisse retrouver ma grand-mère et qu'elle fasse la manchette.

— Tu es bien assis? dis-je avec impatience.

— C'est costaud, comme histoire?

— Tu n'as aucune idée à quel point…

Je prends le journal personnel de mon aïeul, en cuir brun, usé par le temps, et je vais à la page où j'ai inséré un Post-it jaune.

— Mon arrière-arrière-grand-père Joseph Fortin était contremaître lors de la construction du pont de Québec. Il a tenu ce journal dès le début des travaux. À cette époque, en 1900, il était un simple ouvrier. Il a résumé chacune des étapes, son avancement professionnel et ses états d'âme, tout au long du parcours. Bref, il a vécu le premier effondrement du pont en 1907, alors qu'il était chef d'équipe, et plusieurs de ses ouvriers y ont péri. Joseph a eu un dur coup et se sentait coupable. En 1916, il est devenu contremaître et a assisté, le 11 septembre de cette année-là, au deuxième effondrement.

— Ouf, le 11 septembre est une journée prédestinée pour les grandes tragédies! lâche-t-il en se frottant le menton.

— Ouais, bien le pire est encore à venir… Après cette tragédie, il a eu la visite d'un étrange personnage sur le chantier de construction, qui lui a proposé un marché. Il lui a promis qu'il n'y aurait plus de morts et que les travaux iraient bon train jusqu'à l'achèvement de la construction. En échange, l'inconnu a demandé que la première personne qui marcherait sur le nouveau pont lui cède son âme. Sans réfléchir, mon arrière-arrière-grand-père Joseph a accepté le marché et ne s'est plus soucié de ce vulgaire accord, jusqu'au jour de l'inauguration.

— Bon sang, Justine! C'est l'histoire de la légende avec le chat? dit-il en se passant la main dans les cheveux, atterré par mon récit. Ton arrière-arrière-grand-père a fait un pacte avec le Diable? Lui a-t-il lancé le chat, pour vrai?

— Laisse-moi te lire un extrait du journal:

... Les officiels de la cérémonie avaient dressé un promontoire au milieu du pont où trônait le fameux boulon, en attente d'être mis en place à l'endroit qui lui avait été destiné dès les premières ébauches des plans. Tout le monde était heureux, moi y compris. Après toutes ces années à la tâche, un sentiment d'accomplissement et de réussite me comblait de bonheur, d'autant plus que ma femme exhibait un beau bedon bien rond à mes côtés.

Mon ravissement fut de courte durée, puisque je me mis à entendre une voix grave et puissante dans ma tête: «Il est temps de sceller notre accord... Tu dois remplir ta part du marché...» J'avais beau secouer la tête, mais la voix reprenait de plus belle: «Tu ne peux pas échapper à ta tâche... Rends-moi l'âme que tu as accepté de me livrer...»

La panique s'empara de moi et je me dirigeai vers le pont pour me soustraire à la foule. C'est alors que j'aperçus l'effroyable personnage, tout de noir vêtu, au milieu du pont, tenant entre ses mains le boulon d'or. Je me sentis aspiré comme par un champ magnétique, et la voix continua d'emplir ma tête: «Le temps presse... Choisis l'âme qui sera sacrifiée, sinon je devrai prendre la tienne...» Je cherchai autour de moi une issue, car je n'avais nulle intention de céder l'âme d'un valeureux se trouvant à proximité. Tout juste avant que mes pieds foulent la nouvelle structure de métal, un chat noir surgit d'un bosquet. Je le pris et le lançai de toutes mes forces sur le pont.

Le chat en question ne chercha pas à fuir; au contraire, il courut comme une bête enragée et bondit sur l'affreux personnage. Les griffes du félin se plantèrent dans son torse et un éclair jaillit entre les deux. Une boule de feu explosa, faisant disparaître le chat et ne laissant qu'un nuage de poils et de cendres retomber sur le tablier du pont.

Une réaction en chaîne s'ensuivit: l'éclair poursuivit sa course dans le bras de l'individu qui se tordait de douleur et parcourut la circonférence du boulon, avant d'en ressortir et de se jeter sur le tablier du pont, comme si la foudre frappait à nouveau. L'éclair longea la structure de métal, laissant derrière lui une traînée rougeâtre et un tourbillon d'étincelles. En quelques secondes, l'éclair rejoignit l'extrémité nord du pont et frappa de plein fouet le pilier de la façade à l'entrée du pont. Des étincelles jaillirent de plus belle et retombèrent dans la falaise au pied du pont. L'arbre le plus haut s'enflamma et le brasier se propagea vers le tronc et le rasa jusqu'aux racines. Je me penchai au-dessus de la balustrade pour suivre la course folle de la foudre. L'éclair de feu se fraya un chemin à travers la terre, soulevant le sable de part et d'autre, comme s'il fendait la rive. La matière brûlante fonça vers l'eau et j'aperçus alors un filet d'eau bouillonnant fendre le fleuve.

Au milieu de celui-ci, une immense colonne d'eau s'éleva, comme un geyser, pour ensuite retomber à la surface.

Au même moment, un nuage de poussière tourbillonna sur le pont et le boulon d'or en ressortit, comme s'il était expulsé du cœur d'une tornade, pour atterrir sur le sol au pied du promontoire. Lorsque la poussière retomba, l'individu s'était volatilisé.

Le boulon fut mis en place, comme prévu, et la foule ne fut pas témoin de cet incident, puisque la cérémonie se déroulait sur la rive...

— Wow! Qu'est-ce qui est arrivé ensuite? me demande Victor.

— Joseph a déménagé en Basse-Ville, loin du pont, et a travaillé dans une usine pour tenter de tout oublier. Après que sa femme eut accouché, et alors qu'elle tenait le bébé dans ses bras, il a entendu à nouveau la voix. Tiens, je vais te lire le dialogue qu'il a noté un peu plus loin :

— Tu m'as trahi, tu t'es joué de moi et ce soir, tu dois payer ton erreur avec une vie.

— Non, ne leur fais pas de mal, je t'en supplie. Si tu dois prendre une vie, prends la mienne.

— Non, ce serait trop facile. Tu dois souffrir pour le mal que tu m'as fait.

— Quel mal? Je n'ai rien fait.

— Tu m'as fait prisonnier dans le corps d'un stupide animal et je veux retrouver mon état normal. Pour cela, je suis prêt à te donner une autre chance, mais, cette fois-ci, les conditions seront bien établies.

— Je ferai tout ce que tu veux si tu les laisses tranquilles.

— Tu dois me livrer l'âme d'un humain brave et courageux, une âme guerrière qui n'aura peur de rien et qui est prête à tout pour arriver à ses fins. Choisis bien, car si tu manques à ta tâche, d'autres mourront. Pour chaque membre de ta descendance qui naîtra avant que le pacte ne soit respecté, un autre mourra. J'ai pris soin de préciser une échéance de cent ans sur ce nouvel accord. C'est bien trop généreux, comme délai, mais je veux m'assurer qu'avant le prochain siècle, me soit livrée l'âme que je convoite. Si tu meurs avant, ta descendance aura la responsabilité d'honorer ce pacte. Lorsque tu auras trouvé cette âme valeureuse, amène-la sur le pont, je t'y rejoindrai. Peut-être s'agit-il de l'âme de ce jeune garçon? Ce nouveau-né qui mord dans la vie? Dans ce cas, il n'y a pas de chance à prendre sur le sacrifice qu'il doit y avoir ce soir. Cela ne me laisse qu'un seul choix!

— Non! Il n'a pas fait cela? s'écrie Victor, qui a deviné la suite.

— Oui, il l'a fait. Le Diable a tué sa femme.

— Ouch!

— Ouais, tu peux le dire, mais ce n'est pas fini. Mon arrière-arrière-grand-père a élevé son fils seul et il lui a raconté cette histoire avant de mourir. Son fils, Gabriel Fortin, ne l'a pas pris au sérieux et, lorsqu'à son tour sa femme a accouché d'une petite fille, le Diable est revenu et a tué sa femme. Il a été seul pour élever son unique fille. Sa fille, c'était Alice. Ma grand-mère.

— Comment connais-tu ces détails ? Ça ne doit pas être dans le journal ?

— Non, mais j'ai trouvé cette lettre adressée à ma grand-mère.

Ma chère Alice,

Je dois te mettre en garde contre quelque chose qui va te sembler incroyable. Le Diable en veut à notre famille, depuis des décennies, et il cherche à se venger. Lis le journal de mon père et vois par toi-même de quoi il s'agit. J'ai moi-même ignoré les mises en garde que mon père m'avait faites et ce fut la plus grande erreur de ma vie. Le Diable nous a enlevé ta mère, juste après ta naissance. Je t'ai élevée du mieux que j'ai pu, mais je n'ai rien fait pour changer le cours des choses. Malheureusement, l'être humain enfouit souvent son désespoir dans l'inaction. La seule chose que je peux faire maintenant, c'est te mettre en garde, car tu dois accoucher sous peu. J'ai peur que l'histoire se répète...

J'espère qu'Albert, ton mari, pourra te protéger...

Je replie la lettre et la range dans le journal intime.

— Est-ce qu'on sait ce qui est arrivé ensuite ? demande Victor.

— Non, il n'y a pas d'autres informations. Seulement Alice pourrait nous dire la suite…

— Au moins, on sait que ta grand-mère n'est pas décédée lorsqu'elle a eu ta mère, dit-il pour me remonter le moral.

— En effet, mais je sais que mon grand-père Albert, lui, est décédé cette année-là. Alice a toujours été vague à ce sujet. Je pense, en fait, qu'il y a un lien entre les deux événements.

Ma lèvre inférieure se met à trembler et je refoule mes larmes. Victor se rend compte de ma peine et amorce une offensive consolatrice. Il me défile une série de mots d'encouragement et essaie de détendre l'atmosphère en me faisant rire.

— Merci d'être là, je n'ai pas bien dormi, je suis fatiguée et toute cette histoire me fait broyer du noir.

— Moi non plus, je n'ai pas bien dormi, car je me fais du souci pour toi. J'ai peur qu'il t'arrive quelque chose. J'ai repensé à ta grand-mère qui se rapprochait du feu, l'élément qui lui sert de protection, et je pense que tu dois en faire de même.

Il sort de son sac une ceinture de course dans laquelle sont insérées deux petites gourdes d'eau. Quoique j'en aie eu aussi l'idée, il me devance ; il s'approche de moi, entoure ma taille de ses mains et y ajuste la ceinture.

— Tu ne veux quand même pas que je porte cela tout le temps ? dis-je pour protester un peu, alors que je craque pour son côté protecteur.

— Oh, que oui ! Tu n'auras pas le choix de m'écouter. Je te rappelle que je suis ceinture noire de karaté, ajoute-t-il d'un air moqueur.

Il enveloppe mes mains avec les siennes et m'attire vers lui,
plongeant son regard dans le mien.

— S'il te plait, c'est pour ton bien, dit-il d'un ton suppliant.

Je me sens mieux, portée par son désir de vouloir sauver le
monde et d'assurer ma protection. S'il souhaite s'occuper de
moi, je le laisse volontiers me guider, pour le moment…

Chapitre 29

JUSTINE
An 2016

Le carillon de la porte interrompt notre rapprochement. Victor affiche un air de déception et je m'excuse pour aller répondre. Même si cette pause forcée me déçoit aussi, j'espère de tout cœur le miracle de voir surgir Alice. En ouvrant la porte, j'aperçois Jade et Noah, plantés là comme des petites bêtes effrayées. Ce n'est pas ma grand-mère, mais ça me fait chaud au cœur de revoir Noah. Je réalise par sa présence combien il m'a manqué.

— On est venus aussitôt qu'on a su pour Alice, dit-il.

Je ne fais ni un ni deux et je lui saute au cou.

— Ne me fais plus jamais ça! que je lui ordonne sur un ton ferme. On ne s'est jamais chicanés comme ça, et ça m'a foutu la trouille.

— Je suis désolé, je n'aurais pas dû agir de la sorte. Je ne sais pas ce qui m'a pris, répond-il en refermant ses bras autour de moi. Je te promets que cela n'arrivera plus.

Je me dégage de son étreinte pour le regarder dans les yeux. Ceux-ci trahissent la culpabilité et le remords. Je lui souris pour lui confirmer que ses excuses sont acceptées, et il me rend mon sourire, manifestement soulagé. J'embrasse Jade sur les deux joues et la presse d'entrer.

En franchissant la porte, le sourire de Noah s'efface d'un trait, laissant place à un visage froid au regard hostile. Il fixe Victor qui s'est approché de nous. Jade lui donne une tape dans le dos et la pointe d'animosité, qu'affichaient ses yeux, se dilue avec l'excitation qui maintenant s'installe.

— Euh… Ouais… On est aussi venus te dire, précise-t-il en me regardant, que nous avons trouvé ce qui est arrivé le 23 septembre.

— Quoi ? Vraiment ? Alors de quoi… de quoi s'agit-il ? que j'enchaîne en bafouillant.

— Il s'agit du 23 septembre 1917, pour être précis. Cette journée-là, il y a eu trois cérémonies religieuses pour célébrer l'achèvement, sans encombre, des travaux et surtout du positionnement de la travée centrale du pont. Cette dernière étape avait eu lieu trois jours plus tôt, soit le 20 septembre, sans pépin ni nouveau malheur. Puisque l'on célébrait cette grande réalisation, l'une des cérémonies avait lieu aux abords du pont, sur la rive nord, tandis que les deux autres se déroulaient dans des églises. C'était en quelque sorte une préinauguration pour marquer la fin des travaux, puisque l'inauguration officielle n'allait avoir lieu que deux ans plus tard, soit en 1919…

— Pour vrai ? Mais comment avez-vous trouvé cette information ? s'exclame Justine.

— On a fait des recherches sur Internet, réplique Jade.

Je me retourne vers Victor qui roule les yeux. Évidemment, nous aurions dû y penser plus tôt.

— Cet élément confirme que c'est bel et bien la légende du chat dont il est question, dis-je, puisque celle-ci se déroule lors d'une cérémonie d'inauguration ou quelque chose du genre. Cela a du sens que ce soit le 23 septembre, juste après la fin des travaux. Le Diable n'aurait sûrement pas attendu deux ans plus tard, au moment de l'inauguration officielle, pour réclamer son dû. En septembre 2017, ça fera cent ans que le pacte a été scellé, il ne reste plus beaucoup de temps pour agir…

D'un geste de la main, je les invite à passer au salon. Noah, qui a les yeux rivés sur la télévision, s'y précipite et s'assoit au centre du divan, concentré sur l'écran.

— Wow! Vous avez vu ça? Ça craint!

Une bande rouge défile au bas de l'écran:

Message à la population: les services policiers demandent aux citoyens d'être vigilants à la rencontre d'animaux manifestant des comportements agressifs.

Tentant d'augmenter le volume, Noah attrape la télécommande qui ne répond pas; il la secoue avec impatience. Finalement, le compartiment des piles s'ouvre et celles-ci tombent et roulent sur le sol. Victor laisse échapper un soupir et il s'avance jusqu'au téléviseur pour monter le volume juste à temps pour entendre la chef de pupitre faire état de la situation:

... Plusieurs citoyens ont été témoins d'agressivité anormale manifestée par d'énormes chats, au cours des dernières heures. Les policiers ont recensé un nombre considérable de signalements. Tous les cas rapportés jusqu'à maintenant concernent des chats noirs de taille imposante avec des crocs proéminents. La Société pour la prévention et la cruauté envers les animaux, la SPCA, a déployé sur la route tous ses effectifs disponibles pour tenter de neutraliser les chats aperçus par les citoyens. Il semblerait toutefois qu'aucun animal n'ait pu être attrapé jusqu'à présent.

L'image d'une fourgonnette blanche, garée dans une rue, apparaît à l'écran. On peut y voir trois hommes, habillés de la tête aux pieds d'une combinaison noire, tentant de neutraliser un gros chat noir rugissant à travers d'immenses crocs et un pelage dégarni. Une vision des plus terrifiantes sortie tout droit d'un film d'horreur.

La SPCA affirme qu'il est trop tôt pour confirmer s'il s'agit d'un type de rage ou d'une autre maladie. Les résultats de l'enquête pourront le déterminer. Les autorités tiennent à rassurer la population qu'il s'agit de cas isolés, et qu'aucune personne n'a été attaquée jusqu'à présent. Le service de police demande la collaboration de la population pour signaler sans délai tout cas similaire.

Un frisson me traverse le dos. Je sursaute en laissant échapper un petit cri lorsque Victor pose sa main sur mon épaule.

— Ça va, ça va, il n'y a pas de danger.

Je secoue la tête pour chasser ces visions d'horreur.

— On dirait le chat sorti tout droit de la légende! que j'affirme, convaincue que cela a un lien avec les événements auxquels nous sommes confrontés.

Noah et Jade s'exclament à l'unisson:

— Quelle légende? Quel chat?

— Venez, on va vous montrer ce que nous avons trouvé...

Chapitre 30

JUSTINE
An 2016

Nous en sommes venus à la conclusion qu'on devait aller voir s'il y avait un nouveau message d'Elsa et en profiter pour chercher le boulon. Ce sont les deux seules pistes que nous avons pour le moment.

Nous avons fait livrer des pizzas et jouons aux cartes pour tuer le temps jusqu'à ce que la noirceur s'installe. La tension a baissé d'un cran entre Victor et Noah, mais je sens que ce dernier est toujours sur la défensive. Il se comporte d'une manière étrange. Je ne l'ai jamais vu comme ça et je ne suis pas en mesure d'interpréter ses agissements.

Juste avant que nous partions, la voiture de mes parents tourne dans l'entrée. Zut! J'aurais préféré ne pas les croiser et filer en douce. Je sais que ma mère a besoin de moi, mais moi, j'ai besoin de faire bouger les choses. C'est la seule façon de retrouver Alice.

— Salut maman, du nouveau?

— Non, rien de nouveau. Ces enquêteurs n'ont pas l'air d'avoir le contrôle de la situation, dit-elle, levant les yeux au ciel, exaspérée, avant de reporter son attention sur moi. Où vas-tu comme ça ?

— Nous sortions nous promener. Je ne rentrerai pas tard. On se voit demain, dis-je en faisant un signe de la main.

— Attends une minute ! dit-elle, venant vers nous pendant qu'Éric soulève Rose qui dort sur le siège arrière. Tu te promènes en ville avec des lampes de poche ? ajoute-t-elle en remarquant ce que les autres ont dans leurs mains.

Ses cheveux bruns relevés en chignon, sa veste et son pantalon lui donnent un air d'enquêteur de terrain à qui elle commence à ressembler, ce qui ne sera pas à mon avantage… Je réfléchis un moment et je ne trouve rien d'intelligent à lui répondre. Je supplie les autres du regard.

— On va juste sur la terre de mes parents. On a fait quelques travaux à l'érablière que je voulais leur montrer, annonce Noah dans un éclair de génie.

Bien joué. Je n'aurais pas pu trouver mieux. Leur cabane à sucre se trouve à Saint-Nicolas, à une quinzaine de minutes d'ici. Ma mère me lance un regard suspect, comme si elle doutait de notre alibi, et tourne ensuite son attention sur Victor et sur le tatouage qui dépasse de la manche de son chandail. Décidément, elle n'en manque pas une !

— Tu nous présentes ton ami ? demande-t-elle en forçant un sourire.

Ma mère a toujours été suspicieuse des garçons que j'amène à la maison. Je n'en ai fréquenté que deux, quelques mois seulement, et aucun d'eux n'a obtenu son approbation.

— Je suis Victor Dugré, dit-il en s'avançant pour lui serrer la main, chose dont elle s'acquitte avec une certaine retenue. Enchanté de vous connaître, madame, ajoute-t-il.

— Victor Dugré ? répète Éric d'emblée. Es-tu parent avec François Dugré ? demande-t-il en trimbalant Rose qui semble bien installée dans les bras de son père, mais surtout dans ceux de Morphée.

— Vous connaissez mon père ? demande Victor en lui serrant la main à son tour.

Ma mère émet un petit cri de surprise et un air inquiet s'affiche sur son visage. Je me demande ce que sa réaction peut bien signifier ?

— Oui, oui, nous avons étudié ensemble en génie et nous nous voyons encore à l'occasion, répond Éric, son regard soudainement assombri. J'ai appris qu'il est toujours à l'hôpital, j'espère qu'il ira mieux bientôt.

Heureusement, mon beau-père a un ton plus chaleureux et lui fait un meilleur accueil que ma mère.

— Merci, c'est gentil.

Victor baisse les yeux pour couper court à la conversation qui semble le mettre mal à l'aise. Peut-être aussi pour éviter le regard sévère de ma mère qui se fait insistant.

— Tu ne devrais pas sortir, Justine, tu n'as pas dormi hier. En plus, tu n'as presque rien avalé de la journée, me sermonne-t-elle dans un autre élan de zèle nutritionnel.

— Maman, tu ne crois pas qu'on a des soucis bien plus importants que les quatre groupes alimentaires, en ce moment ? dis-je, irritée par cette intervention embarrassante.

— Oui, c'est justement pourquoi je crois que tu devrais rester avec nous.

Bon, voilà! Elle crache le morceau. Elle est en colère parce que je sors? C'est ça son problème? Elle soutient mon regard en guise de désapprobation et c'est mon beau-père qui vient à ma rescousse.

— Allez, Anne, elle a le droit de se changer un peu les idées. C'est éprouvant pour elle aussi. Bon, on ne va pas vous retarder plus longtemps, reprend Éric en désignant Rose blottie dans ses bras, je dois aller déposer ce petit paquet dans son lit. Bonne soirée les jeunes!

«Bonne soirée à vous aussi!» que nous leur répondons en cœur, mes amis et moi.

Je pivote sur moi-même pour me diriger vers la voiture, mais, au dernier moment, je sens une main me retenir le bras.

— Qu'est-ce que tu tiens là, Justine? s'enquiert Éric, suspicieux.

— Ça? Oh, c'est juste une bouteille d'eau!

— Non, je veux dire, l'autre côté, précise-t-il avec un soupçon d'inquiétude.

J'avais oublié que je tenais sous mon bras le livre du pont de Québec que Victor a apporté.

— C'est un livre que Victor m'a prêté, il m'a parlé de l'histoire du pont l'autre jour et j'avais envie d'en savoir plus, que j'explique, ne voyant pas en quoi cela pourrait lui déplaire que je m'intéresse à ce pan de l'histoire.

— Tu t'intéresses à cette histoire? Juste comme ça?

Il me dévisage comme s'il aimerait que je lui en dise davantage. Je reste détendue, sachant qu'il est impossible qu'il puisse savoir ce que nous avons découvert ou même ce que nous allons faire.

— Ouais, juste comme ça, que je réponds en haussant les épaules.

Pendant un moment, j'ai l'impression qu'il se doute de quelque chose. Puis, il lâche prise et nous laisse partir.

— Soyez prudents, les enfants !

Chapitre 31

JUSTINE
An 2016

— C'est inquiétant de se trouver ici en plein soir, laisse échapper Jade en s'agrippant à la balustrade, pendant que nous versons de l'eau sur le pont.

Noah la serre contre lui, tandis que Victor et moi sommes accroupis sur la plate-forme. Elle n'est pas de nature peureuse, mais elle a raison ; il fait noir, il y a un léger rideau de brume et un certain je-ne-sais-quoi dans l'air qui ne me dit rien de bon. Le froid qui fige le fleuve fait monter un voile blanc qui donne un air lugubre à la scène. Nous avons inspecté la structure, du mieux que nous pouvions, mais n'avons vu aucun boulon d'or.

— On va avoir besoin de plus de lumière pour créer un reflet sur l'eau, déclare Victor.

Noah et Jade dirigent leurs lampes de poche vers le sol et tous nos regards y convergent. Une phrase, comme suspendue dans le temps, apparaît à la surface de la flaque :

... Les gardes m'ont eue !

Je me demande combien de temps s'est écoulé depuis ce message et je m'empresse d'écrire : « Elsa, es-tu là ? »

Nous patientons pendant plusieurs longues minutes. Rien. Mon cœur se serre devant la fatalité de ce lourd silence. Puis, une série de petits bruits sourds se font entendre et s'amplifient de plus en plus derrière nous. C'est bizarre. Les bruits ressemblent à des pas. Aucun doute, quelqu'un ou quelque chose court vers nous.

— Je n'aime pas ça. Allons, filons d'ici au plus vite ! crie Victor, alarmé comme moi par cet étrange grondement qui fonce vers nous.

Il me soulève par le bras et m'entraîne en courant ; Jade et Noah emboîtent le pas sans rouspéter.

— Bon Dieu ! Avez-vous vu ce qui court après nous ? lâche Noah dans un cri de panique.

Il nous pousse dans le dos pour nous faire avancer plus vite, ce qui est difficile à faire compte tenu de l'espace restreint. L'étroit chemin piétonnier permet à peine le passage de deux personnes côte à côte.

— Plus vite ! Bon sang ! Dépêchez-vous, ils vont nous rattraper !

Je me retourne en même temps que Victor. Mon cœur s'emballe aussitôt. Quatre énormes silhouettes félines courent sur chacune des rampes de la rambarde en groupe de deux. Ces bêtes ressemblent à des chats, mais ont au moins trois à quatre fois leur taille. On dirait plutôt des jaguars enragés. Leurs yeux jaunes percent la noirceur et la brume comme des feux réfléchissants. Leurs rugissements nous font sursauter. Nous accélérons la cadence, en nous déplaçant à la file indienne pour avoir plus de liberté dans nos mouvements.

Victor atteint l'abord du pont et ralentit le pas, semblant évaluer nos options qui sont assez limitées. Le chemin se rétrécit quelques mètres plus loin et nous allons être coincés entre un mur de pierre et la voie de circulation. De mon point de vue, si nous continuons par ce chemin, il y a de fortes chances que les créatures nous rattrapent avant même que nous soyons arrivés à la voiture.

J'aperçois à droite un escalier d'une quinzaine de marches au haut duquel se dresse une clôture de fer. Celle-ci semble border les jardins extérieurs de l'Aquarium du Québec. Il sera, à mon avis, plus facile de les semer dans le parc.

— Victor, l'escalier! que je lui crie à pleins poumons.

Il esquisse un mouvement vers la droite et gravit les marches deux par deux. Il escalade la clôture jusqu'à son sommet et me tend la main pour m'aider à traverser de l'autre côté. Il en fait de même pour Jade, et ensuite Noah qui suit de près. Les félins nous rejoignent, alors que Noah réussit à basculer de l'autre côté, et tentent de sauter la clôture, mais tous leurs essais demeurent infructueux.

L'une d'elles s'élance et plante ses griffes dans le bas du jeans de Victor. Elle se retrouve ainsi en suspension. Il frappe la clôture avec son pied de toutes ses forces; la créature grogne chaque fois qu'elle cogne contre le grillage. Après quelques reprises, le jeans, ne pouvant plus supporter le poids de la bête, s'effiloche, laissant celle-ci tomber à la renverse dans le vide. Elle heurte, en premier, le mur de pierre, avant d'atterrir sur le dos, au milieu de la route. La voiture qui arrive suffit à l'achever. La vision de cette scène dégoûtante me laisse un goût amer dans la gorge.

— Allez, vite! Il ne faut pas rester ici! s'écrie Victor en atterrissant de l'autre côté. Elles ne vont pas tarder à trouver une façon de passer.

Noah et Jade enclenchent la course dans le parc et zigzaguent à travers les modules de jeux avant de rejoindre un sentier. Victor, qui m'a pris la main en reprenant la course, me guide à travers les obstacles.

Nous commençons à peine à contourner un petit lac artificiel que Victor nous alerte à nouveau:

— Ils arrivent! crie-t-il à pleins poumons.

Noah fonce vers le bâtiment principal, où se trouve peut-être un gardien...

Victor presse le pas, et je me sens voler au bout de sa main, comme si j'étais la queue d'un cerf-volant. Les créatures nous ont rattrapés. Elles me suivent de près, car j'entends leurs respirations saccadées et leurs grognements à proximité. Mon pouls s'accélère. Je le sens battre jusque dans mes tempes.

— Je ne vois personne, lâche Noah, qui tente d'entrevoir des indices de présence humaine à travers les fenêtres.

Ne remarquant pas que Noah a ralenti le pas, Jade trébuche sur ses talons. Pour faire diversion pendant qu'il l'aide à se relever, j'attrape une grosse branche au passage. Je me retourne et la brandis devant les créatures pour les empêcher d'avancer. Je ne sais pas ce qui m'a pris, car elles sont si terrifiantes que j'en ai le souffle coupé. Leurs griffes affûtées pourraient trancher ma chair en lanières.

J'arrive toutefois à les tenir en retrait un moment, pendant que Victor en profite pour récupérer deux grosses pierres qui bordent le sentier. Il les lance l'une après l'autre en direction des trois bêtes. La première n'arrive pas à les atteindre et s'écrase devant moi. La deuxième pierre atteint la créature en tête du trio. Elle s'effondre et fait tomber les deux autres comme des dominos. Elles prennent un moment pour se remettre sur pied avant de reprendre leur course dans notre direction. La créature blessée suit les deux autres et réussit, malgré tout, à tenir le rythme. Il faut filer au plus vite.

— Prenez chacun une branche, ordonne Victor. Elles sont trop rapides. Nous n'aurons pas le choix de les combattre. Jade, te sens-tu d'attaque pour t'occuper d'une des bêtes?

— Oh, que si! Je n'ai pas fait toutes ces années d'escrime pour rien!

— Parfait! J'en prends une aussi. Noah et Justine, vous vous occupez de l'autre?

Ni lui ni moi ne répondons. De toute façon, nous n'avons pas le choix. Victor arrache au passage une longue branche d'un arbre et nous dévions notre course vers le bassin des spectacles. Les escaliers des estrades mènent à un grand bassin d'eau séparé en deux par un rempart de béton. Ce doit être à cet endroit que les dresseurs se postent pour guider les animaux marins dans leurs prouesses. À mesure que nous dévalons les escaliers, les félins sautent sur les bancs à côté de nous en effectuant de longs bonds.

Victor freine sa course à mi-chemin et allonge son bâton au-dessus d'un banc. Il exécute une manœuvre d'arts martiaux, qui ressemble à une jambette, dans le but de déstabiliser la bête, ce qu'il réussit à merveille. La première créature exécute plusieurs *flips* entraînant les deux autres dans sa chute. Les matous déboulent sur les bancs, rebondissant comme des ressorts *Slinky*. Ils atterrissent ensuite sur le béton au pied des estrades.

— Remontez dans les estrades et tenez-vous prêts ; nous aurons un avantage durant le combat, lance Jade.

En moins de deux, nous sommes tous en position, et les félins, sentant notre ruse, s'avancent d'un pas méfiant. Je regarde le bassin plus bas et regrette de ne pouvoir les noyer dans un typhon. Sans don, je ne donne pas cher de notre peau.

Une première créature fonce sur Jade. Celle-ci bloque chacun de ses coups de patte avec son bâton dans un enchaînement parfait de mouvements fluides et rythmés. Victor prend ensuite les devants et déploie les premières attaques vers la bête non loin de lui. Celles-ci sont rapides et brusques, mais l'animal résiste bien aux assauts.

Je me retourne et aperçois le félin qui se tient devant nous. Il semble hésiter devant notre supériorité numérique. Cet intermède fait monter la peur. Je réalise alors que j'ai vraiment la frousse. Je n'ai aucune expérience de combat et je sens Noah aussi tendu que moi. Nous ne savons nous servir d'une branche que pour nous promener dans le bois et faire griller des guimauves. Ceci n'est pas une balade touristique.

Après quelques secondes d'hésitation, la bête lève la patte, se donnant un élan pour frapper dans ma direction. Ni moi ni Noah n'avons le réflexe d'utiliser nos bâtons et j'évite le coup en me penchant sur le côté.

— Prenez vos bâtons! L'attaque est la meilleure défense, lance Jade en plein duel.

Noah lève son bâton et le rabat sur l'animal, comme s'il frappait avec un marteau. Du coin de l'œil, je vois Victor serrer les dents devant cette maladresse. Le félin recule un moment, se secoue et se repositionne pour son prochain assaut. Je me décide. J'empoigne mon bâton à deux mains et imagine que celui-ci est un sabre laser. J'ai vu cette scène dans les films des dizaines de fois. Je peux imiter ce genre de manœuvres. Je m'élance et frappe le félin de plusieurs coups en alternance, de gauche et de droite.

— Bien, Justine! Continue comme ça! crie Victor.

Je me débrouille pour dévier les coups de mon adversaire, mais je sens un relâchement dans mes mouvements. Je m'épuise devant la force de cet animal puissant. Je manque aussi de sang-froid. J'ai un réflexe de recul chaque fois que les griffes passent près de moi. Mon cœur bat la chamade.

La créature rugit, et la vision de ses crocs pointus me saisit. Il ne faut pas lâcher. Je redouble d'ardeur à la tâche, mais je sens vite mes bras faiblir. Je ne pourrai pas résister encore longtemps.

J'ai plus que jamais besoin de l'aide de Noah, mais au lieu de s'y mettre, il laisse tomber son bâton sur le sol et fouille dans ses poches.

— Mais, qu'est-ce que tu fais? que je lui demande. Aide-moi, bon sang!

Il en sort un petit canif et déploie la plus grande lame en la pointant vers la bête.

— Allez! Plante-le-lui dans le cœur! ordonne Victor, en train de prendre le dessus sur son assaillant.

Noah fixe en alternance le couteau et la cage thoracique de sa proie.

— Je... Je... ne peux pas le faire...

Ses mains tremblent, tellement il semble horrifié à l'idée de tuer cette bête. Il récupère son bâton et court vers le bassin. La créature délaisse le combat et le suit sur ses talons.

— Noah? que je m'époumone à crier.

Je me demande ce qu'il fait, stupéfaite de sa réaction. Avant de le rejoindre, je jette un coup d'œil en direction de Jade et Victor. Ils ont toujours le contrôle de la situation. Jade, alertée par mon cri, ralentit la cadence de ses attaques et tourne son attention vers moi. La bête profite de sa distraction pour reculer de quelques pas et prendre son élan. Elle fait un bond immense et saute sur elle. Anticipant la manœuvre, Jade retourne son bâton, tend l'extrémité pointue vers l'animal, et l'atteint au cœur en plein vol. Celui-ci atterrit sur le sol, inerte.

— Bonne idée de l'embrocher! s'écrie Victor.

Ce dernier entame alors une séquence de mouvements avec assurance : une série de doubles coups de la droite et une autre de la gauche. Il prend son bâton, comme au baseball, et lui inflige un coup dans les pattes. La bête s'étale sur le dos et Victor enfonce le bâton dans son thorax. Un cri étouffé accompagne la manœuvre.

Je retourne mon attention vers Noah qui court toujours vers le bassin. Mes jambes tremblent à l'idée qu'il puisse se faire tuer. Je dégringole les marches dans sa direction. Il a rejoint le rempart de béton divisant le bassin en deux, et s'est arrêté pour affronter la bête qui s'immobilise devant lui et se dresse sur ses pattes. D'une seule main, Noah frappe avec son bâton le torse du félin si fort que celui-ci, sonné, est propulsé tout droit dans l'eau. Noah lève les mains dans les airs et laisse échapper un cri de victoire.

Lorsque j'arrive au pied de l'escalier, je constate qu'il n'est pas tiré d'affaire et lui crie :
— Noah ! Attention !

Lorsqu'il voit le félin nager vers le rempart, son visage se plisse d'étonnement.
— Hein ? Ça nage, des chats ?

Je lui arrache le canif des mains et réponds :
— Oui, Noah ! Ça nage, des chats !

Lorsque la patte de l'animal s'accroche au rebord, je me mets à genou et d'un coup vif, je lui plante le canif en plein centre. Je le retire juste à temps pour le planter dans l'autre patte qui vient de s'accrocher au bord. La créature gémit de douleur dans un couinement. Sa gueule s'ouvre, dévoilant ses horribles crocs. La bête, retenue par l'unique pression du canif, est seulement à quelques centimètres de moi et pourrait presque m'avaler. D'un geste rapide, je retire le couteau et regarde la bête se débattre pour garder sa tête hors de l'eau. Mais avec ses pattes grièvement blessées, le félin s'épuise rapidement et coule à pic.

Je soupire de soulagement et tente de régulariser ma respiration haletante. Nos compagnons nous rejoignent.

— Mec, va falloir que tu t'endurcisses un peu, dit Victor en tapant dans le dos de Noah pour le taquiner. Ta copine a poignardé cette chose de sang-froid !

Non seulement Noah n'apprécie pas la plaisanterie, mais la colère qui monte en lui est si évidente que je le vois bouillir de rage. Ses yeux s'injectent de sang.

— La ferme, le p'tit rebelle ! Je ne cherche pas, comme toi, à me battre tous les jeudis soir !

Il agrippe Victor au collet et lève le poing. Je suis sidérée ; je n'ai jamais vu Noah s'abandonner à un tel excès de colère. Je ne comprends pas ce qui lui arrive. On dirait qu'il n'est plus lui-même et qu'il est devenu une de ces bêtes. Victor referme sa main sur le poing de Noah et le repousse pour l'obliger à battre en retraite.

— Ça suffit, vous deux ! que je hurle en m'interposant entre eux. Pas question de se battre entre nous ! Je vous rappelle que ma grand-mère s'est fait enlever et que c'était forcément moi la cible de ces bêtes à poils, dis-je, le canif dégoulinant de sang dans la main.

Noah me défie du regard et Jade le force à reculer d'un pas.

— Laisse tomber, Noah, dit-elle. Ils ont tous les deux raison. Primo, on ne commencera pas à se battre entre nous ; secundo, toi et Justine devez apprendre à vous défendre. Ça va être nécessaire. Ça risque de se corser en cours de route…

Chapitre 32

ELSA
An 2071

Alice a bandé mes plaies avec des lanières de tissu qu'elle a déchirées du bas de sa jupe. Elle m'a forcée à manger un morceau de pain et à avaler quelques bouchées d'un ragoût louche qui ressemblait à de la bouillie pour chat. Elle est maintenant assise contre le mur à côté de moi. Je ne sais pas si elle médite ou si elle se repose, mais je n'ose pas la déranger. Je me réchauffe près du feu et j'essaie d'oublier la douleur causée par toutes mes blessures. Le repas m'a redonné un peu de force, mais c'est surtout l'adrénaline et l'instinct de survie qui me tiennent aux aguets.

Notre plan est risqué. Flatter la vanité du Diable pour lui extirper de l'information sur le boulon et lui faire dévoiler sa cachette demandera une habileté impressionnante pour mener la conversation. Cela correspond plus ou moins à discuter avec lui avec une arme sur la tempe. S'il voit où nous voulons en venir, il n'hésitera pas à tirer.

Un courant d'air se forme dans le tunnel. Le grondement gagne en force à mesure qu'il s'approche de notre cellule. La température de la pièce chute d'un trait. La poussière se lève du sol et tourbillonne dans le couloir en face de nous. Alice ouvre les yeux.

— Il s'en vient! dit-elle en gardant son calme.

D'instinct, je me recroqueville pour lutter contre le froid et me protéger des débris qui virevoltent dans les airs. Le tourbillon s'infiltre à travers les barreaux et demeure en suspens devant nous, comme un énorme entonnoir de poussière. Une odeur de soufre soulève mon estomac.

L'instant d'après, le vent cesse et un rideau de poussière retombe au sol dévoilant le Diable. Mon cœur s'emballe. J'avais oublié la sensation extrême de terreur qu'il fait naître en moi.

— Tu as retrouvé ton bon sens, on dirait, me dit-il. C'est toi, Alice, qui lui a fait entendre raison?

Son regard maléfique nous scrute l'une et l'autre, mais personne ne dit mot.

— Puisque tu t'es décidée à parler, dis-moi enfin, quel est ton don?

— Je n'ai pas de don, je l'ai déjà dit.

— Tu mens! dit-il, la rage dans les yeux.

Les chaînes qui pendent sur le mur et avec lesquelles j'étais retenue prisonnière plus tôt se rompent d'un coup. Elles dégringolent sur ma tête, sur mes épaules pour finir sur le sol en s'enroulant sur elles-mêmes. La douleur occasionnée par le choc est cinglante et j'en perds la vision pendant quelques longues secondes. J'ai l'impression que ma tête vacille et j'ai peine à la garder droite. C'est le troisième coup qu'elle subit en peu de temps et je lutte pour garder mes esprits éveillés. Je tâte le dessus de mon crâne et découvre qu'une bosse de la grosseur d'un citron s'est déjà formée.

— Laissez-la tranquille, elle dit la vérité, s'écrie Alice. En fait, elle a peut-être un don, mais, si c'est le cas, elle ne l'a pas encore découvert. Ni elle ni moi ne pouvons vous le confirmer.

Il ignore la remarque d'Alice et s'approche de moi. Il bascule mon menton avec violence vers l'arrière avec le bout de sa canne, et ma tête heurte le mur de pierre. Cette fois, ma vue s'embrouille et la douleur résonne dans tout mon crâne. Ma tête est de plus en plus fragile et je ne pense pas pouvoir encaisser des coups encore longtemps.

— Je peux sentir que tu as un don, je l'ai déjà senti. Ce que j'aimerais savoir, plus que la nature de ton don en tant que telle, est comment tu peux réussir à le masquer, comme tu le fais à l'heure actuelle.

— Je... Je ne sais pas, que je balbutie, encore sonnée par la douleur des chocs répétitifs.

Le cliquetis des chaînes me fait sursauter. Comme au son de la flûte d'un charmeur de serpent, les chaînes s'élèvent, longent ma cuisse, remontent sur mon abdomen et s'enroulent autour de mon cou. Elles suivent la trajectoire précise que la main du Diable dessine comme un habile chef d'orchestre. D'un vif mouvement, il mime le resserrement du lien autour de mon cou et je m'en trouve étranglée. Je ne peux plus parler et je n'arrive presque plus à respirer.

— Arrêtez! hurle Alice. Elle ne sait rien. Je vais vous dire tout ce que vous voulez savoir.

Le lien se relâche autour de mon cou et je prends une si grande inspiration qu'un bruit sourd s'échappe de ma gorge.

Le Diable se retourne vers Alice et lui plante sa canne dans l'estomac.

— Alors, dis-moi, comment as-tu réussi à transmettre des dons à ta descendance ?

Je déglutis avec difficulté. Je ne sais pas comment sont transmis nos dons, mais si Alice le sait, il ne faut pas qu'elle révèle cette information cruciale qui permettrait au Diable de multiplier ses forces. Je la vois réfléchir et j'ai la certitude qu'elle le sait, mais qu'elle cherche à lui donner une autre explication.

— Je ne sais pas exactement, mais j'imagine que c'est à travers les gènes. Forcément les gènes féminins, puisque les dons vont d'une fille à l'autre dans la lignée.

Le Diable parcourt la pièce tandis qu'il digère cette information. Je me dépêche d'enlever les chaînes de mon cou et de les pousser plus loin par terre avec mes pieds. Sa longue queue bat d'un côté et de l'autre comme un métronome.

Il passe devant le bol d'eau et lève le bras d'un mouvement rapide et précis. Une trombe d'eau se forme et retombe sur le sol. D'un coup de canne, il fracasse le reste du tabouret de bois qui n'a pas encore été brûlé. Celui-ci éclate en mille morceaux. Ses paumes tournées vers le sol, il soulève ses bras d'un geste vif. Toute la terre et le sable s'élèvent et demeurent en suspension. Il balaie ensuite la pièce du revers de la main et toutes les particules se rassemblent en un gros tas, dans un coin.

Alice me jette un coup d'œil entendu. J'en comprends tout de suite la signification. Elle avait raison de dire que le Diable est vaniteux. Il est en train de faire l'étalage de tous les dons qu'il possède. Ils sont plus nombreux que je croyais : le métal, l'eau, le bois et la terre.

Sans compter que je l'ai déjà vu manier le feu lors de l'assemblée sanglante où l'homme sans nez a été brûlé vif. Mon visage se crispe. Il est bien plus puissant que je ne le pensais. Ma gorge se serre. Les chances que nous subissions le même sort sont élevées. Il se retourne vers nous.

— Comment se fait-il que certaines d'entre vous soient plus puissantes que d'autres ?

— Que voulez-vous dire ? demande Alice.

— Ta fille Anne, son don est faible. Elle ignore qu'elle en a un, c'est cela ? Je n'y porte pas beaucoup d'intérêt, car il y en a une autre de ta lignée qui m'intrigue plus que toutes les autres. Tu sais de qui il s'agit, n'est-ce pas ?

Alice demeure silencieuse et détourne le regard. Elle sait de qui il s'agit. Je me demande s'il fait référence à Justine.

— J'ai le pressentiment que c'est elle qui possède le plus de potentiel. Je ne peux pas en être certain, car quelque chose trompe mes visions et mes intuitions. Avant, je pouvais bien sentir son don, mais il était faible et inoffensif. Maintenant, un épais brouillard recouvre son aura en permanence. Tout est flou et m'empêche de distinguer correctement sa présence et ses pouvoirs. Malgré tout, j'ai la conviction qu'elle est la plus puissante de vous toutes. N'ai-je pas raison, Alice ?

Il appuie sa canne sur la gorge d'Alice. Elle s'étouffe, toussote, mais ne dit mot.

— Si elle est la plus puissante d'entre vous, comment se fait-il que mes visions soient brouillées? dit-il en enfonçant de plus belle le bout de sa canne. Ça aiguise encore plus ma curiosité… Déjà que son puissant pouvoir de l'eau fait d'elle un élément intrigant. J'aimerais bien mesurer l'eau contre le feu. N'est-ce pas que ce serait un combat intéressant?

Alice s'étouffe et cherche son air. Il presse davantage avec sa canne, sur sa gorge. Elle agrippe la canne à deux mains pour essayer de se dégager, mais elle n'en a pas la force. Elle n'arrive plus à respirer.

— Tu vas finir par parler? Je sens que tu me caches des choses et tu as tort de le faire. Je vais te faire regretter ton silence, hurle-t-il, son visage crispé par la colère, ce qui me fait craindre le pire. Tes pouvoirs s'estompent, Alice. Tu seras encore plus affaiblie lorsque tu sortiras d'ici, si jamais tu es toujours vivante.

Il abaisse enfin sa canne et je m'en réjouis un peu trop vite. Un bruit d'explosion se fait entendre. Une boule de feu se gonfle au-dessus de notre petit foyer de fortune. Je recule vers le mur, tandis que la boule reste en suspension devant moi. Elle se déplace ensuite en face d'Alice.

La boule s'élargit en une large bande en forme de demi-lune autour d'Alice. Je me trouve coincée entre les flammes de notre feu et celles qui entourent Alice. Celle-ci porte ses mains à son visage pour se protéger de la chaleur intense. Elle cherche son souffle de plus belle.

— Voyons, Alice, montre-moi ce que tu sais faire. Essaie de t'en sortir si tu peux…

Mon arrière-arrière-grand-mère se découvre le visage et allonge ses bras devant elle, tentant de repousser les flammes. Celles-ci reculent de quelques centimètres, mais la force du Diable les ramène à leur place initiale, à chacune de ses tentatives. J'aimerais pouvoir l'aider, mais je ne peux rien faire. Il est si puissant qu'il est impossible de le vaincre.

    — Ne peux-tu faire mieux que cela? que le Diable ordonne avec arrogance.

Elle lutte tant bien que mal à retenir la barrière de flammes qui se referme sur elle. Ses mains tremblent, la sueur ruisselle sur son front et elle cherche de plus en plus son souffle.

    — Tu vas répondre à mes questions maintenant? vocifère-t-il, dans un excès de colère.

La barrière de feu s'agrandit empiétant sur le bout de ses doigts qui n'arrivent plus à la repousser. Elle lâche un hurlement de douleur et baisse ses mains sur ses genoux pour contempler les dégâts. Son visage horrifié est déformé par la souffrance.

    — La torture ne te fait pas parler? Peut-être que si je change de cible, ta motivation sera différente…

À peine a-t-il fini de prononcer ces mots que la barrière de feu s'enroule autour de moi. Je suis prise, à mon tour, au piège. Au piège des flammes.

Chapitre 33

ELSA
An 2071

Le demi-cercle de feu rétrécit et les flammes s'approchent de moi à vive allure. À ce rythme, je ne tiendrai pas le coup longtemps.

— Laissez-la tranquille, souffle Alice, de peine et misère. Prenez mon âme ; c'est à moi de payer cette dette, pas à elle.

Le Diable s'esclaffe avec un air arrogant et les flammes retournent nourrir le petit foyer à côté de moi. Je peux enfin reprendre mon souffle.

— Payer cette dette ? Ne sois pas ridicule. Cette vieille dette ne m'intéresse plus. Bien sûr, les premières années j'étais impatient. Je voulais à tout prix une âme pour me sortir de ce corps répugnant. Mais j'ai vite compris que ma patience pourrait être grandement récompensée. J'aurais été encore plus bête de ne pas attendre, si tu vois ce que je veux dire...

Il éclate de rire à nouveau et s'appuie sur sa canne. Il semble apprécier son jeu de mots. Il est si suffisant et prétentieux. Je commence à croire que ses défauts constituent bel et bien sa plus grande faiblesse.

— Selon ce vieux pacte, je vous accordais un délai de grâce de cent ans pour me livrer une âme. À l'échéance, à défaut de m'en livrer une, tous les pouvoirs du boulon d'or me seraient acquis. Il me serait possible de régner sur l'humanité et bien plus encore. Lorsque j'ai réalisé toutes ces possibilités, une âme minable ne m'intéressait plus.

Il se redresse et continue à se pavaner dans la cellule en vantant ses mérites.

— Avec toutes ces années en possession du boulon, j'ai gagné en puissance, j'ai créé une armée et j'arrive même, avec le fruit de mes expérimentations, à m'extirper de cette carcasse de chat, et à retrouver un aspect physique un peu plus présentable. Il ne me reste que quelques étapes encore pour y parvenir, mais je serai prêt pour l'échéance qui arrive à grands pas. À ce moment, grâce aux pouvoirs du boulon, je serai plus puissant que jamais. Mes efforts seront enfin récompensés. Pauvre Alice, je suis si près du but, je ne vais quand même pas échanger tout cela pour ta pauvre âme!

Il se retourne et jette un coup d'œil à Alice qui tente avec difficulté de régulariser sa respiration. La chaleur et la fumée ont brûlé ses poumons.

— Alors, si cette dette ne vous intéresse plus, laissez-nous tranquilles et arrêtons de faire comme chien et chat!

— Charmant, le sens de l'humour dans votre famille! Ça aussi, ça se transmet de génération en génération? dit-il avec sarcasme, en posant son regard sur moi. C'est comme vos pouvoirs? Est-ce que votre capacité de multiplier vos forces ou même de les masquer se transmet aussi de génération en génération?

— Pourquoi vouloir savoir tout cela si de toute façon vous régnerez sur l'humanité dans quelques années et vous serez le plus puissant? que je m'informe pour laisser à Alice le temps de reprendre ses esprits.

— Le pouvoir est un nectar qui ne peut étancher la soif. Il est si bon au goût qu'on ne peut s'arrêter d'en boire. J'ai cette envie démesurée du pouvoir et je ne peux l'apaiser. Que tu le veuilles ou non, je vais trouver les réponses à mes questions.

— Comment allez-vous faire si nous ne les avons pas? dis-je, intriguée.

— Que tu me le dises ou non, ça m'est égal; tant que tu respires, je peux faire toutes les expérimentations que j'ai en tête pour les obtenir.

Je comprends qu'il n'a pas l'intention de nous tuer tout de suite, ou du moins, pas toutes les deux. Il a encore besoin de nous ou, en fait, de nos corps. Je peux donc pousser un peu la note. Il suffit de trouver un angle différent pour diriger la conversation vers notre objectif. Avant que je puisse le faire, Alice me devance et intervient.

— Je vais vous dire tout ce que je sais au sujet de la variation de nos forces. C'est peut-être la vieillesse qui cause le déclin de mon pouvoir. Tout ce que je sais… c'est que le boulon d'or rendait mes pouvoirs beaucoup plus puissants, mais ça, je suppose que vous le savez déjà... Apportez-moi le boulon; je vais vous prouver que je dis vrai.

Enfin, il était temps. Alice a trouvé une façon de mettre sur la table le sujet qui nous intéresse. J'espère que notre plan fonctionnera. Nous n'aurons pas de deuxième chance.

— Tu ne peux pas l'avoir. Il est gardé entre bonnes mains.

— Il traîne quelque part au fond de l'enfer? Entre les flammes et les cendres? que je m'empresse d'ajouter pour le piquer un peu.

S'il est aussi vaniteux qu'on le prétend, il va réagir.

— Encore ce vieux cliché! Je n'aime pas cette opinion dépassée qu'on a de moi. Je n'ai rien de cette image ancienne d'un diable avec une fourche. J'ai évolué, tu sauras, beaucoup évolué. Mes pouvoirs sont complexes, mes labos sont à la fine pointe, je me déplace à travers les temps. Mes techniques sont beaucoup plus avancées et sophistiquées qu'autrefois. Bien plus que tu ne pourrais l'imaginer...

Parfait. J'ai mis ma perche à l'eau et il est attiré vers l'appât...

Il parcourt la cellule en faisant virevolter sa cape lorsqu'il change de direction. Je dois avouer qu'il a une allure distinguée dans sa tenue moulante enveloppée d'une cape, toutes les deux de cuir noir. Seule la chaîne à maillons dorés, qu'il porte à la taille, fait contraste sur le noir. Si quelqu'un d'autre revêtait ces habits et que cette conversation avait lieu dans un cadre civilisé, je pourrais presque croire qu'il sort tout droit d'un défilé de Jean-Paul Gaultier.

À sa façon de se mouvoir, de parler et d'interagir, on peut voir qu'il a traversé toutes les époques. Il est cultivé, mais, en réalité, tout cela ne le rend pas meilleur que ce qu'il est vraiment: un être habité de méchanceté qui ne veut que torturer et tuer pour gagner du pouvoir.

— C'est vrai que vous avez plus de style, mais, sophistiqué ou non, le boulon ne peut être qu'ici, caché au fond de cette forteresse bien gardée par tous ces... mutants!

— Mutants? dit-il, se frottant le menton. Intéressant, comme qualificatif. Mais tu as tort sur toute la ligne. Il n'est pas gardé par cette horde de mutants, mais par une seule personne de confiance. Il n'est pas caché, comme tu l'imagines. Le meilleur endroit pour dissimuler un objet est souvent à la vue de tous. L'évidence ne saute pas aux yeux...

La respiration d'Alice cesse un bref moment. Elle aussi sent qu'on y est. Il a mordu. Il est au bout de ma ligne, mais il ne faut pas qu'il s'en échappe. Je dois m'assurer de remonter ma prise avec doigté.

— Alors, c'est trop facile! que je réponds avec empressement pour ne pas perdre le fil de cette discussion. Il ne peut être que dans votre laboratoire haute technologie. Aux yeux de tous vos cobayes! À moins qu'il ne soit sur le pont, aux yeux de tous vos esclaves!

— Non, bien sûr que non. Il est dans un endroit choisi judicieusement.

— Judicieusement? Alors je parie que n'importe qui de futé pourrait trouver l'emplacement, en y réfléchissant...

— Il faudrait d'abord résoudre l'énigme.

— Une énigme! C'est tout?

— Pas n'importe quelle énigme. J'ai pensé à quelque chose de brillant! dit-il en levant les bras, comme pour acclamer son ingéniosité.

— Si vous le dites... dis-je en tournant la tête vers Alice, comme si cette conversation ne m'intéressait plus.

Je joue le tout pour le tout. C'est le moment critique. Celui où le poisson est remonté hors de l'eau et se débat pour y retourner. Ou bien il se détachera de l'hameçon et gagnera la partie, ou bien je l'attraperai. C'est un gros risque à prendre, mais, compte tenu du personnage, je mettrais ma main dans son propre feu qu'il meurt d'envie de me faire part de son génie.

Il se met à marcher de plus en plus vite. Ses grandes enjambées traduisent la vitesse avec laquelle son cerveau semble analyser la situation. Je ferme les yeux un instant. Il faut qu'il le dise. Il s'arrête un moment, songeur, et reprend ses allers-retours. Les minutes sont interminables. Il marche encore et encore. J'ai l'impression qu'il parcourt le long trajet de mon propre chemin de croix. Puis, il s'arrête et se retourne vers moi.

— Je parie que tu ne pourras pas la résoudre. Écoute bien ceci :

> *Le boulon se trouve là où l'anneau et la chaîne symbolisent l'engagement et la conquête du pouvoir.*

Voilà ! Je tiens ma prise et c'est un vaniteux poisson-chat !

Je baisse la tête et frotte mes tempes en réfléchissant. L'anneau et la chaîne ? À première vue, ça ne me dit rien du tout. L'anneau est signe d'engagement, mais la chaîne ? Je devrai me pencher là-dessus plus tard. L'important est de me débarrasser de lui au plus vite et de m'occuper d'Alice.

— Non, je ne vois pas ce que cela peut signifier ni comment je pourrais résoudre cette énigme.

Il serre les poings dans un geste victorieux, mais je ne le laisse pas savourer davantage sa victoire.

— Nous ne pourrons pas vous aider à résoudre l'énigme de nos dons, car nous ne savons rien de plus. Nous vous avons dit tout ce que nous savions.

— Comptez sur moi; vous m'aiderez à trouver les réponses... Vous serez mises à contribution dans un avenir très rapproché. Je vais m'assurer que vous soyez des sujets d'expérimentation disciplinés. Gardes! Amenez la jeune et je viendrai m'occuper de la vieille plus tard...

Sur ce, il fait un tour sur lui-même en ramassant sa cape d'une main, afin que celle-ci tournoie en l'air. Il quitte la cellule en coup de vent avant que je ne puisse protester.

J'expire pour évacuer le stress et la pression de l'épreuve que je viens de traverser. Je ne sais pas si cet indice nous sera utile, mais, au moins, il a parlé. Il faut à tout prix que je trouve un moyen de transmettre cette information à Justine. À deux, nous trouverons peut-être la solution.

Je me traîne sur le sol pour m'approcher d'Alice. Elle est pâle et a toujours de la difficulté à respirer. Je baisse les yeux pour voir ses mains et je suis saisie d'un haut-le-cœur. La chair est brûlée à plusieurs endroits et les plaies sont profondes.

— Elsa... approche-toi, dit-elle d'une voix à peine perceptible. Qu'as-tu sur toi, mon enfant?

J'approche ma tête de son visage pour mieux l'entendre tandis que je tâte les poches de mes vêtements.

— Mes vêtements et mon outil; c'est tout ce que je possède.

— Ton outil ? Montre-le-moi !

Je grimace de douleur, alors que je me contorsionne pour sortir la petite baguette de métal de ma poche. Je la tends à Alice.

— Cet objet est en métal. Tu dois avoir un don avec le métal. C'est pour cela que le Diable ne pouvait pas le sentir. Ton outil le masquait.

— Tu en es sûre ? Je n'ai jamais rien réalisé avec le métal. J'utilise cet outil seulement pour mon travail et pour écrire sur le pont.

Ses paupières sont lourdes et son visage blêmit.

— Est-ce que… tu écris à Justine… avec… cet outil ? réussit-elle à prononcer.

Les yeux d'Alice se ferment et sa respiration se fait plus lente. Je tends l'oreille près de son visage pour mieux l'entendre.

— C'est… ton don… qui… permet de… communi…

Je me sens soulevée du sol par les gardes. Agrippée par les vêtements, je me retrouve encore suspendue, dans la gueule d'une bête puante.

— Non, lâchez-moi ! Je veux rester avec elle…

JUSTINE
An 2016

La piscine du PEPS est déserte. La période de bain libre que je viens de surveiller est terminée depuis une vingtaine de minutes. J'ai enfilé mon survêtement de sport par-dessus mon maillot et je suis assise en tailleur sur le tremplin, en face de M. Tao, le mentor de Victor. Ce dernier fait ses devoirs, quelques rangées plus haut dans les gradins.

J'ai suggéré cet endroit, puisque nous avons besoin d'une bonne quantité d'eau et qu'ici, je me sens dans mon élément. L'odeur familière du chlore et l'atmosphère chaude et humide des lieux m'apaisent en temps normal. Ce serait sûrement le cas si, entre autres, je n'avais pas passé la soirée d'hier à me battre contre d'affreuses bêtes.

Je n'arrive pas à me détendre, même après la série de respirations si bien guidées par M. Tao. L'objectif de ce soir est d'apprendre à contrôler mon esprit, mais celui-ci vagabonde. J'ouvre les yeux et jette un regard en direction de Victor. Il semble bûcher sur son travail scolaire. C'est la première fois que je le vois si concentré à la tâche. Mon regard s'attarde quelques instants sur le bout du crayon qui tapote sa lèvre inférieure.

— Fascinant ce garçon, n'est-ce pas? dit M. Tao en ouvrant un œil. Il est doté de grandes capacités et de très belles qualités. Un bon parti, ajoute-t-il d'un petit accent moqueur.

Son visage tantôt impassible affiche maintenant un minuscule rictus en coin. Bon sang! Peut-il deviner *toutes* mes pensées? Peu importe, si Victor croit qu'il peut m'aider, je suis prête à mettre mon égo de côté et le laisser *scanner* mon cerveau tout entier.

D'une stature plutôt frêle, M. Tao a l'allure d'un grand sage. Son visage serein, sa voix calme et ses mouvements fluides et lents sont tous des éléments qui témoignent de plusieurs années d'expérience en méditation et en arts martiaux. Sans parler de son sixième sens...

— Euh... Oui. Enfin, je veux dire... si vous le dites.

Je me replace, ferme les yeux à nouveau et expire avec lenteur.

— Regarde au fond de toi et dis-moi; quelles sont les émotions qui occupent ton esprit et ton corps, en ce moment?

— Euh...

Sa question me surprend et je dois me concentrer davantage pour y répondre. Je crois bien que c'est la première fois que je m'arrête pour définir une émotion.

— ... Euh, en fait, je ne sais pas trop...

— D'accord, allons-y par étape alors. Décris-moi les pensées ou les images qui habitent ton esprit.

Il y a tellement de choses qui me traversent l'esprit en même temps. Les images se bousculent et passent à toute vitesse. Le plus dur, c'est de faire *pause* sur l'une d'elles pour prendre le temps de bien la saisir.

— ... Je revois l'atelier de ma grand-mère. Il est vide. J'ai beau chercher et chercher, je ne sais pas où elle est ni comment faire pour la retrouver. Ça me ronge jusqu'au plus profond de mon âme. Il y a aussi toutes ces communications avec le futur, en fait, avec ma petite-fille qui est en danger. Je ne sais pas quoi faire non plus pour l'aider. Et puis, il y a ce pacte, ce foutu pacte qui ne fait aucun sens et que je voudrais tant voir brisé ou renversé...

Je m'arrête lorsque je prends conscience que ma voix s'est élevée d'un ou deux crans. Je respire par les narines, comme un taureau qui s'apprête à disputer une corrida. C'est fort. Très fort. Il a réussi à faire monter mes émotions à fleur de peau. Je les ressens avec intensité.

— Bien, c'est très bien. Comment te sens-tu maintenant ?

— ... Désespérée, impuissante. Mais il y a aussi beaucoup de frustration, de colère, de rage et... et...

Pourtant, je n'arrive pas à identifier l'émotion qui est la plus forte et la plus profonde en moi.

— Quoi d'autre, mon enfant ? Je vois quelque chose d'autre. Quelque chose de très présent en toi.

— ... La peur ? dis-je en ouvrant les yeux afin de voir si c'est bien cela.

— Oui, la peur. Je sens aussi la peur. Referme les yeux et dis-moi de quoi tu as peur.

Aussitôt que je m'exécute, je ne vois qu'une seule chose et je comprends d'emblée quelles sont toutes ces peurs. Je ne vois que moi. Rien d'autre, ni personne autour. Pas de ressource, pas d'indice, pas de voie. Juste moi. Une silhouette floue flottant sur un fond noir.

— Mon Dieu, il y en a tellement... Tellement de peurs que je ne sais plus par où commencer... La peur de ne pas être à la hauteur ; la peur de ne pas avoir les capacités nécessaires ; la peur de ne pas savoir quoi faire ; la peur de ne pas trouver ; la peur de perdre des êtres chers ; la peur qu'il soit trop tard...

Une fois lancée, on dirait que je ne peux plus m'arrêter.

— Voilà, c'est bien. Je sens aussi toutes ces peurs. Ce sont elles qui t'empêchent de progresser dans l'apprentissage de ton don.

J'ouvre les yeux et lui lance un regard interrogateur.

— Oui, tu as bien compris. On va faire un exercice. Tu vas voir. Ferme les yeux et laisse encore monter toutes ces peurs en toi. Laisse les images venir, sans les chasser. Que te disent-elles ?

Je me mets à la tâche et je dois dire que cet exercice s'avère aussi facile que les deux précédents. Aussitôt que mes yeux se ferment, je pense à ma grand-mère qui s'est fait enlever, à Elsa qui s'est fait prendre par les gardes du Diable, et toutes les questions surgissent : Où sont-elles ? Que dois-je faire pour les aider ? Sont-elles encore en vie ? Serais-je capable d'affronter le Diable ? Vais-je arriver à développer mon pouvoir ? Toutes ces personnes comptent sur moi... Comment vais-je y arriver ?

— Dis-moi, maintenant, ce que ces peurs font en toi. Décris-moi ce que tu ressens dans ton corps.

— Je sens... Je sens que mon corps est fébrile. Mon cœur bat vite et c'est comme si quelque chose s'infiltre dans ma cage thoracique et occupe tout l'espace. Cette masse ou cette chose se gonfle et crée une sensation d'oppression. Je me rends compte que j'ai de la misère à respirer. C'est comme si mes poumons ne pouvaient plus prendre d'expansion à cause de cette masse qui est là... qui meuble toute la place.

— Cette masse, c'est la peur. C'est bien, continue. Que ressens-tu d'autre?

— C'est comme si des milliers de capteurs sensoriels se mettent en marche en même temps, sur tout mon corps, et détectent le moindre petit son ou mouvement. Je deviens hypersensible à tout ce qui se passe autour de moi.

— Et ensuite?

— Tout ce que je perçois est interprété automatiquement comme une menace, et mon corps fige. Dans ce temps-là, je ne peux plus bouger et la peur prend le contrôle de tout. C'est bizarre, car même si je me sens en état d'alerte, mon corps est plongé dans une paralysie généralisée. Je sens qu'il est lourd et mes doigts s'engourdissent.

— Bien. Excellent, même. Ouvre les yeux maintenant.

Le contraste de la lumière, combinée à ce visage serein, me libère de mes angoisses et me ramène peu à peu à moi.

— As-tu senti que la peur te paralyse?

— Oui, je l'ai sentie, dis-je en ouvrant et fermant mes poings pour rétablir la circulation sanguine dans mes mains.

— La plupart des émotions sont porteuses d'énergie. La colère, par exemple, fait monter en nous une puissante énergie;

le désespoir, la frustration et la peur peuvent aussi avoir cet effet. Par contre, la peur peut aussi nous entraîner dans une sorte d'état léthargique qui nous empêche de passer à l'action.

Mes yeux s'écarquillent et je réalise qu'il dit vrai. Mon corps encore engourdi en est la preuve, et plusieurs situations me reviennent en tête. Des situations que j'ai préféré éviter, d'autres pour lesquelles j'ai négligé de trouver des solutions et n'ai tout simplement rien fait.

— Retiens ceci : de tous les obstacles de la vie, le plus grand est d'être confronté à soi-même ; nos pensées négatives, notre manque de motivation ou de courage, notre procrastination, nos inquiétudes, nos questionnements et, bien sûr, nos peurs. Je sens que tu auras de grandes menaces à affronter, mais la plus grande sera toi-même et toutes ces peurs qui te paralysent.

— Mais, c'est plus fort que moi ! Je ne peux rien y faire !

— Oui, tu le peux. Tu peux transformer cette peur en une énergie malléable qui fera bouger des choses. Essaie pour voir. Ferme les yeux et pense seulement à ce que que tu souhaiterais qu'il arrive si la peur n'était pas là.

Je ferme les yeux et me demande si je vais y arriver. Je crispe mon visage en réalisant que je viens de faire une première erreur : douter de moi.

— Reprends-toi. Tu peux y arriver.

Je me détends et pense à ma grand-mère. Je la vois au bout d'un long couloir et je cours à sa rencontre. Je passe mes mains à travers les barreaux qui la retiennent prisonnière et j'entrelace mes doigts avec les siens. Je frappe ensuite de toutes mes forces avec une masse sur les chaînes qui s'enroulent autour des barreaux de la cellule. Je frappe si fort que les barreaux cèdent. Je vois Elsa à genoux sur le pont et je la serre dans mes bras. Je ne vois pas bien son visage, mais je devine cette expression familière : celle d'une petite-fille qui m'aime et que j'aime aussi de tout mon cœur. Je sens ensuite le danger et je la cache derrière mon dos pour la protéger. Personne ne s'en approchera. Je me tiens devant elle pour la protéger de lui. Lui qui se tient devant moi. Ce Diable qui a fait du mal à mes ancêtres et qui menace d'en faire maintenant à ceux que j'aime et que je vais aimer. Il ne nous fera plus de mal. Je vais me dresser contre lui et je vais me battre. Me battre jusqu'à ce que je gagne.

— Oui, Justine, c'est bien. Continue comme ça !

Je laisse échapper un cri de rage et les images continuent de se bousculer dans ma tête. Celles où j'attaque la première et où mon pouvoir est d'une puissance inimaginable. Une vibration se fait sentir. Un bruit de clapotis emplit la pièce et se change aussitôt en un bruit de torrent déchaîné.

— Magnifique ! Ouvre les yeux maintenant ! crie M. Tao.

Une fontaine d'au moins trois mètres de diamètre et d'une dizaine de mètres de haut se déploie à la surface de la piscine. Avec l'eau qui retombe en cascades, le spectacle est vraiment saisissant. Je n'arrive pas à y croire. Je lance un regard vers Victor qui est tout aussi stupéfait par mes prouesses.

— C'est moi qui fais ça ? que je demande à M. Tao avec enthousiasme.

— Bien sûr que oui.

— Youpi ! J'ai réussi ! que je hurle à pleins poumons.

Mon débordement de joie renforce la puissance de la fontaine et celle-ci grimpe jusqu'au plafond. Du coup, un éclair jaillit du plafonnier central et un grésillement se fait entendre; le court-circuit, ainsi provoqué, plonge la pièce dans l'obscurité totale.

— Attendez! Que personne ne bouge! ordonne M. Tao.

Seule la fontaine ne suit pas les instructions et retombe sur elle-même dans la piscine créant un gros bruit d'éclaboussure. Les lumières de sécurité s'allument sur les murs et au-dessus des sorties de secours, procurant un faible éclairage. Victor se précipite vers nous et nous aide à descendre du tremplin. Il me soulève de terre et me fait tourner dans ses bras.

— C'est génial! Je savais que tu y arriverais!

Victor a le sourire fendu jusqu'aux oreilles et me regarde avec admiration. Je me sens portée par son enthousiasme et un sentiment d'accomplissement, beaucoup plus que par la ronde folle dans laquelle il m'entraîne. Je ris à gorge déployée, alors que Victor pousse des cris victorieux. Après quelques tours sur nous-mêmes, M. Tao toussote, et Victor me dépose par terre, soudain gêné par cette réaction démesurée.

— Euh... elle semble être sur la bonne voie. Qu'est-ce que vous en pensez, M. Tao? demande-t-il.

— Fascinante, cette jeune fille! Elle est dotée de grandes capacités et de très belles qualités. Un bon parti.

Il se retourne vers moi et me lance un clin d'œil. J'éclate de rire à nouveau. J'adore M. Tao; j'ai tellement à apprendre de lui. J'aime par-dessus tout son petit côté pince-sans-rire. Cette fois, pas besoin d'un sixième sens, ni d'un court-circuit pour voir qu'il y a de l'électricité dans l'air. C'est tout simplement impossible de manquer le courant qui passe entre Victor et moi.

M. Tao s'avance vers moi et prend mes mains dans les siennes.

— Jeune fille, tes capacités ne s'arrêtent pas là. Tu as encore en toi un grand potentiel inexploité. Je serais heureux de t'aider à le découvrir.

—Je vous remercie pour tout. J'ai déjà hâte à ma prochaine leçon!

Chapitre 35

JUSTINE
An 2016

— Ça va ? demande Victor, les yeux verrouillés sur la route.

— Oui, je pensais à Alice et à Elsa.

Il est bien vrai que lorsqu'on chasse le naturel, il revient vite au galop. Alors qu'hier je domptais mes peurs et accomplissais des prouesses, ce matin, je suis encore sous l'emprise de mes tourments. Il faut que je prenne du temps pour continuer à entraîner mon esprit et à mettre en pratique l'enseignement de M. Tao.

— On va trouver une solution, t'inquiète pas.

Il me lance un regard compatissant et je regagne un peu d'espoir, même si j'ai l'impression que chercher ce boulon ressemble plus ou moins à trouver une aiguille dans une botte de foin.

Beaucoup de gens ont passé le pont au peigne fin, or personne ne l'a jamais vu et ne peut confirmer sa présence, ce qui rend cette légende invraisemblable. À mes yeux, et aux yeux diaboliques des créatures qui nous poursuivaient, il n'y a rien de plus réel. Après notre mésaventure avec ces félins, j'ai laissé le livre à Noah qui a offert de l'éplucher à nouveau pour avoir un regard neuf sur la situation.

Nous tournons à gauche et l'imposant Manoir Chaudière se dresse au bout de l'allée devant nous. La vue qu'il offre est à couper le souffle. Je reconnais le style victorien par les deux tourelles et la grande galerie blanche qui ceinture l'immense demeure. La petite tourelle de gauche met en valeur celle de droite, surdimensionnée, ce qui ajoute à la magnificence des lieux. Mais c'est surtout le contraste entre les murs extérieurs peints en blanc et le rouge brûlé du toit qui frappe le plus. L'agencement des couleurs et des formes est de toute beauté.

— Wow! Je comprends que tu aimes cet endroit, que je m'exclame, ayant retrouvé un certain regain. Ça me fait penser à un hôtel que j'ai visité avec mes parents quand j'étais toute petite : l'hôtel Del Coronado, à San Diego. Je m'en souviens encore, car une légende dit qu'un fantôme habite cet hôtel…

— T'inquiète pas ! s'exclame Victor en riant. Il n'y a pas de fantômes ici.

Nous stationnons la voiture derrière. Les jardins sont grandioses et une énorme piscine creusée agrémente le fond de la cour. Je remonte la fermeture Éclair de ma veste pour me protéger de la fraîcheur du matin qui me transit.

—Attends de voir l'intérieur, ajoute-t-il avec enthousiasme. Viens, entre. Ne sois pas surprise, on croisera peut-être des gens qui logent à l'auberge du manoir.

Il me guide à travers une verrière où quelques clients sont attablés pour déguster un copieux petit déjeuner. L'odeur du pain grillé me rappelle que je n'ai pas encore mangé ce matin.

Victor attrape deux assiettes, près du buffet, et les remplit de viennoiseries tandis qu'à sa demande je m'occupe de remplir deux tasses de café. Nous entrons dans la demeure où trône un majestueux escalier en bois ouvragé. Un foyer à gaz, encastré dans un mur de marbre pâle, réchauffe la pièce. Le cachet ancestral des lambris et boiseries couleur crème se marie à merveille avec le look *bord de mer* de la décoration. Les accessoires décoratifs, ancres, cordages et tissus aux accents blancs et bleu turquoise complètent l'aménagement intérieur. Je croirais être dans une maison située sur une plage de la Nouvelle-Angleterre.

Nous empruntons le corridor à gauche et pénétrons dans une bibliothèque où un foyer au bois occupe le milieu de la pièce. Mis à part les insertions de briques qui entourent le foyer, la pièce entière est tapissée de boiseries d'origine et d'étagères encastrées, regorgeant de livres anciens aux reliures de différentes couleurs.

Victor dépose les assiettes sur la table entre les deux fauteuils ivoire, attrape un croissant au chocolat et se promène dans la pièce.

— Il y en a plus que je pensais, je vais demander à la propriétaire de venir te guider à travers tous ces ouvrages. Elle pourrait te sortir ceux qui sont en lien avec Frank I. Ross et le pont de Québec, dit-il, songeur, en lisant quelques titres de volumes au passage.

— Tu crois que ça va la déranger que je sois ici?

— Pas du tout, elle adore avoir des gens au manoir, surtout lorsque cela lui permet de raconter son histoire. Crois-moi, elle sera enchantée de te rencontrer, dit-il, se dirigeant vers la porte. Je dois aller travailler. À plus tard… et bonne chance! lance-t-il avec un clin d'œil d'encouragement.

Il est d'une beauté sans égal. Je constate qu'il semble animé, aujourd'hui, par une énergie hors du commun. S'il pouvait profiter de cette énergie pour me faire tourner dans ses bras, comme hier, je le laisserais faire volontiers.

Mis à part la soirée passée ensemble au studio de yoga, je ne l'ai pas souvent vu aussi détendu. Je le sens dans son élément, tel un poisson qui attraperait la vague le ramenant au large après s'être débattu dans le sable du rivage. Il a l'air à sa place ici, loin de l'inquiétude de sa famille et des responsabilités qui pèsent sur lui.

J'avoue que je me verrais très bien vivre dans un endroit aux allures *bord de mer* comme ici. Je pourrais lire ou écrire près du foyer, ou dans la balançoire sur la galerie, en profitant de la nature qui entoure la demeure.

Je dépose les tasses de café sur la table et parcours à mon tour la pièce. Les livres qui s'y trouvent ont tous, pour la plupart, le même aspect: des reliures épaisses et rigides de couleurs variées. À première vue, cela semble être des ouvrages de référence ou des romans en anglais. Tandis que je me dirige vers une autre étagère, je sursaute en entendant mon nom.

— Bonjour, Justine. Je suis Hélène. Ravie de te rencontrer.

Elle me tend une main que je m'empresse de serrer. Un sourire radieux illumine son visage, et la chaleur humaine qui se dégage de sa personne imprègne l'atmosphère de toute la pièce. Elle doit être une très bonne hôtesse. Sa chevelure poivre et sel est relevée en chignon et quelques mèches retombent le long de ses joues. Victor m'a dit qu'elle a à peine soixante ans, mais ses traits bien lissés lui donnent un air plus jeune.

— Victor me disait que tu aurais peut-être besoin de mon aide ?

— Oui, euh… En fait, j'effectue une recherche pour mon cours d'histoire. J'essaie de trouver des informations sur le développement de la région et sur le rôle qu'a joué la famille Ross. Pouvez-vous m'aider ?

— Oh, oui ! Je peux te raconter beaucoup de choses au sujet des Ross, dit-elle songeuse. Frank Ross a été un grand acteur dans la région qui, à l'époque, s'appelait Chaudière Mills. Il a fait construire des scieries et même sa propre ligne de chemin de fer le long de la rivière Chaudière. Cette voie ferrée est maintenant devenue une piste cyclable et on peut encore y voir des rails ici et là. Frank Ross s'était investi dans les activités de différentes compagnies et dans des œuvres de charité. Il siégeait, entre autres, au conseil d'administration de la Compagnie de chemin de fer du district de Québec.

— J'ai entendu dire qu'il avait aussi été actionnaire de la Compagnie du pont de Québec. Est-ce bien vrai ?

— Il a été bien plus qu'un actionnaire, il siégeait au conseil d'administration, si je me souviens bien.

— Est-ce que vous avez quelque chose à ce sujet ?

— Je crois bien que oui, mais pas dans cette bibliothèque. Ici, il n'y a que des romans d'époque. Tous les ouvrages sur la vie proprement dite des Ross, les carnets de travail de Frank, l'arbre généalogique de la famille, les journaux intimes et ses notes personnelles sont en haut, gardés précieusement.

— Est-ce que vous croyez que ce serait possible pour moi de les consulter ?

— Bien sûr ! Ils se trouvent dans la petite tourelle. Suis-moi, je vais t'y conduire.

Chapitre 36

JUSTINE
An 2016

Nous traversons le hall d'entrée et franchissons une porte qui mène du côté de ses appartements privés. Nous entamons notre ascension dans la série de marches étroites de la tourelle.

— Vous connaissez Victor depuis longtemps? que je demande, pour combler le silence.

— Oui, il travaille ici depuis un bon moment. Mon mari connaissait bien son père et j'ai conservé des liens avec la famille de Victor, même après le décès de mon conjoint. Nous n'avons pas eu la chance d'avoir d'enfant et je dois avouer que je considère Victor un peu comme le fils que je n'ai pas eu. Il est fasciné par ce manoir et nous avons développé une belle complicité, au fil des ans, à partager cette passion pour l'architecture et l'histoire de cette maison.

Elle fait une pause, s'arrêtant au beau milieu de l'escalier, et me regarde d'un air préoccupé.

— Ça me touche beaucoup ce qui arrive à son père. J'essaie de les aider du mieux que je peux. Je cuisine beaucoup pour les clients de l'auberge alors, le dimanche, je lui refile quelques plats pour la semaine. Ça ne change rien pour moi, j'ai cette mauvaise habitude de toujours en faire trop!

Elle hausse les épaules et secoue la tête en riant.

Nous arrivons au troisième palier et elle s'affaire à débloquer le loquet d'une petite porte d'un peu plus d'un mètre.
— Je te laisse faire tes recherches et je vais dire à Victor que tu es ici.
— Merci beaucoup pour votre aide, c'est très apprécié.
— Ça me fait plaisir d'aider les amis de Victor, dit-elle avec un clin d'œil.

Je me questionne sur l'intonation qu'elle a utilisée pour parler des «amis» de Victor. Qu'est-ce qu'il a bien pu lui dire à mon sujet?

Je secoue la tête et me baisse pour franchir la porte.

○

Quelques heures plus tard, je suis assise par terre à éplucher les documents de la famille Ross, lorsque j'entends un grincement qui me fait sursauter.
— Wow! C'est dingue cet endroit! lance Victor en pénétrant dans la pièce exiguë. Je ne savais même pas que cette pièce existait!

La pièce circulaire de petite dimension présente un bas plafond, pointu comme la pointe affûtée d'un crayon. Victor, toujours replié sur lui-même, se dirige vers l'énorme caisse de bois que j'ai ouverte pour récupérer les documents. Il passe sa main le long des parois intérieures afin d'en examiner la fabrication.

— C'est tout en métal à l'intérieur, à l'épreuve du feu et des ravages du temps, que je lui explique. C'est l'endroit idéal pour y conserver des biens précieux : tableaux, argent, documents…

— Impressionnant! Tu as trouvé quelque chose qui en vaut la peine?

— J'ai trouvé toutes sortes de documents sur le pont, dont un plan sur lequel figure l'emplacement de huit boulons de dix pouces servant à fixer la travée centrale, dis-je en lui tendant la feuille. Tu vois celui-ci avec l'astérisque? C'est le boulon qui doit aller au pied de la travée du côté nord-est. Va voir la note de bas de page, que j'enchaîne sans lui laisser le temps de répondre.

Il prend la feuille, l'approche pour consulter les petits caractères et lit à voix haute :

— Boulon d'inauguration. Qu'est-ce que ça veut bien dire, selon toi?

— J'imagine que c'était le boulon pour la cérémonie d'inauguration. C'était la tradition, à l'époque, de terminer une construction en apposant une pièce en or. Par exemple, j'ai déjà lu quelque part que pour souligner l'achèvement d'un chemin de fer, on enfonçait un crampon d'or pur lors de la cérémonie protocolaire.

— Tu penses que ça pourrait être l'endroit où se trouve le boulon d'or?

— Ça pourrait avoir du sens, mais je n'ai trouvé aucun autre document qui prouve son existence. Toutefois, nous savons que le 23 septembre, le jour de l'inauguration, il y a effectivement eu une grande cérémonie pour poser un boulon d'or, mais comment tout cela a ensuite tourné...

Je replace les documents dans la caisse et garde le plan avec moi.

— Je ne crois pas que ce boulon soit encore sur le pont, puisque personne ne l'a vu, même si plusieurs ont fait des recherches au fil des ans, dis-je. De plus, si Elsa nous demande de le retrouver, c'est que forcément il ne doit plus y être. J'ai tout de même envie d'aller sur le pont, jeter un coup d'œil à l'emplacement du boulon d'inauguration. On ne sait jamais, on pourrait trouver des traces qu'il a bien été fixé à cet endroit, à un moment donné, ou découvrir des indices complémentaires.

— D'accord, mais laissons passer quelques jours. Ce n'est pas une bonne idée d'y retourner si tôt, dit-il en posant sa main au creux de mon dos pour m'inviter à franchir en premier la petite porte.

Je ne sais pas si c'est l'effet du contact de sa paume sur mon corps, mais une onde de chaleur me monte à la tête et je sens mes genoux faiblir, en m'accroupissant pour atteindre le couloir. Sa main se retire et je m'ennuie déjà de ce contact. Je me demande s'il ressent la même chimie que moi, lorsqu'il me touche.

— Je comprends pourquoi tu disais que tu adorais cet endroit, c'est paradisiaque, dis-je en descendant les marches devant lui.

— Ouais, si un jour j'en ai les moyens, j'achèterai cette place et j'aménagerai la grande tourelle pour y faire mon bureau d'architecte. J'aimerais bien vivre dans un endroit comme celui-ci.

Sa réponse me fait fondre, puisque je me suis fait la même réflexion un peu plus tôt. Je prends une grande inspiration et rassemble mon courage pour poser la question que je remue sans cesse dans ma tête, et qui me brûle la langue depuis plusieurs jours :

— Pourquoi tiens-tu tant à m'aider ? Tu n'as rien à y gagner, bien au contraire.

Je relève la tête pour lire son expression et tenter de déceler le fond de sa pensée. Mais au lieu du regard pénétrant et sérieux que je m'attends à voir, il arbore des yeux rieurs et enjoués.

— Bien, tu oublies que je suis Thor, et que c'est dans ma nature de sauver les gens, je ne peux pas faire autrement... dit-il, marquant une pause. Encore moins s'il s'agit de toi.

Je baisse la tête pour cacher mes joues qui s'empourprent. Bien que son regard intense et mystérieux me fasse perdre la tête, c'est son désir de se porter à mon secours qui me donne des palpitations. Le feu me monte aux joues et je change vite de sujet :

— Tu crois qu'on pourrait emprunter ces documents ?

— Bien sûr ! répond Hélène, alors qu'elle apparaît au bout du couloir.

— Je te les ramène la fin de semaine prochaine, sans faute, dit-il, semblant agacée par cette interruption.

— C'est une chance qu'on soit samedi aujourd'hui, autrement tu aurais manqué l'école, dit-elle, avant d'expliquer la situation. Je viens d'apprendre que l'université est fermée. Il y a une panne d'électricité majeure. Un court-circuit dans le pavillon des sports ou quelque chose comme ça...

Victor se penche à mon oreille et chuchote :

— Tu vois, ton pouvoir est beaucoup plus fort que tu le crois...

Je sens la proximité de sa bouche dans mon cou et je tressaille.

— Oh, Justine ! J'ai oublié de te dire... s'exclame Hélène. Il y a des ruines de deux anciennes scieries des Ross le long de la rivière Chaudière. Il suffit de longer la piste cyclable pour les apercevoir. Si vous y allez, soyez prudent ; surveillez où vous mettez les pieds. Il y a de longues vis et de gros boulons qui ressortent des structures de béton.

— Des boulons, vous dites ? que je m'exclame, excitée par cette nouvelle piste à explorer.

Un éclair traverse les yeux de Victor, il a compris où je veux en venir. Il m'attrape le bras et m'entraîne à l'extérieur.

Chapitre 37

JUSTINE
An 2016

Nous en sommes à inspecter les vestiges de la deuxième scierie, mais nous n'avons rien trouvé pour le moment. Le long du parcours, nous devons enjamber des tiges et d'énormes vis qui dépassent de l'armature métallique. Nous marchons en équilibre sur les rampes de béton, comme des funambules.

Les pans de béton étant étroits, il faut être prudent pour éviter une chute, quelques mètres plus bas. Le béton recouvert de mousse, et glissant à plusieurs endroits, rend notre progression difficile. Victor, qui me suit, pose ses mains sur mes hanches pour stabiliser mon passage à ces endroits. Ce geste a pour effet de calmer, un bref moment, ma peur des hauteurs.

Nous atteignons une section où plusieurs vis dépassent des fondations ; des boulons sont vissés sur les têtes de celles-ci. Nous décidons de nous arrêter, nous installant à califourchon, une jambe de chaque côté du pan de béton, pour examiner les boulons de plus près. Victor essaie d'abord d'en dévisser un, mais l'écrou ne bouge pas d'un poil, bien incrusté dans les filets de la vis. Les muscles de ses avant-bras se tendent à chacun de ses mouvements et son visage se crispe à chaque effort fourni. Au bout d'un moment, il se rend compte de mon regard insistant sur certaines parties de son anatomie et me sourit.

Je baisse les yeux, gênée de m'être fait prendre en flagrant délit. J'examine l'écrou à mon tour et tâtonne celui-ci dans tous les sens.

— Ils semblent beaucoup trop petits pour correspondre au type de boulon illustré sur le plan de Frank Ross, qui est censé mesurer dix pouces. Le diamètre de ceux-ci fait à peine la longueur de mon pouce, que je lance avec regret.

— Tu as raison, ça ne peut pas être cela, car dix pouces équivalent à vingt-cinq centimètres et celui-ci n'en fait que cinq. Ça ne sert à rien de s'attarder ici à chercher davantage.

Je me surprends à laisser échapper un soupir de déception. Non seulement parce que nous sommes sur une mauvaise piste, mais aussi parce que je serais restée encore des heures à le regarder faire.

Il se lève et me tend la main pour m'aider à me relever. Mon élan et la force de son mouvement s'unissent et je suis projetée contre sa poitrine. Comme je me trouve déstabilisée, il me serre contre lui pour éviter que je tombe dans le vide. Embarrassée par la situation, je recule d'un pas, en bafouillant un *désolée* plus ou moins sincère. À ma grande surprise, Victor me retient afin que je ne puisse me dégager. Il me saisit les mains et m'attire à nouveau vers lui.

Ses yeux bleu intense trahissent le désir qui l'anime. Mon cœur s'emballe et mon corps se fige, comme s'il était le prolongement du bloc de béton. C'est fou à quel point ce garçon me fait de l'effet. Il fixe mes lèvres un moment avant de se pencher vers moi pour y presser les siennes.

Son baiser est tendre et doux, alors qu'il apprivoise mes lèvres. Je me sens ensuite basculer avec lui dans une cadence plus intense. Il profite de cette permission pour m'attirer davantage contre lui. En réponse à sa fougue, mes mains s'infiltrent sous sa veste tandis que mes lèvres cherchent davantage les siennes. Mon corps entier s'anime et en demande plus.

Au bout d'un moment, je me détache de lui, le souffle court, et je contemple son visage. Ses yeux sont brillants et ses lèvres, humides. Il est si beau dans les reflets du soleil qui miroitent sur l'eau de la rivière. Il sourit et se penche à nouveau vers moi en fermant les yeux. La sonnerie de mon cellulaire freine nos ardeurs. Je plonge la main dans ma poche, m'excusant de devoir répondre. Ce pourrait être ma mère qui a des nouvelles.

— Allo ?

— Justine ? Où es-tu ? Il faut que tu viennes ! hurle à tue-tête Noah, au bout du fil.

Je grimace à cette dose massive de décibels et éloigne l'appareil de mon oreille.

— Venir où ? Qu'est-ce qui se passe, Noah ? que je demande, irritée par cette interruption dont je ne comprends pas le motif.

— Quelque chose d'étrange. Un vent intense fait rage dans tout le quartier, comme un gigantesque tourbillon. Ce n'est pas normal… J'ai pris ma voiture pour voir d'où ça provenait et… je suis arrivé tout près de chez Alice. On dirait que ça vient de chez elle…

— On arrive !

Chapitre 38

JUSTINE
An 2016

Huit minutes plus tard, nous sommes stationnés derrière la voiture de Noah qui a pris soin de se garer quelques maisons plus loin.

— Je vais parler à Noah. Je reviens dans une minute.

— Attends! Tu devrais prendre des précautions, insiste Victor.

Il ajuste ma ceinture de course avec les deux gourdes, autour de ma taille, et enclenche le fermoir à l'avant. Il relève la tête, et se penche à nouveau vers moi. Pour un instant, mon corps frémit, anticipant son baiser... L'instant d'après, il frémit au contact de l'eau froide, qui imbibe mon jeans et ma veste : il m'a littéralement aspergée de la tête aux pieds!

— On n'est jamais trop prudent! ajoute-t-il en replaçant la gourde dans ma ceinture.

Je suis d'abord surprise par son geste, mais je finis par en comprendre la signification. Il sent autant que moi l'urgence et le danger de la situation. Ça ne me dit rien de bon. J'essuie les quelques gouttes qui ont éclaboussé mon visage et j'ouvre la portière.

En sortant de la voiture, je lutte contre le vent qui me repousse à chaque pas. Arrivée de peine et misère devant la voiture de Noah, je dois prendre la poignée à deux mains pour ouvrir la portière. Je réussis enfin à m'engouffrer, tout juste avant que celle-ci ne se referme d'elle-même dans un claquement.

— Tu sors avec ce type? me crache-t-il au visage, mon postérieur à peine déposé sur la banquette.

— Quoi? C'est tout ce que tu trouves à me dire, là, maintenant? que je réponds, irritée, me tournant vers lui, le défiant du regard. On pourrait être avalé par cette tornade, et toi, tu veux savoir si je sors avec lui !

Il demeure de glace. Il a un air sévère et semble agacé au plus haut point que je ne réponde pas à sa question. Il attend des explications. Le problème est que je ne connais pas moi-même la réponse à sa question. Après tout, on s'est juste embrassés. Ça ne veut peut-être rien dire. Ou peut-être que oui. D'une manière ou d'une autre, c'est trop tôt pour le savoir et ce n'est pas le moment non plus.

— Je suis juste allée faire des recherches avec lui, que je lui réponds pour acheter la paix. Ne crois-tu pas qu'il soit plus important de s'occuper de ma grand-mère que de justifier mes allées et venues?

Il soupire et ses épaules s'affaissent. Même si son visage se radoucit, sa voix garde un ton sérieux.

— Désolé, tu as raison. C'est juste que... sa face ne me revient pas.

— Oh! Tu ne vas pas recommencer avec ça! Je t'ai déjà tout raconté sur sa situation et celle de sa famille. Franchement, Noah, ça ne te ressemble pas du tout. Je me serais attendue à un peu plus de compassion de ta part.

— Eh bien! Il faut croire que le circuit empathie de mon cerveau doit être défectueux.

Je préfère ignorer son commentaire et aller droit au but. Le temps presse et ce déchaînement de la nature est peut-être en lien avec l'enlèvement de ma grand-mère.

— Du nouveau? dis-je, impatiente de savoir ce qu'il se passe.

— Non, je suis ici depuis quelques minutes et rien n'a bougé. Tu vois, au-dessus du toit, on dirait que c'est l'œil du cyclone.

Par le pare-brise, j'aperçois un énorme entonnoir de vent qui tourbillonne au-dessus de la maison d'Alice.

— Ce n'est pas normal. Je dois aller à l'intérieur pour voir ce qui se passe, dis-je.

— Je viens aussi!

Dès que je mets un pied hors de la voiture, une rafale me pousse vers le trottoir. Je trébuche en essayant de monter sur celui-ci. Je me relève et fais signe à Victor de nous rejoindre. Les bourrasques sont si fortes que nous avons l'impression de faire du surplace.

Nous réussissons à grand-peine à garder nos mains devant nos yeux pour nous protéger des débris et du sable. Nous longeons les arbres et les buissons du terrain voisin et contournons le garage pour atteindre la porte de côté. Un courant d'air ascendant aspire une quantité impressionnante de feuilles, de sable et de poussière.

Je m'approche de la fenêtre de la porte de l'atelier. J'arrive à distinguer une imposante silhouette enveloppée d'une cape noire. Celle-ci nous fait dos et il est impossible de voir son visage.

Nul besoin de le voir davantage, je sais de qui il s'agit. Une émanation maléfique flotte dans l'air et s'infiltre dans tous les pores de ma peau. Les poils de mon corps se hérissent alors qu'une onde de frayeur parcourt ma colonne vertébrale. Il n'y a aucun doute. Il est celui qui persécute ma famille depuis toutes ces années. Celui que je dois à tout prix arrêter.

Ma grand-mère, qui est allongée au sol à ses pieds, recule à l'aide de ses coudes pour s'éloigner de son agresseur. Elle grimace de douleur; ses mains semblent blessées. Son visage exprime la peur. Mon estomac se contracte et mon cœur cesse de battre.

Un signal d'alarme retentit dans mon cerveau. Je repense à l'enseignement de M. Tao; pas question de laisser la peur prendre le contrôle de mon corps. Je saute sur la poignée de porte, mais Noah agrippe mon poignet avant même que je réussisse à la tourner.

La silhouette diabolique s'approche d'Alice, allonge un bras et appuie une longue canne noire sculptée et ornée de flammes dorées, sur le ventre de ma grand-mère. Une voix puissante retentit dans l'atelier et son écho nous parvient par ricochet.

— Qu'on se comprenne bien, cette fois-ci, je vais juste te mettre hors d'état de nuire.

Je pousse un gémissement et Victor s'empresse de mettre sa main sur ma bouche. Il me serre contre lui pour tenter de me calmer. Noah nous lance un bref regard, mais nous oublie l'instant d'après, car l'action s'enchaîne comme si nous regardions un film en accéléré. La porte du four de grand-mère s'ouvre par elle-même, claquant sur le côté. Le feu s'expulse de l'âtre, comme si le foyer tirait la langue.

— Non, ne faites pas ça! Je vous promets que je ne ferai rien, crie Alice, apeurée.

Il lève les bras, la langue de feu s'allonge et lèche ma grand-mère. Ses vêtements prennent rapidement feu. Elle crie en roulant sur elle-même pour tenter d'éteindre les flammes. Je me débats pour essayer d'atteindre à nouveau la poignée de porte. Victor me retient difficilement, et Noah intervient lui aussi pour freiner mon ardeur.

L'horrible personnage fait un tour sur lui-même. Victor nous plaque tous les deux sur le mur avant qu'il puisse nous apercevoir. De notre point de vue restreint, nous n'avons qu'un aperçu du personnage, mais c'est suffisant. Nos corps frémissent et nous retenons tous notre souffle.

— Je sens la présence d'un don, dit-il en balayant la pièce du regard.

Je sursaute et mon cœur s'emballe. *Il sent ma présence.* Noah m'écrase une main, me signalant de ne pas bouger, tandis que Victor enlace ses doigts avec les miens de l'autre côté. Comment est-ce possible? S'il me découvre ici, je peux dire adieu à tout espoir de sauver Elsa et de rompre le sortilège.

Le feu se reforme en boule et retourne dans l'âtre du four, aussi vite qu'il en était sorti. Le Diable fait à nouveau un tour sur lui-même, comme s'il cherchait la provenance de cette sensation. Nous découvrons enfin le visage monstrueux de la créature. Ce que je vois est encore plus horrible que tout ce que j'avais imaginé.

Il affiche un affreux mélange mi-humain mi-animal; une apparence féline, si je tiens compte de toutes ses caractéristiques : un museau proéminent, des poils hérissés, des crocs acérés, des oreilles difformes et une queue qui se balance. Un spectacle digne d'un film d'épouvante.

— Mon Dieu! C'est la plus effroyable chose que j'aie vue de toute ma vie! dit Noah, saisi d'effroi. On dirait un chat-monstre.

Un chat-monstre? Bien sûr, un chat! Ou, en fait, les vestiges d'un chat sur un corps d'humain. Il doit y avoir un lien avec la légende. Mon ancêtre lui a bel et bien lancé un chat au visage...

Noah attrape la pelle en métal qui est appuyée sur le mur près de la porte. Il la serre contre lui, comme s'il s'accrochait à un animal en peluche. Sa réaction me laisse perplexe. A-t-il l'intention de s'en servir comme une arme pour attaquer, ou comme un bouclier pour se protéger ?

— Comme c'est étrange, on dirait que la présence a disparu ; je ne sens plus rien, ajoute le Diable, avec étonnement.

Il fait quelques pas dans la pièce, dans toutes les directions, avant de reposer ses yeux sur Alice.

— Qu'est-ce que cette présence, Alice ? Ou plutôt, dis-moi qui c'était, tonne-t-il.

— Je... Je ne sais pas... dit-elle, essayant de contenir les langues de feu qui approchent son visage.

— Tu ne perds rien pour attendre ! crie-t-il en faisant monter l'intensité des flammes qui courent sur les vêtements d'Alice. Tôt ou tard, tu répondras à toutes mes questions. Et crois-moi, tu ne seras pas la seule parmi les tiens à souffrir ! Tes petites-filles aussi souffriront !

Ces mots à peine prononcés, la créature disparaît dans un tourbillon de vent. La tempête dans l'atelier cède la place, maintenant, aux lamentations d'Alice qui se trouve dans un terrible état. À mains nues, elle lutte, sans succès, contre les flammes sur son corps.

D'un coup de pied, Victor enfonce la porte et se dirige vers l'évier. Il cherche un contenant à remplir, mais se rend vite compte que tout a été détruit lors de la première visite du Diable. Je cours près d'Alice. Ses mains et ses bras sont brûlés vifs et elle a de la difficulté à respirer. Il faut arrêter le feu au plus vite.

Aussitôt que Victor ouvre le robinet, il me crie :
— Allez, Justine, tu peux la sauver !

Je me lève et regarde ma grand-mère, en détresse, geindre de douleur. L'urgence de la situation me fait douter de mes capacités et j'ai peur de ne pas arriver à utiliser mon don.

— Non ! C'est impossible, dis-je, secouant la tête. Je n'arrive pas à me concentrer !

— Allez, Justine ! Tu es capable ! Toi seule peux la sauver !

Les paupières d'Alice s'ouvrent et se ferment avec difficulté, comme si elle était sur le point de perdre conscience. Non, je ne peux pas la laisser comme ça ! Un déclic se fait en moi. Emportée par un instinct de protection, je n'ai qu'un objectif : assurer la survie de ma grand-mère. *Je ne vais pas* la laisser comme ça ! Je ferme les yeux et m'exécute.

Le filet d'eau se gonfle et se transforme en un immense serpent qui sillonne la pièce à toute allure à la rencontre d'Alice. Lorsque l'eau se déverse sur elle, le sifflement de la vapeur se fait entendre et une légère bruine monte dans les airs. Je me jette à genoux et pose une main dans son cou et l'autre sur son ventre. Son pouls est faible et sa respiration aussi.

— Noah ! Appelle le 9-1-1, que j'ordonne à mon ami qui regarde la scène, frappé de stupeur.

Chapitre 39

JUSTINE
An 2016

— Grand-mère, je t'en prie, reste avec moi !

Je répète cette phrase à plusieurs reprises, tandis que les deux ambulanciers tentent de stabiliser son état. Je garde ma main sur sa jambe tout au long des manœuvres pour l'installer sur la civière, et même pendant la pose d'une perfusion. Les yeux d'Alice sont remplis d'effroi, mais il y a quelque chose d'autre. Elle soutient mon regard avec détermination, on dirait que... oui, c'est cela ! On dirait qu'elle veut me livrer un message.

— Grand-mère, qu'est-ce qu'il y a ? Que s'est-il passé ?

Ses lèvres tremblent. Aucun son ne parvient à sortir de sa bouche asséchée par le feu et la fumée. Ses lèvres sont fendillées et un filet de sang s'en échappe. Je me penche au-dessus d'elle.

— Mademoiselle, veuillez reculer, s'il vous plaît. Il faut nous laisser la place nécessaire pour travailler, m'indique l'ambulancier.

J'ignore sa requête et m'approche davantage d'Alice, tendant mon oreille près de sa bouche. Victor, qui se tient derrière moi, pose ses mains sur mes épaules pour m'encourager dans ma démarche. Il sait, comme moi, qu'il est primordial d'obtenir des informations.

Malgré notre proximité, la voix de ma grand-mère est quasi imperceptible. Je sens son faible souffle caresser ma joue. Au bout de quelques secondes, j'arrive à capter quelques mots.

— Il... Il... veut... t'avoir. Il... va venir... te chercher.

— Qu'est-ce que ça veut dire, grand-mère ? Qui veut m'avoir ? Qui va venir ? que je déballe, sans réfléchir vraiment à ce qu'elle tente de me dire.

Pourtant, la réponse s'impose d'elle-même.

— Le Diable ? Tu parles du Diable ?

Aucune réponse ne parvient à mes oreilles. Juste des petits sons étouffés. Je lève la tête pour voir ses yeux. Je connais assez Alice pour y deviner la réponse.

Elle cligne ceux-ci une fois, en signe d'approbation. Ma gorge se serre. Ce n'est pas la réponse que j'espérais avoir, mais il va falloir s'en contenter. Noah sautille sur place tandis que ses doigts pianotent sur ses cuisses.

Pour le moment, il faut obtenir le plus d'informations possible auprès d'Alice avant qu'elle ne soit admise à l'hôpital. Qui sait quand j'aurai la chance de la revoir et lui parler à nouveau. Je refuse d'entrevoir la pire des éventualités : celle de ne jamais la revoir.

— OK, c'est bon. Je vais faire attention à moi. Que dois-je savoir d'autre, grand-mère ?

Les lèvres de grand-mère se remettent à trembler, ce qui confirme qu'elle détient encore des informations qu'elle veut absolument me transmettre.

— Mademoiselle, je vais devoir vous demander de reculer. Votre grand-mère doit garder son énergie. Elle en a besoin. Vous me comprenez bien?

L'ambulancier me lance un regard désapprobateur. Oui, je comprends. En temps normal, j'aurais demandé à ma grand-mère d'économiser ses forces, mais l'ambulancier ignore la situation problématique à laquelle nous faisons face: *Nous sommes en situation de crise. C'est une question de vie ou de mort.*

Je réalise alors que si je lui réponds cela, il risque fort de rétorquer que c'est aussi le cas pour ma grand-mère, affirmation que je ne suis pas prête à entendre, encore moins à laisser se concrétiser par ma faute. C'est d'ailleurs cela qu'il doit vouloir insinuer en me demandant si je comprends bien...

Je soupire et recule, laissant glisser ma main le long de sa jambe. Je dois permettre aux ambulanciers de lui prodiguer les soins nécessaires, mais je ne veux pas la quitter. Encore moins la perdre. Victor m'attire vers lui et m'enlace de ses bras.

Aussitôt que j'entends l'ambulancier désarmer le cran de sécurité et rouler la civière, les larmes se mettent à couler sur mes joues. J'entends celle-ci s'éloigner et je ne peux faire autrement que craindre le pire. Je me détache de l'étreinte de Victor et suis les ambulanciers à l'extérieur.

— Justine! Viens! Elle veut encore te parler! dit Noah qui marche à côté de la civière.

Je déboule l'escalier et me précipite vers l'ambulance. Les ambulanciers s'apprêtent à hisser la civière à l'intérieur. Je bouscule un des intervenants et me penche vers Alice qui semble à bout de souffle.

— Le... boulon... Elsa... sait où...

— Qu'est-ce que tu veux dire ? Elsa sait où est le boulon ? C'est ça ?

— Mademoiselle, laissez nous faire notre travail ! ordonne l'ambulancier, impatient.

Il ajuste le masque à oxygène sur le visage d'Alice, tandis que ses yeux se ferment doucement, comme si elle s'éteignait.

Chapitre 40

JUSTINE
An 2016

— Les médecins pensent-ils qu'Alice reprendra bientôt conscience ? demande Victor, alors que je sors de la chambre de ma grand-mère.

J'enlève les vêtements de protection que j'ai dû enfiler pour entrer dans sa chambre. Alice a été gravement brûlée et le protocole exige de porter une combinaison stérile pour éviter de propager des bactéries qui pourraient infecter ses plaies.

— Ils n'en savent rien, il est trop tôt pour poser un pronostic, dis-je en me laissant choir sur la chaise à côté de Victor.

Je suis épuisée. Nous avons passé la nuit sur ces chaises d'hôpital à fixer le mur gris devant nous. Ma mère est restée dans la chambre au chevet d'Alice, et Victor a insisté pour rester avec moi dans le corridor. Il justifie sa présence prolongée par le fait qu'il n'a pas souvent le temps de visiter son père qui, par un curieux hasard, se trouve dans la chambre d'en face.

Selon moi, sa plus grande motivation est, en fait, d'être à mes côtés dans l'éventualité où le Diable viendrait me chercher, comme m'a mise en garde Alice... Si ça se trouve, je ne sais pas ce que Victor pourrait faire de plus, mais j'apprécie son dévouement. J'avoue que sa présence me rassure.

Tout en étant stable, Alice demeure dans un état inquiétant. Je me retourne sur ma chaise et regarde à travers la grande vitre de la chambre: elle est allongée sur le lit, immobile, les yeux fermés. Elle a l'air si vulnérable et si fragile; elle qui a d'habitude une énergie hors du commun... Ses mains et ses bras sont emmitouflés dans d'énormes bandages blancs, comme le sont, d'ailleurs, plusieurs parties de son corps. Elle est branchée à un respirateur qui bat la cadence à côté de ma mère anxieuse.

Victor me tend une gomme que je m'empresse d'accepter. Toute la nuit, nous avons alterné cafés et gommes à mâcher pour rester éveillés. Je mastique celle-ci avec ardeur, doutant de son réel effet pour contrer la fatigue qui s'est accumulée avec les heures. Victor enroule son bras autour de moi et j'en profite pour appuyer ma tête au creux de son épaule. La chaleur de son corps me détend. Je n'ai pas le temps de m'assoupir, qu'une voix perçante me tire de mon confort.

— Wow! Trident! La gomme qui favorise les rapprochements!

Je tourne la tête et aperçois Noah qui s'avance dans le couloir un sourire narquois aux lèvres. Je me lève de ma chaise pour le remettre à sa place. Je n'apprécie pas son ton ironique.

— Tu veux une gomme à mâcher, Noah? que je lui lance d'un ton sec pour qu'il comprenne que je ne suis pas d'humeur à me farcir ses bouffonneries.

Je n'ai pas apprécié son interrogatoire d'hier au sujet de Victor et je ne le laisserai pas continuer à s'immiscer dans ma vie privée.

— Euh, non merci, répond-il, surpris par ma riposte.

— Alors qu'est-ce que tu fais ici?

— Je venais juste prendre des nouvelles d'Alice et toi. Qu'est-ce que lui fait ici? répond-il du tac au tac.

Victor bondit de sa chaise, le feu dans les yeux. Je dois m'interposer entre eux pour éviter une prise de bec. La colère s'empare de moi et j'éclate de rage.

— Figure-toi qu'il est ici pour les mêmes raisons que toi. Mais, avant tout, il est ici parce que son père est dans la chambre d'en face, entre la vie et la mort... Alors je te suggère d'être poli ou de partir, si ça ne fait pas ton affaire.

Il nous regarde un à un. Voyant qu'aucun de nous ne baisse sa garde, il tourne la tête vers la fenêtre de la chambre derrière lui. Son regard se pose quelques secondes sur le visage du père de Victor, et il soupire, mal à l'aise de l'impair qu'il a causé. Il baisse la tête avant de poursuivre :

— Euh... J'oubliais... Je venais aussi te porter ce que tu m'as demandé pour ta mère, dit-il, sortant de sa poche un boîtier protecteur pour iPhone, en bois massif. C'est l'ébéniste qui travaille à côté de notre érablière qui les fabrique, mais j'ai gravé le dessin et le slogan pour le personnaliser.

Une ébauche de sourire se dessine sur ses lèvres témoignant de sa fierté. Il est fait en bois d'érable poli et verni. Il est moulé à la perfection selon chacune des particularités d'un cellulaire : des insertions pour l'œil de la caméra et les trous pour les branchements. Le résultat est spectaculaire. Le dessin gravé sur la face pleine du boîtier est celui d'une pomme entamée qui rappelle l'emblème de la marque Apple. Je lis à voix haute la phrase inscrite en dessous :

— «Croquer dans la vie!» dis-je en regardant Noah, incrédule. Vraiment?

Je jette un coup d'œil à Victor qui roule des yeux, irrité par la manie de Noah de tourner toutes ses phrases en slogan. Il savait que Noah était responsable de trouver un moyen pour que ma mère ait en permanence un morceau de bois sur elle, de façon à masquer sa présence au Diable. Disons que Noah, l'expert graphiste, spécialisé dans les pubs et slogans de toutes sortes, a bien cerné son public cible : la nutritionniste qui ne vit que pour la nourriture santé.

— Hum… Disons que tu t'es surpassé cette fois-ci, dis-je, étonnée. J'avoue que l'idée du boîtier pour téléphone est géniale. Merci! Elle l'aura toujours avec elle, c'est certain.

Il regarde Victor avec un petit sourire suffisant avant de rediriger son attention vers moi.

— Et toi, tu te protèges? ironise-t-il.

Au départ, sa question me saisit, car elle semble tirée tout droit d'une publicité de préservatif. Il me faut quelques secondes pour en décoder la vraie signification.

— Oui, oui, t'inquiète pas.

Je soulève le bas de mon chandail pour lui laisser voir la ceinture d'entraînement que je porte à la taille, maintenant deux petites gourdes d'eau en place.

— Brillant! répond-il, mais n'oublie pas qu'il y a toutes sortes de méchants dans ce bas monde...

Victor, sans mot, le fusille du regard. Avant qu'une nouvelle altercation se déclare, je l'invite à aller offrir son cadeau à ma mère. Dans les circonstances, ce présent sera une bonne occasion de la distraire. Le temps que cela prendra, incluant le protocole de stérilisation, donnera une chance à Noah et Victor de se calmer un peu.

Je sens Victor préoccupé et je présume que c'est la présence de Noah qui le met dans cet état, l'inverse étant tout aussi vrai. Je me désole de penser que l'être que je connais le mieux sur terre, Noah, et celui dont je meurs d'envie de connaître le plus au monde, Victor, ne peuvent se résoudre à vivre ensemble sur la même planète.

Les exclamations de ma mère, découvrant son présent, parviennent jusqu'à nos oreilles à travers la vitre, comme si nous étions dans la même pièce. L'irritation de Victor grimpe d'un cran et celui-ci se dirige à la fenêtre de la chambre de son père. Il n'a pas tort d'être en colère, considérant, en plus, que ma mère ne lui a pas fait un accueil aussi chaleureux.

Je m'approche et lui murmure des mots d'encouragement pour désamorcer la situation.

— Je suis certaine qu'il ira mieux, dis-je en posant ma main dans le bas de son dos. Les médecins vont trouver ce qu'il a et le guérir sous peu.

— J'espère que tu as raison, dit-il, esquissant un mince sourire.

Son père est entouré d'une artillerie de machines et moniteurs encore plus lourde que celle de ma grand-mère. À ses bras sont branchés différents tubes qui longent son corps. Je remarque qu'il porte un jonc à l'auriculaire de la main droite. Étrange, puisque celui de mariage se porte plutôt à l'annulaire de la main gauche, la main du cœur.

— Quel est ce jonc qu'il porte à son petit doigt? que je demande à Victor.

— C'est son jonc d'ingénieur. Tous les ingénieurs en portent un comme celui-là…

Avant même qu'il puisse continuer son explication, Noah apparaît derrière nous et prend la parole.

— C'est étrange que vous parliez de jonc d'ingénieur, car après les péripéties d'hier, je ne trouvais pas le sommeil et j'ai parcouru du début à la fin ton livre sur le pont de Québec. Il existe une polémique entourant cet anneau. Certains affirment que l'acier du pont de Québec, récupéré après le premier effondrement, aurait servi à fabriquer les joncs d'ingénieur à une certaine époque, tandis que d'autres réfutent cette affirmation.

Le simple fait de prononcer le mot «pont de Québec» me fait sursauter et Victor se montre tout aussi intrigué.

— Penses-tu pouvoir trouver d'autres renseignements à ce sujet ? demande-t-il à Noah. Ça pourrait nous mener vers une piste.

— Ouais, j'imagine que je peux faire quelques recherches supplémentaires.

— Parfait ! que j'enchaîne, pour éviter que la situation dérape à nouveau. Tiens-nous au courant, si tu vois quelque chose en lien avec le boulon. N'oublie pas que cela demeure notre priorité. Je devrais aller sur le pont pour poser des questions à Elsa. Si j'ai bien compris Alice, elle saurait où nous pourrions…

— Ça, non ! Pas question ! réplique Noah, sans me laisser le temps de finir. Je ne te laisserai pas aller sur le pont. C'est trop risqué !

— Mais, Noah, c'est la seule piste que nous avons, je dois y aller !

— Non, Justine ! Je ne te laisserai pas faire ! Je ne te quitterai pas d'une semelle, s'il le faut !

— Je peux y aller avec elle, si ça t'effraie tant…

Victor ajoute cette remarque sur un ton si léger et amusé, que Noah tombe dans son piège. Il ne fait ni un ni deux et se rue sur Victor. Encore une fois, je me glisse entre les deux et plaque mes mains sur les épaules de Noah pour l'empêcher d'avancer. Noah lui crie par-dessus mon épaule :

— Tu ne penses qu'à cela, p'tit téméraire à la con ! Tu veux encore une occasion de montrer tes gros bras ? Cela n'a rien à voir avec toi ou moi ; encore moins question de savoir qui de nous deux est le plus brave ! C'est de Justine qu'il est question, de sa sécurité et de sa vie. Bon sang ! Tu n'es rien d'autre qu'un p'tit casse-cou insouciant... Et un casse-pied par-dessus le marché...

Victor encaisse le tout sans dire un mot. Il sait qu'il n'aurait pas dû mettre de l'huile sur le feu, même si Noah l'avait cherché un peu plus tôt. Il hoche la tête d'un air résigné.

— C'est bon, tu as raison, dit-il en passant sa main dans son épaisse chevelure. Elle ne doit pas retourner sur le pont. On trouvera une autre piste.

Quoi? Ai-je bien entendu? Et que fait-on de MON avis? Il n'est pas question que je reste là à ne rien faire. Je préfère mourir aux mains du Diable plutôt que de laisser tous les autres mourir à ma place. Puisque ce n'est pas le moment d'argumenter, je trouverai bien un moyen de faire à ma tête...

— Bon, dès qu'on rassemble plus d'infos, on fait le point, dis-je en défroissant les plis que j'ai faits sur le manteau de Noah par des mouvements lents et tendres pour l'amadouer. Victor et moi avons l'intention d'établir un plan d'action, Jade et toi pourriez vous joindre à nous.

Je suis consciente que je force la note. Noah n'agit pas bien, mais c'est mon ami et je ne veux pas le mettre de côté. Pas plus que je ne souhaite perdre la compagnie de Victor. Avec la tournure des événements, nous avons tout avantage à rallier nos forces.

Noah et Victor se renfrognent, tous deux agacés par ma proposition.

Chapitre 41

ELSA
An 2071

Le large collier de métal qui entoure mon cou est de plus en plus douloureux à porter. Son frottement a laissé de profondes marques sanguinolentes. Au moins, la plupart de mes autres plaies ont eu le temps de cicatriser. Cela fait trois jours que je suis retenue à un mur, à l'intérieur de ma maison, avec cette énorme chaîne qui limite mes déplacements. Cinq pas à gauche, et je peux atteindre l'un ou l'autre des deux lits ; quelques pas au centre, et je rejoins la table ; cinq autres pas à droite, et j'accède à la salle de bain et tout juste à la porte d'entrée. À toutes les fois que je veux me déplacer, je dois traîner avec moi cette lourde laisse de métal.

Je devrais accepter ces piètres conditions, mais l'agressivité qui m'habite prend le dessus. Je ne peux m'empêcher de ruminer que ces monstrueuses créatures devraient être en laisse, et pas moi.

Je m'empare de mon collier à deux mains et tire de toutes mes forces pour me déprendre. Je laisse échapper un sourd grondement de frustration. Alice croit que j'ai un don avec le métal, mais j'en déduis que ce n'est pas le cas.

Toutes mes tentatives pour faire céder le métal se sont soldées par un échec. Je continue quand même, car ces manœuvres me permettent de libérer un excès de colère.

Des bruits de pas venant de l'extérieur me distraient de mes pensées. Soudainement, quelque chose frappe la porte. Après ce choc, j'entends les pas s'éloigner.

J'attends que tout redevienne calme, avant de me précipiter pour ouvrir la porte. D'un premier coup d'œil, je ne vois rien d'autre que la noirceur du soir. En baissant les yeux, je découvre le corps recroquevillé de mon père sur le sol. Je tente de m'approcher de lui en tirant au maximum sur ma chaîne. Malheureusement, je n'ai pas la liberté de mouvement suffisante pour l'atteindre.

La rage monte en moi comme une fièvre. Je sens mon sang bouillir dans mes veines. J'empoigne mon collier et le tiraille de toutes mes forces. Un cri de désespoir jaillit de ma gorge.

Lorsque je sens mes doigts s'enfoncer dans le métal, je sursaute de surprise et cesse tout mouvement. Je relâche la pression sur le collier et soulève mes doigts un à un. Deux demi-cercles sont imprimés sur le rebord de métal. De petites encoches correspondent à l'emplacement de chaque doigt, comme si quelqu'un avait croqué une bouchée de chaque côté du collier. *Alice avait raison.* Je laisse échapper un rire nerveux. Je replace mes doigts dans les encoches et poursuis mon mouvement. Le collier cède au milieu et je le laisse tomber sur le sol.

Je me précipite vers mon père et palpe son pouls. Il est faible, mais régulier. Soulagée à l'idée qu'il est seulement inconscient, je soulève ses épaules et le prends sous les bras pour le traîner jusqu'à l'intérieur de la maison. Je m'empresse d'aller chercher un linge mouillé pour l'appliquer sur son front.

— Papa? Papa? David, réveille-toi, je t'en prie! C'est moi, Elsa. Tu es à la maison maintenant.

Son corps amaigri et son teint pâle me laissent croire qu'il a travaillé jusqu'à l'épuisement et qu'il a été privé de nourriture. Mis à part de minces éraflures ici et là sur les mains, les avant-bras et la joue, il ne semble pas avoir subi de sévices importants. À mon grand soulagement, il n'a aucune blessure apparente ni ecchymose.

Ses lèvres sont sèches et crevassées. Après les avoir humectées, je laisse couler un filet d'eau en tordant le linge mouillé au-dessus de sa bouche. Ses paupières s'entrouvrent alors qu'il reprend conscience.

— Mon Dieu! Papa! Tu m'as fait si peur!

Je m'écroule sur lui et le serre dans mes bras. Il fait quelques tentatives pour relever sa tête, mais celle-ci bascule vers l'arrière. Je cours récupérer un oreiller et de l'eau. Quelques instants plus tard, mon père repose sur l'oreiller et je l'aide à avaler de l'eau par petites gorgées. Ses cheveux châtains sont poussiéreux et le vert de ses yeux tourne davantage au gris dans la pénombre. Je lui ressemble beaucoup, puisque j'ai hérité de ces deux traits physiques.

— Papa, dis-moi ce qu'ils t'ont fait au juste ?

Il est si faible, que je décide de partager la ration de nourriture qu'on m'a livrée plus tôt et lui tends un morceau de pain. Il prend une bouchée du bout des lèvres et mastique avec difficulté. Après une gorgée d'eau, il se racle la gorge et commence à parler.

— Rien de pire que me faire travailler ; sois sans crainte. J'ai passé tout mon temps, dans d'interminables tunnels, à remplir des chariots à une extrémité et à les décharger à l'autre extrémité. Nuit et jour, sans arrêt ni pause pour manger ou dormir, dit-il, tandis que je remplis une cuillère d'une étrange purée froide et déverse le contenu dans sa bouche.

— Des tunnels ? que je m'exclame, étonnée. C'est la première fois que j'entends parler de tunnels, ici !

— C'était la première fois que j'en entendais parler, moi aussi. Je crois que c'est un secret bien gardé. Ça doit être la raison pour laquelle nous étions plongés dans l'obscurité presque totale ; pour ne pas réussir à établir de repères dans ces labyrinthes souterrains, ajoute-t-il, ayant recouvert toute sa lucidité.

Il jette un coup d'œil à la pièce, semblant soulagé de se retrouver ici, malgré nos piètres conditions de vie. Son regard s'arrête sur l'amas de chaînes et le collier de métal fendu.

— Est-ce toi qui étais attachée à cette chaîne ?

— Ouais, que je réponds sur un ton se voulant léger, pour ne pas ajouter de tourments à sa souffrance déjà grande. Mais j'ai réussi à me libérer.

Les yeux de mon père s'écarquillent, et je constate l'effet de surprise que ces mots ont provoqué. Une lueur jaillit dans son regard, comme s'il avait eu une révélation.

— Elsa ? Aurais-tu développé ton pouvoir ?

— Tu savais que je possédais un pouvoir ? Je ne pensais pas que j'en avais hérité d'un, moi aussi…

— Telle mère, telle fille, ajoute-t-il avec un petit sourire en coin. En fait, tu ne l'as pas hérité de ta mère, elle te l'a transmis. Aide-moi à atteindre le lit, je vais t'expliquer tout cela. Et, jeune fille, tu dois m'expliquer pourquoi tu étais enchaînée…

Le corps affaibli de mon père est lourd. Je lui offre mes bras afin qu'il puisse se mettre sur pied, et je dois le soutenir jusqu'au lit. Je l'aide à retirer ses vêtements crasseux et enfiler une tenue plus confortable, tout en lui faisant le récit de mes mésaventures. Il se glisse sous les couvertures, et je replace les oreillers, à la tête du lit, pour lui permettre de s'asseoir confortablement.

— Ta mère, reprend-il sur un ton nostalgique qui souligne à quel point elle lui manque, a un pouvoir avec la terre et non avec le métal, comme dans ton cas. Elle t'a transmis ce don à ta naissance. C'est le contact avec l'instrument de métal dont elle s'est servie pour couper ton cordon ombilical qui t'a donné ce don.

— Tu savais, tout ce temps, que j'avais un don ?

— Oui, nous avons senti les vibrations lors de la transmission. C'était déjà chose courante dans la famille. Par la suite, alors que tu grandissais, nous avons constaté quelques exploits, ici et là, qui nous l'ont confirmé.

— Donc, les dons sont transmis de la même façon pour toutes les autres femmes de la lignée ?

— Oui, pour toutes les femmes, c'est vrai. Mais maintenant que j'y pense, il y a aussi deux exceptions à cette règle.

— Deux exceptions ?

— Oui. Tes deux grands-pères possèdent aussi un don, mais je ne sais pas comment il leur a été transmis.

— Pourquoi ne m'avez-vous rien dit, toi et maman ?

— Nous ne t'avons rien dit, car nous voulions te protéger du Diable. Nous avons pensé qu'il en était mieux ainsi. On dirait qu'il a un œil sur vous toutes. Nous ne voulions pas attirer son attention.

— C'est raté… Il veut faire des expérimentations sur moi. Il veut comprendre les pouvoirs de notre famille pour amplifier les siens.

— Je me doutais bien que, tôt ou tard, nous serions pris dans ses filets…

Je laisse mon père à ses pensées tandis que j'assimile l'information qu'il vient de me donner. Le métal. Ce don était en moi depuis toutes ces années. Quelques souvenirs me reviennent en tête. Celui d'avoir brisé en deux la tête d'un marteau ; celui d'avoir tordu, maintes et maintes fois, mes ustensiles… Je repasse dans ma mémoire les dons de notre lignée : métal, terre, eau, bois, feu…

— Ce sont les cinq éléments ! que je m'exclame en réalisant le lien entre les dons de chacune de nous. Comme ceux du Diable !

— Tu as raison, je n'avais pas vu la chose sous cet angle, dit-il, songeur, en frottant d'une main sa repousse de barbe. Je me demande si cela est un pur hasard…

— Nous chercherons à savoir plus tard. Il faut d'abord nous sortir de ce pétrin. Il faut que je me rende sur le pont. Tu as une idée ?

— Je vais devoir y penser, car tout ce qui me vient à l'esprit, pour le moment, risque de te mettre en danger. C'est hors de question que tu...

— Papa, je suis prête à tout faire pour nous sauver ! que j'enchaîne, ne lui laissant même pas le temps de terminer sa phrase. Si je ne tente rien, il viendra me chercher et je serai de toute façon en mauvaise posture...

Il réfléchit un moment et grimace. Il sait que j'ai raison. Ses yeux s'éclairent tout à coup et je devine qu'il a maintenant un plan.

— Bon, d'accord. Si tu es prête à tout, tu vas renfiler ce collier de métal et le façonner pour lui redonner sa forme originale.

— Tu n'es pas sérieux ?

Chapitre 42

JUSTINE
An 2016

J'ai passé ma journée en compagnie de Victor et de Noah, en alternance, en fonction des disponibilités de chacun. À mon grand désarroi, ils s'entendent maintenant sur *deux* choses : je ne dois pas rester seule ni retourner sur le pont. Je suppose que je devrais me réjouir qu'ils aient au moins deux points en commun, mais je persiste à croire que ma visite sur le pont est primordiale.

Ma mère est à l'hôpital, et mon beau-père, avec Rose à son cours de piano. Je lève la tête et lance un coup d'œil à Victor qui fait ses devoirs sur la table de la cuisine. Il lève les yeux et me fixe un moment. Ça doit faire une bonne douzaine de fois qu'il répète ce manège et je commence à me sentir mal à l'aise. J'ai l'impression que je le dérange. J'ai terminé la vaisselle du souper et j'essaie, depuis un bon moment, d'apprivoiser mon pouvoir en jouant avec l'eau du robinet. Je le ferme et passe un linge sur le comptoir pour essuyer les éclaboussures.

— Je suis désolée si je te déconcentre. Ça fait beaucoup de bruit.

— Non, ce n'est rien. Ce n'est pas le bruit qui me déconcentre.

— C'est quoi alors?

— C'est juste… toi…

Je fronce les sourcils cherchant à comprendre.

— Comment tu bouges, ce que tu dis ou fais en général,
ou plutôt, ce que je serais prêt à faire, dit-il en se mettant à rire.

— Qu'est-ce que tu serais prêt à faire?

Je reste silencieuse pour l'encourager à m'en dire plus.

— Tu sais, l'autre jour, avant la leçon de M. Tao à la
piscine, je te regardais pendant que tu surveillais le bain libre
et j'avais juste envie de sauter tout habillé dans l'eau.

— Pourquoi ?

— Pour faire semblant de me noyer? En espérant que tu
me sauves?

— Tu aurais été prêt à sauter à l'eau uniquement pour que
je te sauve ?

— Non.

Je m'essuie les mains et je me dirige vers la table où il est assis.
J'y pose les deux mains à plat, intriguée par cette logique
masculine.

— Bien, dans l'espoir de quoi alors?

— Dans l'espoir que tu me fasses le bouche-à-bouche…

Je ris nerveusement. Je sens tout à coup des papillons virevolter
dans mon estomac, car c'est aussi une des choses qui me trotte
dans la tête depuis vingt-quatre heures.

— Et que serais-tu prêt à faire pour en avoir un maintenant? dis-je, le mettant au défi.

— Bien plus encore...

Il se lève et se penche vers moi. Je déglutis avec difficulté. Mon cœur bat la chamade alors qu'il prend mon visage entre ses mains. D'instinct, je ferme les yeux pour attendre son baiser. Mes lèvres s'entrouvrent légèrement tandis que les secondes se font interminables.

Au bout d'un moment, j'ouvre les yeux. Victor a les siens fixés sur mon cellulaire qui danse sur la table, entraîné par les vibrations d'un appel entrant. C'est le visage de Noah qui s'affiche sur l'écran.

Je ne veux pas répondre. Pas maintenant... Bon Dieu! A-t-il un don, lui aussi? Le don de connaître le moment exact pour entrer en scène?

Le téléphone cesse de sonner et un bip indique l'arrivée d'un message texte.

— Tu ferais peut-être mieux de le prendre? dit Victor, irrité, lui aussi, par l'interruption.

Je clique sur le message.

Comment va Alice?

Je lui réponds :

Toujours inconsciente, mais stable.

On a du nouveau.

Au moins, il ne nous a pas dérangés pour rien. Je m'empresse de répondre :

Quoi ?

Un monument a été érigé au cimetière de Saint-Romuald à la mémoire des victimes des effondrements. Il a été construit avec des morceaux du pont. Boulon ? ? ?

Et si sa déduction était bonne ? Ça vaut la peine d'aller vérifier. Le cimetière se trouve à quelques minutes d'ici. La solution pourrait-elle être si près de nous ? Et si le boulon était caché sur cette structure ? Ce ne serait pas si bête, après tout. Qui penserait à ratisser un cimetière à la recherche d'un boulon d'or ? Personne… à part nous.

On se rejoint là-bas ? Dans cinq minutes ?

Parfait, on arrive.

Chapitre 43

JUSTINE
An 2016

Tous regroupés en bordure du cimetière, nous constatons la même chose : il fait noir comme au plus profond des ténèbres et l'atmosphère funèbre de l'endroit pèse sur nos recherches. Il fait froid, le vent souffle et l'humidité de la nuit me transperce les os. De plus, il flotte une odeur de moisi mélangée à celle de feuilles mouillées, qui me saisit à la gorge.

— Tôt ou tard, on va tous finir ici ! s'exclame Noah.

— Charmant, comme observation, que je réplique avec ironie.

— Ben quoi, il faut voir le positif dans toute chose. Ces gens sont paisibles et reposent en paix. Mon père m'a toujours dit qu'il relaxerait juste quand il serait mort...

— Laisse tomber, Noah, on a compris ! rétorque Jade.

Elle semble un peu tendue de se trouver ici en pleine nuit. Sa réplique coupe court à la conversation, comme le couperet d'une guillotine.

Victor nous tend des lampes de poche et nous nous séparons deux par deux. Jade et Noah ratissent la section gauche du cimetière, tandis que Victor et moi partons du côté droit. Il s'empresse de me prendre la main et de me guider à travers les rangées de pierres tombales. Le contact de sa main chaude est réconfortant, mais j'aurais préféré une autre activité de couple, en ce dimanche soir.

Nous arpentons les lieux en balayant nos lampes torches de chaque côté des allées. Il n'y a que des dalles et des pierres funéraires de différentes tailles, toutes gravées d'épitaphes. Rien qui ressemble à un monument commémoratif en tant que tel. Au bout d'un moment, nous entendons la voix de Jade :
— Par ici, on l'a trouvé !

Nous suivons la lumière de leur lampe et pressons le pas pour les rejoindre. À notre arrivée, Noah est déjà en train de lire l'inscription à haute voix :
— … *à la mémoire des 76 victimes décédées au pont de Québec, le 29 août 1907. Il faisait partie intégrante de la structure écroulée. La Société d'histoire de Saint-Romuald.*

L'étrange monument de métal gris clair mesure quelques mètres de haut. Un socle en forme de sablier supporte un long prisme triangulaire aminci. Au sommet du prisme est érigée une sphère, surmontée d'une sculpture en forme de soleil ressemblant à une figure inca. Je suis déçue de constater qu'il n'y a pas de boulon apparent sur le monument.
— Il n'y a pas d'ouverture sur la structure, mentionne Victor qui inspecte de près l'architecture de ce monument. Le métal est trop solide et épais pour penser qu'il pourrait y avoir quelque chose à l'intérieur. Le seul endroit où il semblerait

plausible de cacher un objet serait dans la sphère, mais le problème est d'y accéder...

Victor a raison, le métal est robuste et il doit avoir plusieurs centimètres d'épaisseur. Je laisse tomber ma lampe torche sur le sol et pose un pied sur la base du socle. J'essaie de me hisser pour atteindre le prisme, mais il n'y a pas de prise et mes mains glissent sur la surface lisse. Même si je réussissais, je serais incapable d'atteindre la sphère, encore moins la sculpture.

— Impossible d'atteindre le sommet, c'est comme essayer d'escalader un obélisque. Il faut oublier cela !

Victor me tend la main et m'aide à redescendre.

— Il nous faudrait une échelle, dit-il, me posant au sol.

— Mais où trouver une échelle ?

— Ici, sur la paroi ! s'exclame Noah qui a fait le tour et se tient derrière le monument.

Nous le rejoignons. Sa torche illumine chacun des barreaux en métal intégrés à la structure. Il appuie son pied sur le premier échelon pour en tester d'abord la solidité, et s'empresse de ranger sa lampe dans la poche arrière de son jeans. Ses mains étant ainsi libérées, il peut grimper à son aise. Nous n'arrivons pas à voir ce qu'il fabrique, juché au sommet, mais au bout d'un moment, il s'écrie :

— Attention ! Éloignez-vous !

Nous nous exécutons et reculons de quelques pas. Un bruit sourd de chute se fait entendre. Victor s'approche de la large sculpture solaire qui repose sur le sol. Il l'examine avec sa torche et se penche pour la soulever.

— Bon sang! Comment as-tu fait pour briser la sphère de métal, demande-t-il, contemplant la moitié restée au bas de la tige qui supportait le soleil. Ça pèse une tonne!

Noah saute de l'avant-dernier échelon et atterrit à côté de nous.

— Je ne sais pas, on dirait que ça s'est brisé tout seul, précise-t-il, incrédule. Je suis désolé de vous décevoir, mais la sphère est vide; il n'y a rien à l'intérieur. Ce n'est pas ici que nous trouverons le boulon d'or.

— Bien joué! le réprimande Jade. Comment crois-tu qu'on va faire pour remettre ça en place maintenant? Ça ne tiendra jamais! Il faudrait souder ce truc avec l'autre partie. On ne peut pas partir d'ici et laisser cela comme ça! Bon Dieu, Noah! Pourquoi faut-il que tu mettes toujours tout en pièces?

— C'est pas ma faute, cette fois-ci, je te jure!

Je remonte le col de mon manteau pour cacher mon sourire. Je dois donner raison à Jade. Noah a un tempérament nerveux, ou énergique, si on peut le dire ainsi. Il joue toujours avec des objets pour occuper ses mains et finit souvent par les briser au bout d'un moment. Je recule de quelques pas, question de leur laisser l'intimité nécessaire pour régler ce petit différend. Victor me suit, amusé tout autant que moi par la situation. Il semble jubiler du fait que Noah se fait engueuler par Jade.

— Argh! Tu pourrais au moins me regarder quand je te parle! crie-t-elle.

Jade semble irritée au plus haut point. Je jette un coup d'œil dans leur direction pour comprendre ce qui justifie le ton moralisateur de Jade. Ce n'est pas dans son habitude de s'emporter à ce point.

Noah est figé sur place, scrutant le noir devant lui. Je ne sais pas ce qu'il voit, mais ses yeux sortent presque de leur orbite, tellement il semble déconcerté par cette vision.

— Nom de Dieu de merde! Ça craint cette chose, quelqu'un peut me dire ce que c'est? dit-il d'un ton alarmant. Sapristi! On dirait un zombie!

Nous nous retournons tous les trois en même temps. Nous n'arrivons pas tout de suite à discerner ce qui se trouve dans le noir. Jade cherche ma main à tâtons. Dès que je la sens me frôler, je l'agrippe et la serre très fort. Je suis surprise par sa réaction; elle qui semble toujours forte et prête au combat. Un zombie? Ça peut avoir l'air normal dans un cimetière au beau milieu d'une histoire fantastique, mais pas dans la réalité.

Nous avançons de quelques pas jusqu'à ce que Victor s'arrête et ouvre les bras pour nous bloquer le passage et nous retenir derrière lui. Nous pouvons enfin distinguer une énorme silhouette qui se tient à une dizaine de mètres devant nous, ou pour être plus précise, devant moi.

La créature s'avance vers moi. Elle est recourbée vers l'avant, mais je suis certaine qu'une fois dépliée, elle nous dépasse de plusieurs têtes. C'est beaucoup trop gros pour être un humain. Qu'est-ce que ça peut être, alors? Jade dirige sa lampe torche vers la créature.

Le faisceau lumineux de la lampe balaie d'abord les pieds de la créature et remonte le long de son corps. La lumière vacille de bas en haut, ce qui démontre la nervosité de Jade et nous empêche de voir correctement. Lorsqu'elle réussit à fixer le faisceau sur la cible, elle et moi lâchons un cri.

La bête est couverte d'une épaisse toison noire, tandis que son cou, ses bras et sa tête sont beaucoup moins velus. La lumière s'arrête sur ce qui devrait être le visage, mais qui ressemble plus à la tête d'un animal. On discerne une proéminence au milieu du visage qui s'apparente plus à un museau qu'à un nez. Je ne sais pas ce que c'est, mais ce n'est ni un humain ni un animal, mais plutôt quelque chose entre les deux. Le mot *mutant* serait celui qui décrirait de façon la plus juste cette monstruosité.

La lumière éblouit la bête, son visage se crispe et sa gueule s'entrouvre, laissant paraître ses crocs ainsi qu'un long filet de bave.

— Pas une bonne idée, la lampe torche… murmure Victor, alors que nous découvrons le portrait global de la bête hideuse et terrifiante.

— Erk! On dirait un gigantesque chat-humain, dis-je, horrifiée par cette chose.

C'est au moment où les mots sortent de ma bouche que je prends conscience de leur signification. *Les chats sur le pont… le Diable qui avait des traits de chat… Ça ne peut être qu'un envoyé de celui-ci!* Je refoule un petit cri.

— Ouais, tu as tout compris, dit Victor, confirmant ma déduction.

Victor se met devant moi pour empêcher la bête de m'atteindre. Le regard de Noah se promène de moi à Victor. Il a l'air d'hésiter à faire quelque chose, mais je ne sais pas quoi. La seconde qui suit, je comprends. Il se jette devant la bête, tentant de nous protéger. Je secoue la tête. Noah, ce n'est pas le temps d'apprendre à jouer les héros.

— OK, tout doux la bête, dit-il en reculant un pas à la fois. Noah n'attaque pas la bête, la bête n'attaque pas Noah, compris ?

Non. Elle n'a pas compris. L'énorme créature, toutes griffes dehors, s'élance à quatre pattes et bondit vers Noah. Ce dernier se met à courir à travers les tombes, tentant de la semer. Victor s'empare du soleil inca et emboîte le pas pour rattraper la créature. Il parcourt une bonne distance à toute vitesse, mais en vain. Il n'arrive pas à les rejoindre. Je crie à Victor de laisser tomber la sculpture de métal qu'il transporte avec lui, mais il continue sans la lâcher. Très lourde, cette chose ralentit sûrement sa course.

Jade et moi nous déplaçons vers le centre du cimetière pour être en mesure d'intervenir, s'il le faut. La bête gagne en rapidité, diminuant la distance entre elle et Noah. Elle s'élance et plante ses griffes dans son dos, le lacérant jusqu'aux fesses. Noah hurle de douleur avant de réduire sa cadence. Sa veste en lambeau flottant au vent dévoile l'étendue de ses plaies. La créature trébuche et roule sur elle-même avant de reprendre sa course de plus belle.

Victor accélère le rythme et parvient à se rapprocher. Il maintient l'allure assez longtemps pour rassembler ses forces et soulever le soleil de métal au-dessus de sa tête. La force qu'il doit déployer pour lancer l'objet est telle qu'il en perd l'équilibre.

Le lourd projectile de métal ne franchit que quelques mètres et s'écrase sur le sol.

Victor rugit de frustration. Il n'a plus d'armes ni l'énergie nécessaire pour reprendre la poursuite. Je dois faire quelque chose. Il me faudrait de l'eau pour utiliser mon pouvoir. La quantité d'eau contenue dans les deux petites gourdes que je porte sur moi ne sera pas suffisante pour créer un remous considérable.

— Jade, aide-moi! Il faut trouver une source d'eau!

Je m'élance vers le mausolée qui trône au milieu du cimetière. Nous partons chacune d'un côté de la bâtisse pour en faire le tour. Lorsque je la rejoins à l'arrière, elle tient un boyau d'arrosage devant servir au jardinier. Je le déroule à toute vitesse tandis que Jade ouvre le robinet à pleine puissance. Lorsque j'obtiens la longueur de boyau nécessaire, je m'éloigne et me poste, bien stable, face au mur.

— Noah, amène-la par ici! que je crie.

Noah, qui a l'air épuisé par l'effort et la douleur, a soudain un regain d'énergie. En moins de deux, il passe devant moi, alors que je fais jaillir un impressionnant jet d'eau, comme si j'avais en main un boyau de pompier. La force du jet ramasse l'animal au passage et le propulse sur le mur. Il essaie de se débattre, mais se retrouve cloué dos à la paroi. Je maintiens la pression, l'empêchant de se libérer du flux puissant.

— Quelqu'un a une idée pour la suite? que je lance aux autres.

— Oui, tu me libères et je t'épargnerai jusqu'à ce que je t'amène à mon maître, ordonne la créature à la voix grave et aux accents maléfiques.

Je sursaute et manque d'échapper le boyau par terre. Je jette un coup d'œil autour. Je ne vois personne d'autre que Jade. Serait-ce la bête qui a parlé? Ma distraction a modifié mon angle d'attaque et le jet s'est écarté un peu de la cible. La créature réussit à libérer une patte et un bras de l'emprise de l'eau et s'agrippe au mur pour tenter de s'en extraire complètement.

    — Justine! Fais attention! s'écrie Jade, pour que je me ressaisisse.

Je concentre mon attention à nouveau sur ma tâche et replace le boyau dans la bonne direction, freinant ainsi les ardeurs de la bête monstrueuse. J'ai à peine le temps de me dire que je ne pourrai plus tenir longtemps qu'un objet vole à ma droite frôlant mon oreille de quelques centimètres. L'objet circulaire, propulsé par Victor comme un *Frisbee*, se plante dans le corps de la bête, clouant celle-ci au mur une fois pour toutes. La créature s'écroule, face première, sur la sculpture de soleil dont plusieurs rayons pointus ont percé sa carcasse difforme et dégoûtante.

Noah arrive derrière et s'agenouille sur le sol pour reprendre son souffle.

    — Tu vois, ça valait la peine de casser cette foutue sphère, lance-t-il à Jade, haletant, le visage crispé par la douleur.

    — Bon sang, Noah! Ce n'est pas vraiment mieux de laisser ici cet abominable monstre cloué au mur du mausolée.

— Pourtant, dans son état actuel, moi je trouve qu'il est au bon endroit.

Victor s'approche pour s'assurer que la bête est bien hors d'état de nuire. Il refoule un haut-le-cœur en voyant la chose de plus près. Il détourne la tête quelques secondes, avant de reporter son attention sur le collier de la répugnante créature. Il lui relève la tête d'une main et décroche le médaillon qui pend à son cou.

Il l'amène sous le faisceau de la torche de Jade ; une grosse médaille dorée repose au creux de sa paume sur laquelle on peut y lire les lettres F-I-R gravées sur la surface.

— Qu'est-ce que ça peut bien vouloir dire ? demande Jade, intriguée.

— Je ne sais pas. Nous verrons cela plus tard, dit Victor, me prenant la main pour essayer de m'entraîner plus loin.

Tétanisée, je fixe la créature morte.

— La… La… bête… Elle a parlé ! que je bégaie, pendant que tous me regardent, hébétés.

— Raison de plus pour filer d'ici au plus vite.

Chapitre 44

JUSTINE
An 2016

— Ouch! Jade, tu peux faire attention où tu mets les mains? grogne Noah, impatient et irritable.

— Désolée! Ça me tue de te voir souffrir comme ça, je voulais juste te faire un câlin.

Promue chauffeuse vu l'état de Noah, je vois, dans le rétroviseur, Jade s'éloigner de Noah et se caler dans son siège. Noah est assis sur le bout des fesses, penché vers l'avant pour éviter que ses blessures au dos entrent en contact avec le dossier. Il a refusé d'aller à l'hôpital hier, après notre visite au cimetière. Jade et moi avons passé la nuit chez lui à désinfecter ses blessures et l'entendre gémir de douleur. Comme elle, je persiste à croire qu'il devrait consulter un médecin. Ses plaies sont profondes et elles pourraient s'infecter, sans compter les autres maladies ou bactéries que cette bête aurait pu lui transmettre. Il faudra essayer à nouveau de lui faire entendre raison.

— Tiens bon, Noah. Nous sommes presque arrivés, que je lui mentionne en fixant la route.

Il a tenu à nous accompagner à la Société d'histoire de Saint-Romuald, en bordure du fleuve, à quelques minutes de nos domiciles. Je crois qu'il aurait mieux fait de se reposer, mais peut-être que cette sortie lui changera un peu les idées.

Victor avait suggéré, en quittant le cimetière, de se rencontrer là dès l'ouverture. C'est cette société qui a signé l'épitaphe du monument commémoratif. Cet organisme semble posséder de nombreuses informations sur tout ce qui entoure le pont de Québec. Avec de la chance, ils pourront nous renseigner sur la présence possible d'un boulon d'or.

Victor donnait un cours de karaté, tôt ce matin, mais il doit nous rejoindre sur place. Nous avons un peu de temps avant d'aller à nos cours.

Je me gare devant l'immeuble et nous sortons de la voiture. Victor nous attend déjà près de la porte. Il m'accueille avec son sourire étincelant, puis m'embrasse sur le front avant de saluer les autres.

— Et puis, la douleur, ça se supporte mieux ? demande-t-il à Noah.

— Ouais, beaucoup mieux que ta présence, réplique ce dernier d'un ton sec.

Ça y est. Je ne peux plus tolérer son humeur massacrante et je me retourne prête à bondir sur lui comme, hier, sur l'horrible créature.

— T'as fini d'être sur son dos ? Tu ne le connais même pas et tu ne peux pas imaginer tout ce qu'il doit endurer ces temps-ci !

— Ouais, ça, je peux l'imaginer, il doit s'endurer lui-même!

La remarque de Noah ne semble pas affecter Victor qui affiche un petit sourire en coin. Pour moi, c'est la goutte qui fait déborder le vase. Je m'avance et, sans réfléchir, lui flanque une gifle.

— Tu dérailles ou cette bête t'a transmis la rage? que je lui crie au visage.

— Aïe! gémit Noah en se frottant la joue. Pourquoi as-tu fait ça?

Il a l'air surpris par ma réaction et je me demande si je lui ai vraiment fait mal ou si c'est son orgueil qui souffre.

— Pour changer le mal de place! que je rétorque sur le même ton.

Je pivote sur moi-même et aperçois Victor qui se retient pour ne pas éclater de rire.

— Ça suffit, vous deux! dit Jade, agacée par toute cette histoire. Vous règlerez ça plus tard, dit-elle, se tournant vers Noah en le pointant du doigt. Toi, on t'amène à l'hôpital, tout de suite après notre visite, et si tu continues comme ça, c'est au département de psychiatrie qu'ils vont t'admettre!

Elle ouvre la porte et, d'un signe de tête, ordonne à Noah d'entrer. Son regard décidé ne laisse aucune place à l'hésitation. Si j'étais à sa place, j'emboîterais le pas au plus vite. Je prends la main de Victor, qui se mord l'intérieur des joues pour ne pas rire, amusé par la situation, et je l'entraîne avec moi.

La pièce est petite et les murs sont remplis de photographies datant de toutes les époques. Nous nous dirigeons vers l'homme, d'un certain âge, affairé derrière le comptoir.

— Bonjour. Que puis-je pour vous, jeunes gens ? dit l'homme à la chevelure blanche avec empressement.

— Euh... Nous sommes à la recherche d'informations au sujet du pont de Québec. Nous devons faire une recherche dans notre cours d'histoire et aimerions en savoir davantage, dis-je avec mon plus beau sourire.

— J'ai bien peur que je ne sois pas la bonne personne pour vous renseigner, il aurait fallu parler avec un de nos membres, un ingénieur qui a consacré une partie de sa vie à l'histoire du pont de Québec.

— Excellent, ça serait super de lui parler. Comment pouvons-nous entrer en contact avec lui ? que je demande avec enthousiasme, contente d'avoir une piste à fouiller.

Le visage de l'homme s'obscurcit. Il enlève ses lunettes et je vois ses yeux s'embuer.

— J'ai bien peur que ce ne soit plus possible de lui parler, dit-il, la voix tremblotante. Il lui est arrivé quelque chose de terrible. Il est tombé du pont. Ils n'ont même pas retrouvé son corps. Juste un foutu bout de nez. C'est vraiment épouvantable. On dit qu'il s'est suicidé, mais je ne peux pas croire qu'il ait fait cela. Pas lui...

Victor me lance un coup d'œil, stupéfait. Il m'a fait part de cette nouvelle dans le journal le jour où je l'ai rencontré. C'est d'ailleurs cela qui a poussé Victor à arrêter sa voiture pour me parler ; il croyait que j'allais sauter du pont, moi aussi.

— Euh... oui. Vous avez raison. C'est vraiment épouvantable. Nous sommes désolés pour votre ami et on s'excuse de vous avoir dérangé. Mes sincères sympathies...

— Y'a pas de quoi, jeunes gens.

Il esquisse un mince sourire, et je me sens coupable de le laisser seul dans cet état d'esprit. Nous ressortons bredouilles, sur le trottoir, et restons un moment silencieux, ce qui n'est pas une si mauvaise idée après la prise de bec de tout à l'heure. Cette nouvelle est lourde pour nous tous, surtout qu'elle nous ramène à la case départ.

— Ton père est ingénieur, non? demande Noah à un Victor surpris qu'il lui adresse la parole sur un ton civilisé.

Après l'altercation de tout à l'heure, cette question polie me semble un peu forcée, et j'ai bien hâte de voir où il veut en venir.

— Oui, pourquoi?

— Vous ne trouvez pas cela étrange que tous ces malheurs arrivent à des ingénieurs? C'est quand même une drôle de coïncidence, n'est-ce pas?

— Ouais, tu as peut-être raison, répond Victor d'un air songeur.

Je suis d'abord étonnée de les voir tous les deux se comporter de manière courtoise, mais lorsque je m'attarde à l'affirmation de Noah, je suis sans mots.

Chapitre 45

JUSTINE
An 2016

— La bonne nouvelle, déclare Noah, c'est qu'il y a plus de chances de retrouver ce boulon d'or que de voir un médecin!

Noah s'impatiente sur sa chaise, cherchant une position plus confortable que celle qu'il tient depuis plusieurs heures.

Cela doit faire près de cinq heures que nous attendons à l'urgence dans cette salle terne, ennuyante et remplie de malades. Je le comprends d'être à bout de nerfs; il souffre et doit se tenir sur le bout de sa chaise pour ne pas frotter ses plaies contre le dossier.

— J'avoue que le système de santé est assez souffrant, lui aussi, que je murmure, constatant, tout comme lui, le manque flagrant de médecins. Tiens, prends mes gourdes; tu dois avoir soif.

Il prend les deux bouteilles sans même me remercier et continue à fixer un point imaginaire devant lui.

— Tant qu'à m'attaquer, ce chat de gouttière aurait dû me laisser dans un état plus critique. Je serais arrivé en ambulance et j'aurais déjà une chambre au moment où l'on se parle, maugrée-t-il.

— Allez, Noah, encore un peu de patience, dis-je pour l'encourager.

Je me penche vers l'avant et appuie mes coudes sur mes genoux pour me retrouver au même niveau que lui. Cela fait un moment que je veux lui parler de son attitude. Après l'épisode de ce matin, je crois que cela ne peut plus attendre. J'ignore comment il va réagir, mais je dois le faire, car je ne veux pas que la situation s'envenime et mette notre amitié en péril. Vaut mieux y aller en douceur.

— Je voulais te dire merci de m'avoir protégée hier soir. Tu as agi au péril de ta propre vie.

— Tu aurais fait la même chose pour moi, n'est-ce pas?

Il me lance un regard implorant et attend ma réponse. Ce n'est pas une simple affirmation. Il veut que je lui confirme que ma réponse est bien oui. Comment peut-il douter de mes intentions?

— Bien sûr que oui! Tu sais très bien que je ferais n'importe quoi pour toi.

Il reste de glace et un malaise s'installe dans ce lourd silence.

— Noah, est-ce que tout va bien? Depuis un certain temps, je te trouve changé. Tu n'es plus le même, Noah.

— Tu n'es plus la même non plus, répond-il du tac au tac, en tournant la tête pour poser son regard dur dans le mien.

— Pourquoi dis-tu cela? Je n'ai pas changé du tout.

— Ouais, tu as peut-être raison, dit-il en réfléchissant, avant de poursuivre. Au fond, ce n'est pas toi qui as changé, c'est lui qui a tout changé!

— Ah, je vois! Ce qui te dérange, c'est que je passe du temps avec Victor?

Surpris par mon interprétation et ma clairvoyance, il relève la tête et me regarde avec une once de culpabilité et de remords.

— Pour être honnête, je devrais répondre oui.

— Tu es jaloux?

La question surgit de nulle part. Je réalise ensuite que je n'aurais pas dû la poser. Je ne saurais que faire d'une réponse affirmative. S'il est jaloux, cela signifie qu'il a des sentiments à mon égard, ce qui n'est pas réciproque. En fait, je ne me suis jamais vraiment posé la question. Son amitié est trop précieuse pour moi et je ne souhaite pas tout gâcher. Je ne crois pas avoir déjà éprouvé de sentiments amoureux envers lui. Enfin, pas que je me souvienne...

— En fait, je ne sais pas si c'est de la jalousie ou bien de la peur, dit-il, pesant ses mots, comme s'il marchait sur des œufs.

— La peur de quoi? que je m'empresse de répliquer.

La peur, ce serait sûrement mieux. Ça me semble être une avenue moins compromettante que la jalousie.

— La peur de te perdre, avoue-t-il en baissant la tête.

— Mais pourquoi? Pourquoi penses-tu que tu pourrais me perdre? J'ai déjà eu des amoureux et tu n'as jamais réagi de cette façon. Ça n'a jamais rien changé entre nous, non?

Je me demande d'où il peut bien sortir une idée pareille. Il relève la tête et me fixe dans un silence qui trahit son désespoir.

— Tu n'as jamais regardé un de ces mecs comme tu le regardes, lui.

Sa réponse me fait l'effet d'une balle perdue, venue de nulle part, qui ricoche sur plusieurs obstacles avant de me percuter de plein fouet et me transpercer le cœur. Soudainement, je comprends la profondeur de son inquiétude. Il a raison ; je n'ai jamais démontré autant d'intérêt envers un garçon, ce qui me fait prendre conscience de la profondeur de mes sentiments envers Victor.

— Oh, je vois ! Tu devrais être heureux pour moi, non ?

— Je suppose que oui, mais je n'ai pas encore la certitude que cet abruti te mérite.

— Il est une meilleure personne que tu le crois, et tu dois faire confiance à mon jugement. Si je me souviens bien, il t'a presque sauvé la vie hier, et il est prêt à tout faire pour m'aider. Même au risque de se mettre en danger lui-même... Tu dois lui donner sa chance. Fais-le pour moi.

— Ouais, tu as peut-être raison. Mais je ne peux pas m'empêcher de penser que tu pourrais t'éloigner de moi.

— Tu sors bien avec Jade, et nous sommes restés bons amis. Cela n'a rien changé entre nous !

Il demeure songeur, malgré qu'au fond de lui, il sait que j'ai raison ; sa relation avec Jade n'a rien changé à notre amitié. Toutefois, je réalise très bien que cette comparaison n'a pas apaisé toutes ses craintes. Je prends sa main et entrelace ses doigts avec les miens.

— Je n'ai pas envie de te perdre, moi non plus! Crois-moi, cela n'arrivera pas. Celui que je vais choisir va devoir m'accepter telle que je suis, avec tout ce qui vient avec... même un ami possessif comme toi!

J'éclate de rire et fais semblant de lui envoyer un coup de coude dans les côtes. Il me décoche un sourire en coin.

Une voix annonce dans les haut-parleurs de l'hôpital: «*Noah Cardinal est demandé à la salle huit.*»

Il se lève et avance vers le couloir menant aux salles d'examen. Avant de s'y engager, il se retourne vers moi.
— Justine? Tu tiens à lui?

Sa question me fait l'effet d'une bombe et me déstabilise. Avec tous les événements qui se sont précipités, je n'ai pas eu le temps de définir, en tant que tels, mes sentiments pour Victor. Une image de ses profonds yeux bleus protecteurs me vient en tête et mon cœur fond.
— Euh... Je crois bien que oui.

Noah hoche la tête et s'engouffre dans le couloir.

Je monte à l'étage et me dirige vers la chambre de grand-mère. Selon la marche à suivre établie par Victor et Noah, je devais suivre Noah dans la salle d'examen ou l'attendre dans la salle où nous étions. Je déroge quelques minutes au plan et profite de ma visite à l'hôpital pour voir Alice. Je me dépêche pour enfiler les vêtements de protection.

Le soulagement d'avoir réglé le différend avec Noah s'envole d'un coup en pénétrant dans la petite chambre. Ma grand-mère est toujours immobile dans son lit. La voir dans cet état, inconsciente et dépendante de machines, m'est insupportable.

Je m'approche du lit et lui caresse la joue, une des seules parties de son corps qui n'est pas recouverte de bandages.

— Grand-mère, c'est moi, Justine. Réponds-moi, je t'en prie.

Aucune réponse, aucun signe qu'elle m'a entendue. Je soupire et me laisse tomber dans le fauteuil un peu en retrait du lit. Je ramène mes genoux contre ma poitrine et y repose ma tête. Je sens la fatigue refaire surface d'un coup et mes yeux se ferment.

Il est là, devant Alice qui rampe sur le sol de son atelier. Il enflamme ses vêtements, et j'essaie de lui crier d'arrêter, mais aucun son ne sort de ma bouche. Je veux entrer par la petite porte de côté, mais Noah et Victor me retiennent tous les deux et m'empêchent d'avancer. J'essaie de me débattre, mais mes jambes et mes bras sont si lourds que je n'arrive à faire aucun mouvement. Le Diable se retourne, et Victor me plaque contre le mur extérieur de la maison. Du coin de l'œil, je l'aperçois faire un tour sur lui-même et s'arrêter dans notre direction. Il ne bouge plus, comme si j'avais fait un arrêt sur image. Sa silhouette noire est floue. Je ne distingue pas non plus les traits de son visage. Mon regard descend et se pose sur les reflets lumineux au niveau de son torse et de sa taille. Un contraste étonnant sur sa tenue noire. Cette partie d'image est claire et cette pause me permet de voir tous les détails. Mes yeux se posent sur le collier qui pend à son cou : un anneau de métal martelé se balance au bout d'une chaîne. Je baisse les yeux vers sa taille et découvre une ceinture de chaîne à maillons dorés. Le maillon du centre, plus gros que les autres, a le même aspect que l'anneau martelé de son collier. Une plaque rectangulaire occupe le centre de l'anneau et une inscription y est gravée : «Facultas in ritus». J'aimerais m'approcher davantage, mais je suis clouée sur place. Un autre objet doré attire mon attention : un jonc qu'il porte à un doigt de sa main gauche griffue. L'action reprend et je distingue enfin son visage. Son regard diabolique est planté dans le mien. Il me voit. La puissance de son regard pénètre en moi et s'insinue dans mon crâne, comme s'il s'infiltrait dans chacun de mes vaisseaux sanguins. Une douleur intense me monte à la tête.

— Non ! Ne faites pas ça !

Ces mots, lâchés dans un cri, m'extirpent de ce cauchemar. Ma tête élance et le mal est insupportable. Je sens un fort courant d'air et je grelotte de froid, même si je porte toujours mon manteau. Mais, par-dessus tout, je me sens épiée, comme si un regard malicieux était posé sur moi. J'ouvre les yeux et redresse la tête. La température de la pièce a chuté et un tourbillon de vent s'est formé au pied du lit de grand-mère. Il flotte au-dessus du sol prenant la forme d'un entonnoir. Une odeur d'œufs pourris empeste la chambre.

Mon estomac se retourne. Non pas à cause de cette odeur infecte, mais parce que je réalise que j'ai laissé mes deux gourdes à Noah. Je suis piégée et sans défense. J'essaie de me lever, mais je suis paralysée dans cette position. Je ne peux pas bouger ni même remuer les lèvres. Je suis clouée sur place, comme dans mon rêve, à la merci de mon prédateur.

Le moniteur cardiaque, qui enregistre le pouls d'Alice, s'emballe. Les bips s'accélèrent jusqu'à ce que le bruit strident de l'alarme se fasse entendre. Alice se redresse dans son lit et se met à crier.

— Il est là ! Il est là ! Je le sens ! Laisse-moi tranquille ! Ne me touche pas !

Le typhon s'évanouit tout à coup. L'odeur a disparu et la chambre a repris sa température normale. Mis à part le bruit aliénant du moniteur cardiaque, tout est redevenu calme. Je me lève d'un bond.

Je n'ai pas le temps de m'approcher du lit que médecins et infirmières se précipitent au chevet d'Alice. Une infirmière me fusille du regard et m'ordonne de quitter de la chambre sur–le–champ.

Chapitre 46

JUSTINE
An 2016

— C'est ici! dis-je, alors que je pointe la maison.

Victor se gare devant la charmante demeure en briques rouges et aux volets noirs, de style Nouvelle-Angleterre, et ferme le contact de la voiture.

— Tu es bien certaine que tu veux parler à cette pauvre veuve?

— Oui, enfin, je suis consciente que ce n'est pas l'idéal, mais nous n'avons pas vraiment d'autre option.

Je ressens le malaise tout autant que lui. Pour être tout à fait honnête, je me trouve un peu effrontée d'être ici. Ce n'est pas ma volonté d'ennuyer cette dame qui a perdu son mari dans des circonstances aussi atroces, mais je n'ai pas le choix. Je dois faire avancer cette quête coûte que coûte.

Alice a démontré des signes de chocs nerveux à son réveil; elle était agitée, angoissée et incapable de trouver le sommeil. Elle est sous forte médication et oscille entre le sommeil et de brèves périodes d'éveil. Seule ma mère a le droit de la voir cinq minutes par heure.

Puisque sa condition est précaire, les visites s'en trouvent limitées. Du moins, *mes* visites sont limitées. Je soupçonne que c'est en lien avec le fait qu'elle criait de la laisser tranquille et de ne pas la toucher, alors que j'étais dans la chambre avec elle...

Comme je n'ai pas accès à ma grand-mère pour obtenir des informations, je dois donc agir en dépit du bon sens et prendre le risque de perturber cette pauvre femme en deuil. Je dois suivre mon intuition jusqu'au bout.

Son mari a été victime d'un incident suspect sur le pont. Pour ajouter au mystère, il se trouve qu'il était un spécialiste de l'histoire du pont de Québec. De plus, la personne que nous avons rencontrée, hier, ne croit pas à l'hypothèse du suicide. Ça fait beaucoup trop de coïncidences, à mon goût, pour laisser tomber ma démarche.

Nous sortons de la voiture et nous nous dirigeons, d'un pas hésitant, vers la porte. Sur le seuil, je jette un coup d'œil à Victor, mais celui-ci a la tête baissée et les mains dans ses poches. Je prends une grande inspiration et je sonne.

Quelques secondes plus tard, une dame nous ouvre, et je m'avance.

— Je m'excuse de vous déranger. Je m'appelle Justine Saint-Laurent et j'aimerais vous demander un renseignement.

— Oui, allez-y, dit-elle d'une voix éteinte.

Ses yeux sont rougis et boursoufflés. Deux petites têtes d'enfants apparaissent entre les barreaux de l'escalier qui monte à l'étage. Mon cœur se serre.

— Je... Je suis désolée de vous importuner dans les circonstances. Tout d'abord, nous avons appris ce qui est arrivé à votre mari... Euh... Veuillez accepter nos sincères sympathies, dis-je avec nervosité. Nous sommes à la recherche d'informations sur le pont de Québec et quelqu'un nous a dit, hier, que votre mari était un spécialiste dans la région en ce qui concerne son histoire...

Le visage de la dame se détend un peu et je vois naître une lueur de fierté.

— Oui, il le connaissait sous toutes ses vis et poutres, si je peux le dire ainsi. C'était une grande passion pour lui. Étant lui-même un ingénieur civil, il a toujours adoré les structures, mais celle-ci lui tenait beaucoup à cœur. Il la qualifiait de chef-d'œuvre.

— Connaissez-vous quelqu'un d'autre, dans son entourage, qui partageait avec lui cette passion et qui pourrait nous renseigner sur le pont?

Elle fixe un point en l'air, comme si elle cherchait dans sa mémoire, avant de répondre:

— Non, pas que je sache. Il aurait pu vous référer quelqu'un, mais, pas moi. En fait, c'est lui qui vous en aurait parlé avec plaisir. Pendant des heures et des heures.

— Est-ce que je peux vous demander à quel endroit il travaillait?

— Il était ingénieur dans une petite firme de génie civil au centre-ville de Québec, mais il travaillait aussi bénévolement pour la Société des Sept Gardiens.

Victor fait un pas en retrait et je suppose que sa réaction est due au malaise qu'il ressent de déranger cette dame. Peut-être croit-il que je pousse trop la note…

— La Société des Sept Gardiens ? Qu'est-ce que c'est au juste ?

— Celle-ci s'adresse aux ingénieurs qui terminent leurs études à l'université. Cette société organise une cérémonie, lorsque les jeunes ingénieurs diplômés prêtent serment.

— Un serment ?

— Oui, ils s'engagent alors à respecter les valeurs humaines, sociales et professionnelles.

— Ah, c'est bien ! C'est la première fois que j'en entends parler…

— Écoutez, j'aimerais bien vous aider, mais je ne crois pas que cela soit possible. Si j'avais fait le ménage de son bureau, j'aurais pu vous prêter quelques livres ou documents qu'il possédait, mais… je… je n'ai pas encore trouvé la force de passer à travers ses choses, dit-elle, alors que les larmes lui montent aux yeux.

Ma gorge se serre et je sens le besoin d'abréger notre visite.

— Je comprends. C'est nous qui sommes désolés de vous avoir dérangée. Merci beaucoup pour votre temps et bon courage.

Je fais demi-tour pour me rendre à la voiture. Victor y a déjà pris place. Étrange, je ne m'étais même pas aperçue qu'il était sorti. Je m'empresse d'y prendre place.

Son visage est blême. Je ne l'ai jamais vu arborer une pareille mine. Il a l'air bouleversé. Moi aussi, je suis touchée par la situation de cette pauvre dame et de cette petite famille accablée par un deuil. Il est encore plus sensible que je ne le croyais, ce qui le rend encore plus charmant et me donne le goût de le serrer dans mes bras.

— Ça ne va pas ? que je lui demande en lui ébouriffant les cheveux pour détendre l'atmosphère.

— Je savais bien que j'avais déjà vu cet homme quelque part...

Je me rends compte que ma tentative a échoué. Il demeure stoïque et sa voix trahit son inquiétude. Il se retourne vers moi et plante son regard médusé dans le mien.

— Justine, mon père aussi travaillait, à l'occasion, pour la Société des Sept Gardiens.

Chapitre 47

ELSA
An 2071

Mon père avait raison. Renfiler ce collier de fer était la première étape du plan. Les gardes sont revenus, aussitôt leur ronde effectuée, pour vérifier si j'étais toujours prisonnière. Mon père connaît mieux que moi les rouages de leur organisation. Nous avons laissé passer les deux tours de garde suivants pour mettre au point notre plan. Maintenant que le garde de nuit est en poste, la surveillance est diminuée et je suis prête à m'évader.

Je n'ai jamais fait quelque chose d'aussi risqué, mais mon père m'a donné des instructions pour faciliter mes déplacements et éviter les ennuis. J'espère que ça ira, car tout ce que j'ai pour me défendre est mon petit outil de métal. Pas très menaçant pour les gardes que je rencontrerai sur mon chemin !

J'ai enlevé mon collier de métal et il repose dans un amas d'oreillers et de couvertures qui reproduisent ma silhouette. Espérons que je serai revenue à temps pour la prochaine ronde.
    — J'espère que je ne fais pas la plus grande erreur de ma vie de te laisser partir comme ça ?

— T'inquiète pas, papa. Tâche de dormir. Je serai revenue avant même que tu ne te réveilles.

Je pose un baiser sur son front et le serre dans mes bras. J'ai laissé de la nourriture et de l'eau sur sa table de chevet afin qu'il n'ait pas à se lever pendant mon absence.

— Sois prudente, Elsa! Tu es tout ce qui me reste…

Ses yeux s'embuent et je me lève pour ne pas craquer aussi. Je me retourne sur le seuil de la porte.

— Compte sur moi; on retrouvera maman et les autres très bientôt.

Je sors sur la pointe des pieds et cours derrière la maison en longeant les murs. La nuit est froide et, pour une fois, je me réjouis qu'il n'y ait plus de lune qui luise dans le ciel. Les nuages noirs et le brouillard épais, qui voilent l'astre céleste, me procurent une couverture parfaite.

Je franchis, sans souci, le quartier des habitations en prenant soin de contourner les gardes qui se tiennent à l'intersection de chacun des lots des maisons de fortune. Au bout d'une dizaine de minutes, je rejoins la voie ferrée. Je suis à bout de souffle et j'en profite pour réduire la cadence. Selon mon père, il ne me reste qu'à suivre celle-ci pour atteindre le pont. De cette façon, j'évite toutes les artères principales où grouillent ces horribles bêtes.

Une bande de buissons longent un côté de la voie ferrée: de petits arbustes morts auxquels les feuilles séchées y sont encore accrochées, comme si elles n'avaient même pas eu assez de force pour tomber d'elles-mêmes.

En marchant d'un pas rapide, je m'amuse à déplacer les rails de métal devant moi. Je leur donne des formes sinueuses, comme si deux serpents avançaient côte à côte à perte de vue dans l'obscurité. À mesure que j'avance, les rails reprennent leur forme linéaire derrière moi. C'est fascinant de voir à quelle vitesse mon don s'améliore. J'ai passé les dernières heures à m'entraîner sur mon collier de métal et ma chaîne. Plus je m'exerce, plus mes mouvements gagnent en puissance et en précision, ce qui me permet de réaliser des prouesses encore plus complexes. Comment ai-je pu vivre dix-sept ans sans me rendre compte que j'avais ce don ?

Un crissement sur les rails me détourne de mes pensées et, sans réfléchir, je plonge dans les buissons pour me mettre à l'abri. L'air frais de la nuit accentue le craquement des branches sèches qui se brisent à mon passage. De mon point de vue, je distingue les lumières d'un convoi en provenance du secteur des habitations. Je présume qu'il s'agit des plateaux de repas vides, qui doivent retourner sur la rive sud pour être nettoyés et remplis à nouveau. Si c'est le cas, ce chariot se rend à l'extrémité du pont. Dommage que je ne puisse monter à bord.

Je me fais toute petite, le temps que celui-ci passe. Toutefois, j'entends le bruit du wagon sur les rails, qui s'immobilise à ma hauteur. Affolée, je lève la tête. Ce n'est pas ma présence qui a alarmé le garde, mais plutôt la présence de courbes inhabituelles dans les rails. Il descend du convoi et examine les rails sinueux avec intérêt.

Je m'en veux d'avoir été si négligente. J'ai quitté la voie en urgence et j'ai oublié de remettre les rails en ligne droite. Cet impair semble inquiéter le chat de gouttière. Il renifle chacun des rails cherchant à comprendre ce qui est arrivé. Au bout d'un moment, le wagon émet un bruit aigu et continu. Je sursaute et commence à paniquer. Je sais, par expérience, que les allées et venues des convois sont contrôlées et que, sous peu, ils enverront du renfort pour voir ce qui retarde ce déplacement.

Sans réfléchir, je me lève d'un bond. Le matou me repère instantanément et fonce dans ma direction. L'animal saute et plonge vers moi tandis que mon outil s'allonge, tel le nez de Pinocchio sous l'effet d'un gros mensonge. J'anticipe la trajectoire de l'animal et adapte celle de mon outil en conséquence. Il s'allonge si vite qu'il finit par lui transpercer le cœur en plein vol. Je rétracte mon outil en lui redonnant sa forme originale et l'animal s'effondre au sol, devant moi.

Je regarde ma victime, gisant à mes pieds. C'est la première fois que je cause la mort de quelqu'un, ou plutôt d'un animal. Le son de l'alarme qui retentit toujours me ramène sur terre et je secoue la tête pour retrouver mes esprits. Je dois m'éloigner d'ici au plus vite. La meilleure façon est d'utiliser ce chariot pour m'approcher du pont.

Pour ce faire, il me faut, à tout prix, récupérer le collier de cette créature. Ce dispositif électronique permet de mettre en marche le chariot et d'activer les barrières du poste de garde. Je me penche au-dessus du corps inerte de la bête et examine le collier; son écran lumineux affiche en rouge le numéro quatre-vingt-huit en alternance avec le mot secteur. C'est bon. Ce collier donne bel et bien l'autorisation de passer le poste de garde du pont, puisque celui-ci demande un permis des secteurs, 87, 88, 89 ou 90. Pour une fois, mes heures de labeur sur le pont vont me servir à quelque chose.

Le numéro quatre-vingt-huit s'affiche à nouveau, tandis que j'essaie de retirer le collier du cou de l'animal. Impossible de réussir à mains nues ni en le forçant avec mon outil. Ce n'est pas du métal, mais plutôt un plastique renforcé. Je cherche une solution, tout en fixant le chiffre quatre-vingt-huit. Je me rappelle que mon grand-père m'a déjà parlé d'un papillon, dans la forêt tropicale, qui se nomme quatre-vingt-huit. Ses ailes blanches sont ornées d'un mince trait rouge sur la bordure supérieure ainsi que deux gros huit noirs au centre. J'ai vu une photo, un jour, dans un vieux livre que mon grand-père garde dans sa bibliothèque. Il me manque tellement et toute ma famille aussi, d'ailleurs. Je ne peux pas les abandonner maintenant...

En désespoir de cause, je soulève la bête puante et la bascule sur mon épaule pour la traîner vers le wagon. Le frottement de son poil sur mon visage et mon cou me répugne au plus haut point. Je réussis à la hisser à bord et l'appuie contre le bras de contrôle et le panneau de commandes. Je balaye celui-ci du regard, cherchant la manière d'opérer ce tas de ferraille. Je presse un des boutons lumineux. À mon grand soulagement, le wagon roule à nouveau et la sonnerie cesse.

Les wagons opérés par les gardes sont beaucoup plus sophistiqués que ceux réservés aux pauvres humains qui doivent les opérer manuellement, à la sueur de leur front. Je profite du trajet pour repositionner le garde afin que sa posture soit la plus naturelle possible, ce qui est plutôt ironique dans son état actuel. Je me couche ensuite dans le fond du chariot alors que celui-ci approche le poste de garde. Lorsque nous arrivons à la barrière de contrôle, mon cœur s'arrête.

Je ferme les yeux, espérant que tout se passe sans embûches. L'attente est interminable avant que les autorisations de poursuivre ne soient données. Au bout d'un moment, la barrière se déclenche et le chariot reprend sa course. Il franchit quelques mètres supplémentaires et s'immobilise au pied du tablier du pont.

Je réalise tout à coup que la situation tourne à la catastrophe ; c'est le cadavre aux commandes du wagon qui doit en descendre pour superviser les activités de déchargement! Que dois-je faire? J'allonge le cou et m'aperçois que le wagon qui doit récupérer la cargaison de plateaux vides n'est toujours pas arrivé. C'est ma chance. J'ouvre la petite portière et m'extrais du wagon en douce. Je ne dois pas me faire remarquer par la personne à genoux, en retrait, qui occupe ce soir mon poste de travail.

Je rampe derrière le chariot pour attendre. La vibration des wagons qui doivent arriver en sens inverse m'offrira la couverture nécessaire pour procéder à l'inscription du message, sans être repérée. La chaleur du brasier ainsi que la peur ont le même effet sur moi: ma respiration est courte et mon corps ruisselle de sueur. Au bout d'un moment, qui me semble une éternité, je sens enfin les vibrations qui annoncent l'arrivée d'un wagon.

Je sors mon outil de ma poche et grave le message sur la surface de métal. Je le connais par cœur et cela ne prend que quelques secondes pour le transcrire sur le pont. J'espère que Justine saura le déchiffrer.

Aussitôt ma tâche terminée, je range mon outil et regarde de chaque côté. La voie est libre. Il me faut parcourir quelques mètres, sur le gravier, avant d'atteindre la bordure d'arbustes. Je prends une grande inspiration et, sans trop réfléchir, je m'élance. Plus vite je me serai éloignée d'ici, mieux ce sera. Je rampe sur le sol, sans bruit, et m'engouffre dans les broussailles. L'adrénaline est à son apogée. Mon corps tremble et je sens mon cœur battre dans mes tempes. Je m'assois, une seconde, pour reprendre mon souffle et jeter un coup d'œil derrière moi.

Le wagon qui récupère la marchandise vient de s'immobiliser devant celui que je viens de quitter. Des humains attendent le signal habituel du garde pour en descendre, ce qui n'arrive pas, étant donné l'état du conducteur. Le cadavre, maintenant cambré dans une position des plus suspectes, émet un autre genre de signal. Je retiens mon souffle et prie pour qu'il demeure en place, le temps que je file d'ici.

Pas de chance, il dégringole de son point d'appui, bascule hors du wagon et s'effondre de tout son long sur le pont. En moins de deux, une alarme, encore plus forte que la précédente, se déclenche et sème la panique. Les gardes et les *mutations* se ruent sur le tablier du pont.

C'est mon signal, aussi. Il faut que je déguerpisse. Je prends mes jambes à mon cou et je me fraie un chemin à travers les arbustes. Les branches sèches et les épines des conifères m'écorchent le visage au passage. Il est difficile de progresser à travers ces obstacles, et surtout, à la noirceur.

Quelques minutes plus tard, je débouche sur la voie ferrée. Je crois m'être suffisamment éloignée pour faire un bout à découvert. J'ai la peau à vif à plusieurs endroits, mais malgré la douleur, je dois continuer. J'augmente la cadence et je cours à m'en rompre les poumons. Je cours si vite que la tête me tourne et des points noirs se forment devant moi. Assez de points noirs pour voiler la lumière tamisée du wagon qui s'avance, devant moi.

Je me retourne sur moi-même et aperçois la même lumière, provenant de la direction opposée. Est-ce ma vision, affectée par l'effort et le stress, qui me joue des tours? Non. Je suis prise au piège et l'étau va bientôt se refermer. Mon cerveau fonctionne à toute vitesse. Quelles sont mes options? Il n'y en a qu'une seule: retourner dans les buissons avant d'être débusquée.

Je plonge à plat ventre et roule sur moi-même pour rejoindre la bordure d'arbustes. Je rampe sur mes avant-bras, sur quelques mètres, avant de m'allonger dans un endroit restreint entre deux conifères, à l'abri des regards.

Lorsque je m'immobilise, les wagons sont arrêtés devant moi et les deux gardes en sortent pour échanger quelques mots ensemble. Je retiens mon souffle de peur de me faire repérer. Ce sont des *mutations*: les gardes de grades supérieurs. Je suppose que des directives ont dû être données et des renforcements de sécurité ont été mis en place. Ils inspectent les lieux et constatent qu'il n'y a aucune anomalie dans le secteur.

Comme ils s'apprêtent à remonter dans leur chariot, une douce brise effleure ma peau et souffle en direction de la voie ferrée. Mon corps se crispe et mon pouls se déchaîne, appréhendant le danger à venir. Dans les secondes qui suivent, c'est comme si mon odeur s'était matérialisée, et que j'arrivais à la voir flotter dans les airs et parvenir aux narines de ces chats de gouttière. Même si je me fais toute petite, je sens que mes chances sont minces. En fait, j'en suis certaine; je suis foutue.

Comme je l'ai anticipé, les gardes tournent la tête vers moi et s'avancent de quelques pas pour renifler. Je suis prise au piège. Je recule un peu, mais je n'ai plus aucune issue. Derrière la ligne d'arbustes se trouvent les falaises qui longent le fleuve de lave bouillante.

D'un mouvement brusque, ils brandissent leurs armes dans ma direction. Suivant mon instinct, je me lève et fonce vers eux. Il sera plus facile de me battre à découvert. Tout en courant, je tends mon outil devant moi, observant l'étrange phénomène qui s'opère par la force de mon don. Il s'allonge de plus en plus, en s'amincissant au fur et à mesure. Il devient mince et flexible, comme un long fil de fer. Je le tourne au-dessus de ma tête et en l'espace d'une seconde, je tiens un puissant lasso de métal qui virevolte dans les airs. Je le projette vers un de mes adversaires et le long fil s'enroule autour de son cou. Je resserre ma prise, en tirant de toutes mes forces, sous les yeux ébahis de l'autre créature. Ma victime se débat quelques secondes, cherchant son air, et s'écroule ensuite sur le sol.

J'ai à peine le temps de retirer le fil de son cou que l'autre garde s'élance vers le wagon. Il doit vouloir donner l'alerte, et moi, je dois l'en empêcher. Il tend une patte devant lui et, avant qu'il ne puisse actionner l'alarme, mon fouet s'enroule autour de son poignet. Je plante mes pieds au sol et le tire vers moi le forçant à tomber à la renverse dans le sable. Il est plus costaud et se débat avec une puissance impressionnante. J'ai peine et misère à garder le contrôle de la situation. À chaque mouvement, il avance vers la voie ferrée et prend avantage sur moi. Mon lasso de fer n'est pas assez robuste pour le retenir.

Désespérée, je cherche autour de moi quelque chose qui pourrait m'aider à le mettre hors d'état de nuire. La réponse s'impose d'elle-même, alors qu'il rampe encore plus vers les rails. Je lui laisse un peu de marge de manœuvre et ferme les yeux. Je concentre toute mon énergie sur le rail. Je tremble de tout mon corps en canalisant mon énergie à cette tâche que je suis loin d'être certaine de pouvoir réaliser.

Je pousse un cri sourd en déployant toute ma puissance et ma volonté. Le rail cède en deux et l'extrémité droite se soulève dans les airs. Je réduis un peu la tension sur le fil de métal, afin que la créature se rapproche. Juste assez pour qu'elle se retrouve en dessous du rail, qui est en suspension au-dessus de sa tête.

Aussitôt que l'angle me semble satisfaisant, je laisse tomber le rail. Celui-ci lui tranche la gorge comme une guillotine.

Je libère le poignet du garde décapité, qui gît dans son sang, et redonne au fouet la forme du petit outil. Je le glisse dans ma poche et prends mes jambes à mon cou. J'estime disposer d'à peine quelques minutes avant que l'on découvre ces deux cadavres.

Chapitre 48

JUSTINE
An 2016

Je consulte ma montre pour la centième fois ce soir. Vingt heures cinquante-cinq. Plus que cinq minutes à surveiller ce bain libre. Plus que cinq minutes avant de passer à l'action.

Je jette un coup d'œil à Victor dans les estrades. Il semble préoccupé et perdu dans ses pensées. J'éprouve un embarras qui ne cesse de s'amplifier depuis hier soir. En premier lieu, je me sens mal d'aller encore dormir chez Noah. Cela fait quelques fois que je passe la nuit chez lui et cet arrangement semble irriter de plus en plus Victor. De plus, notre visite chez cette pauvre veuve l'a mis dans un état pitoyable. Son père semble avoir été entraîné, pour une raison inconnue, dans la spirale de malheurs que ma famille a causés. Bref, c'est moi qui suis la cause de tous ses tourments et ce que je m'apprête à faire, à l'instant, sera une préoccupation de plus sur le lot.

La grande aiguille effleure le chiffre douze et je siffle pour annoncer la fin du bain. Je fais le tour de la piscine, invitant les gens à sortir de l'eau. Malgré la chaleur humide et étouffante de l'enceinte de la piscine, j'ai gardé mon survêtement par-dessus mon maillot de bain pour faciliter la mise en œuvre immédiate de mon plan.

Lorsque la dernière personne sort de l'eau et se dirige vers les vestiaires, je fais signe à Victor que je veux lui parler.

— Donne-moi une vingtaine de minutes, je dois vérifier mon horaire de travail, pour la semaine prochaine, avec mon coordonnateur, que je mens à Victor. Je viens te rejoindre dès que j'ai fini.

Il fait oui de la tête en guise de réponse ; moi, je baisse les yeux et me dit, en mon for intérieur, *non*. Non, je ne viendrai pas le rejoindre dans une vingtaine de minutes. Ce que je dois faire sera forcément plus long. J'estime la durée de ma mission à trente minutes. Dix pour m'y rendre, dix pour l'accomplir et dix pour revenir. Si tout va bien, Victor n'aura pas le temps de s'impatienter. Cette opération se terminera, ni vu ni connu !

D'un pas pressé, je m'engouffre dans le vestiaire des femmes et me dirige vers mon casier. En catastrophe, j'enfile mes espadrilles, prends mon manteau et mon sac dans lequel je laisse tomber mon cadenas et récupère les clés de la voiture de Victor. Les clés que j'ai subtilisées, lorsqu'il a déposé son manteau sur le banc de l'estrade à notre arrivée. Encore un malaise...

Je sors du vestiaire et cours vers le stationnement. Je démarre sa voiture et ajuste le siège. Je me sens tellement mal, car non seulement j'ai l'impression de voler sa voiture, mais, surtout, je lui mens. Et ce n'est pas tout. Je vais, contre son gré, m'exposer à un grand danger, et j'en suis plus que consciente.

Je sors du stationnement souterrain et la pluie inonde le pare-brise. Excellent! De l'eau, c'est en plein ce qu'il me fallait. Il y aura assez d'eau sur la plate-forme métallique pour communiquer. De plus, puisque je dois franchir plusieurs centaines de mètres à pied, je serai vite trempée. Je disposerai donc d'une couverture plus importante qu'avec les deux petites gourdes qui se trouvent au fond de mon sac.

Les feux rouges se font rares sur le trajet. Je m'en tire donc en huit minutes trente secondes pour me rendre à destination. Une minute et demie d'avance sur mes prévisions. Excellent! Je suis persuadée d'être revenue à temps.

Je sors de la voiture et la pluie me fouette le visage. Il fait froid et l'humidité me glace les os. Je me dépêche de rejoindre le pont. Le vent devient plus fort à mesure que j'arrive en bordure de celui-ci. La noirceur, le froid, la pluie contribuent à créer une ambiance macabre. J'avance sur le passage piétonnier, cherchant une flaque d'eau suffisamment grande pour écrire mon message.

Je m'agenouille et passe ma main sur la surface de métal, comme si je lui faisais une douce caresse. Les mots apparaissent avant même que je lui demande des nouvelles. Je sors mon téléphone de la poche de mon pantalon et actionne la lampe intégrée.

Il faut déchiffrer cette énigme:
Le boulon se trouve là où l'anneau et la chaîne symbolisent
l'engagement et la conquête du pouvoir.

Enfin, elle a réussi à dénicher des indices. Alice avait raison de me dire qu'Elsa savait où le boulon se cachait. Je le relis plusieurs fois pour savourer cette victoire. Bravo, ma petite-fille. Bien joué!

Dans mon enthousiasme, j'oublie que le danger me guette et que je dois partir. Je me dépêche d'inscrire à mon tour: «Bien reçu! Je te reviens là-dessus dès que possible.»

Je prends une photo du texte d'Elsa pour être sûre de ne pas oublier un seul mot. Je me lève et range mon téléphone là où il était. Dès que j'avance, le sol se met à trembler sous mes pieds. Je réalise que c'est le même tremblement qui se fait sentir, chaque fois que j'écris sur le pont.

La panique monte en moi. La dernière fois que c'est arrivé, on a fait face à quatre créatures horribles. Malgré la chaussée glissante, je me mets à courir le plus vite que je peux. Je jette à l'occasion un coup d'œil derrière moi. Pour le moment, il n'y a rien d'anormal. Je plonge la main dans ma poche de manteau et prends les clés de Victor, pour être prête à partir dès que j'atteindrai l'auto. Même s'il n'y a pas de bêtes à mes trousses, le Diable pourrait surgir en un coup de vent. Cette seule pensée me donne la force pour redoubler la cadence. Le métal mouillé ne rend pas la chose facile.

Je saute par-dessus une mare d'eau, mais j'atterris dans une autre que je n'avais pas vue. Aussitôt que la semelle de caoutchouc de mon espadrille touche la surface mouillée, je perds pied et, d'un vif réflexe, je tends les bras pour protéger mon visage avant de m'étendre de tout mon long. En tentant d'amortir ma chute, je laisse tomber les clés de Victor et elles continuent leur course devant moi. Leur trajectoire effectue un léger changement de cap vers la droite, et celles-ci se dirigent maintenant vers le bord de la balustrade. *Non...* En moins de temps qu'il ne faut pour le dire, les clés tombent dans le vide, tout droit au fond du fleuve.

Tant pis. Il me faut filer d'ici au plus vite. Je reprends ma course d'un pas plus prudent et atteins la piste cyclable, quelques dizaines de mètres plus loin. Je fonce vers la voiture, mais je passe à côté sans m'arrêter. Je remonte la rue pour me réfugier dans l'hôtel tout près. Je suis à bout de souffle lorsque je pénètre dans le hall d'entrée.

Je suis mouillée de la tête aux pieds, mais saine et sauve. Je prends mon téléphone et compose le numéro de Victor.

C'est peine perdue pour l'effet ni vu ni connu...

Chapitre 49

JUSTINE
An 2016

— Alors, maintenant, on sait que de nous deux, c'est toi, la p'tite rebelle! dit Victor d'un air amusé.

— Je ne suis pas rebelle, je suis, disons... déterminée? Tenace?

— Voyons voir qui dit vrai...

Il dépose son casse-noisette et lance une recherche sur son téléphone. Je roule les yeux vers le plafond. Il n'a pas aimé mon écart de conduite d'hier, même si j'ai maintenant en main la clé pour dénouer cette affaire. Il a même insisté pour que nous passions la nuit ensemble à l'hôpital, et ne m'a pas quittée depuis. Il a dû venir me rejoindre en taxi, hier soir, avec le double de sa clé. Je me réjouis que la seule sentence qu'il m'inflige soit de se moquer de moi.

— «Rebelle»: qui refuse de se soumettre à l'autorité. Synonymes: désobéissant, insoumis, indiscipliné, insubordonné... Désolé, Justine! Je ne vois ni déterminé ni tenace dans la liste.

Je lui donne un coup de coude dans les côtes, et son téléphone rebondit sur le comptoir à côté de lui. Nous sommes assis sur l'îlot de la cuisine chez ses parents, un plat de noix entre nous. Nous grignotons en attendant Noah et Jade.

— Tu as désobéi. Tu devais rester avec moi et tu t'es sauvée. Tu as enfreint les règles que nous avions convenu de suivre. Je regrette, mais tu es rebelle.

— C'est pas vrai! Je me conforme à toutes les règles. J'en ai marre de toujours me soumettre à l'autorité. Regarde-moi! Je mange des noix, pour l'amour de Dieu! Ça fait partie des commandements de ma mère!

— J'avoue que c'est important. Suivre le guide alimentaire, c'est aussi une question de vie ou de mort... ironise-t-il en secouant la tête.

— Crois-moi. Si elle était là, elle te dirait que oui!

J'éclate d'un rire franc et Victor me suit dans ma lancée. Le climat est détendu. Je dirais presque à la fête. Le dernier message reçu d'Elsa nous donne un regain d'énergie et d'excitation.

— Encore désolée pour tes clés, dis-je.

C'est à son tour de rouler des yeux.

— Je crois qu'avec toi, je vais devoir m'armer de patience... J'ai l'impression que tu vas m'en faire voir de toutes les couleurs...

Il attrape une noix de Grenoble et tente de craquer la coquille. Celle-ci semble coriace et il s'acharne de plus belle pour l'ouvrir. Je rigole en voyant Victor perdre son calme.

— Je déteste les noix en écales ; quelle perte de temps quand on sait qu'on peut les acheter déjà prêtes à manger !

— Ma mère ne jure que par les noix non écalées. Les nutritionnistes s'entendent tous pour dire qu'il faut manger lentement pour éviter de manger plus que son appétit réel. En fait, il faut une vingtaine de minutes pour que ton corps envoie le message à ton cerveau que tu as atteint la satiété.

Victor saute du comptoir et vient se poster debout entre mes genoux, pendant que je replace le casse-noisette et la noix coriace dans le bol.

— Alors, comment ta mère expliquerait-elle le fait que cela fait plus de vingt minutes que je t'ai embrassé et que mon cerveau n'a toujours pas eu le signal qu'il en avait assez ? dit-il, enroulant ses bras autour de ma taille pour me faire glisser vers lui.

— Je ne crois pas que ce soit de ce genre d'appétit dont elle parle...

Un sourire coquin se dessine sur ses lèvres alors qu'il me dévore des yeux. Je tire sur son chandail pour l'attirer davantage vers moi. Mon regard se perd dans ses yeux bleus comme la mer. J'enroule mes jambes autour de sa taille et mes bras autour de son cou. J'adore le toucher et le sentir près de moi.

— Laissons ma mère en dehors de cela ; tu veux bien ?

Je ne lui laisse pas le temps de répondre et l'embrasse. Ses lèvres sont si douces et si tendres que je me laisse porter par son baiser. La douce étreinte du début se mue en un élan passionné. Ses mains glissent dans mon dos et s'infiltrent sous mon chandail. Je me sens défaillir sous la chaleur de ses caresses.

La sonnette de la porte retentit. Je retiens Victor contre moi, mon cerveau n'ayant pas reçu le signal qu'il en avait assez eu.

— Ce doit être Noah et Jade, dit-il en déposant quelques baisers dans mon cou, avant de se détacher de moi. Avec lui, aussi, je vais devoir m'armer de patience… Est-ce que tu crois qu'ils vont toujours interrompre nos moments d'intimité ?

Il reste figé devant moi à attendre ma réponse, comme s'il s'agissait, aussi, d'une question de vie ou de mort.

— Je te promets que non.

○

Quelques minutes plus tard, nous sommes tous assis autour de la table de cuisine pour faire le point. L'atmosphère est plus détendue que lors de nos rencontres précédentes, mais je constate que Noah a encore de la difficulté à s'ajuster à notre nouvelle situation. Il a déposé ses coudes sur la table et ne s'est pas appuyé une seule fois sur le dossier de sa chaise, puisque les blessures que lui a infligées la bête, au cimetière, sont encore douloureuses. Il est concentré sur la main de Victor qui est posée sur la mienne et joue nerveusement avec l'étiquette de sa bouteille d'eau. Je prends la parole pour diriger l'attention sur le sujet qui nous importe.

— Avez-vous trouvé quelque chose ?

— Non, rien. On a visité plus d'une dizaine d'églises. On a parlé avec des prêtres, et personne n'arrive à faire de liens entre l'anneau, la chaîne et l'engagement, que répond Jade en secouant la tête, penaude.

— Pareil pour nous, dis-je, déçue.

— Tu me montres le texte encore ?

Je tends mon cellulaire à Jade pour lui montrer la photo que j'ai prise hier.

— « Le boulon se trouve là où l'anneau et la chaîne symbolisent l'engagement et la conquête du pouvoir », lit-elle, à voix haute. L'anneau et l'engagement, ça semble être en lien avec le mariage, mais ce qui ne colle pas vraiment, c'est la chaîne. Ça ne fait aucun sens avec le mariage.

— Bien sûr que oui, s'écrie Noah. Si tu le prends dans le sens que le mariage égale l'enchaînement, comme dans « se mettre la corde au cou », si tu vois ce que je veux dire ? dit-il, mimant son propre étranglement avec ses mains.

Il y met tellement d'énergie qu'on dirait que ses yeux veulent sortir de leur orbite.

— Allez, mec, dis-moi que tu es d'accord, lance-t-il à Victor.

Victor met sa main sur sa bouche pour étouffer son rire, mais les sautillements de ses épaules le trahissent. Pour un instant, je me demande si ce n'était pas mieux quand ces deux-là ne pouvaient s'endurer.

Je fixe la bouteille d'eau de Noah jusqu'à ce que le contenu en jaillisse. Le jet se divise en deux, en direction des visages de Noah et Victor.

— Tiens, ça va faire baisser le niveau de testostérone, dis-je, fière de mon coup.

— Non mais, c'est pas juste ! On n'a pas un superpouvoir, nous, se lamente Noah, s'essuyant le visage du revers de la main

— Alors, ferme-la! lance Jade en balançant une taloche derrière la tête de Noah.

— La chaîne a forcément sa place dans l'énigme, dis-je, ignorant les simagrées des deux gars. Le Diable en portait une, autour du cou, à laquelle était suspendu un anneau. Il avait un jonc au doigt ainsi qu'une chaîne à la taille, dont le maillon du centre était plus gros et avait une inscription qui disait: «Facultas in ritus».

— Qu'est-ce que cela veut dire? demande Jade.

— On a cherché sur Internet et on a découvert que c'est du latin. Ça voudrait dire quelque chose comme «le pouvoir est dans le rite», explique Victor. En tout cas, ça colle avec les lettres F-I-R qu'il y avait sur le collier du mutant au cimetière.

— ... la conquête du pouvoir dans le rite? Ça sonne une cloche pour vous? que je demande à Jade et Noah, qui semblent aussi perdus que nous.

— Un rite comme rituel? s'informe Jade. Comme dans les trucs de sorcières et de magie noire? Ça me donne la chair de poule...

— Qu'est-ce qui donne la chair de poule? demande le visage qui apparaît dans le cadrage de la porte.

— Euh... Je vous présente mon frère Simon, dit Victor. Simon, voici Jade, Noah et Justine.

Nous levons tous la main en guise de salutation et Simon hoche la tête pour en faire autant. Il interroge Victor pour connaître les allées et venues des membres de la famille, et celui-ci lui apprend que leur mère est partie passer la soirée à l'hôpital et qu'il ne sait pas où se trouve leur frère Elliot.

— Alors, qu'est-ce que vous fabriquez? Qu'est-ce qui donne la chair de poule?

— En fait, on cherche un rite ou une conquête de pouvoir qui aurait un lien avec un anneau et une chaîne, tu as une idée? demande Victor.

Simon se frotte le menton. Derrière ses lunettes, il semble souhaiter, autant que nous, résoudre cette énigme. Il a quelques traits physiques qui ressemblent à ceux de Victor, mais ses cheveux sont plus pâles et plus courts, tandis que ses yeux sont verts.

— Facile! s'écrie-t-il au bout de quelques minutes. C'est le rite de l'engagement.

— Le quoi? que nous nous exclamons à l'unisson.

— Le rite de l'engagement de l'ingénieur! C'est lors de cette cérémonie que l'ingénieur reçoit son jonc et qu'il affirme son engagement envers sa profession.

— Mais quel rapport y a-t-il avec la chaîne? que je demande.

— Lors de la cérémonie, les participants tiennent une chaîne dans leur main. Ce rituel a pour but de sensibiliser le nouvel ingénieur à sa profession et aux valeurs qui l'entourent et qui l'unissent aux autres ingénieurs.

— Comment sais-tu tout cela? interroge Victor.

— Bien, comme je deviens ingénieur cette année et que je vais recevoir mon jonc, nous avons eu une présentation détaillée à ce sujet, en classe. De toute façon, on est bien placé pour le savoir, n'est-ce pas, Victor?

Tous se tournent vers Victor dont les yeux s'ouvrent grands alors que le lien se fait.

— Oh! Bon sang! Comment ai-je pu être aussi bête et ne pas avoir fait le lien avant? dit-il en se prenant la tête entre les mains. On a cherché toute la journée alors que la réponse était juste sous mon nez.

Victor interpelle son frère avant de poursuivre :

— Je me souviens que papa en a déjà parlé, mais je n'en connaissais pas tous les détails. Je n'avais aucune idée qu'il y avait une chaîne dans le rituel. Comme je n'ai jamais voulu être ingénieur, je n'ai pas porté beaucoup d'attention à toute cette histoire.

— Ton père ? Mais, qu'a-t-il à voir là-dedans ? s'informe Noah.

— Mon père fait… ou faisait partie de cet organisme qui est responsable de ce rituel.

Le visage de Victor s'assombrit et il soutient mon regard.

— Justine, c'est la Société des Sept Gardiens qui est responsable de ce rite.

Mes yeux s'écarquillent, et je suis estomaquée par cette révélation. Oui, je me souviens de ce que la dame nous a dit hier. Son mari, qui est mort lors d'un incident sur le pont, était bénévole pour cette société. Le père de Victor, qui est dans un coma nébuleux, faisait aussi partie de la société. Ajoutons à cela que le rituel élaboré par cette société utilise un anneau et une chaîne. On dirait bien que les pièces du casse-tête commencent à se mettre en place et que nous approchons du but. Le but qui est de trouver l'emplacement du boulon et ça semble nous diriger vers la Société des Sept Gardiens. Mon Dieu ! Je repense à la légende et j'en ai la chair de poule ! Le Diable s'est fait passer pour un mystérieux ingénieur, lorsqu'il a conclu le pacte avec mon arrière-arrière-grand-père…

— Mais alors, où pourrions-nous avoir plus de renseignements sur cette société ? que je demande à Simon.

— Je crois que le mieux serait d'aller directement à leur bureau, il y a une section à l'Université Laval. Je peux vous y accompagner demain, si vous voulez.

Noah s'adresse à Victor :

— Lui, dit-il en pointant Simon du doigt, je l'aime beaucoup plus que toi, mec !

Chapitre 50

JUSTINE
An 2016

Nous sommes tous rassemblés devant le pavillon Adrien-Pouliot, reconnu pour être le pavillon dédié à l'ingénierie, et attendons que Simon nous rejoigne. Nous avons prétendu à Simon que Jade avait un travail de recherche à faire pour un de ses cours.

C'est une belle journée d'automne. Le soleil plombe et la température est chaude pour la saison. Les feuilles ont commencé à changer de couleurs et les arbres matures du campus ont revêtu leur manteau rouge, jaune et orangé. Une brise chaude transporte les arômes d'herbe mouillée et de feuilles séchées.

Nous sommes nerveux même si notre première étape ne consiste qu'à faire du repérage. Qui sait sur quoi ou sur qui nous pouvons tomber ! Mes gourdes sont bien installées sur ma ceinture et j'ai enfoncé une casquette sur mon front pour passer inaperçue.

Noah évacue son stress sur le premier objet qui lui tombe entre les mains ; dans le cas présent, son petit canif suisse. Il s'affaire à passer en revue chacun des gadgets que celui-ci renferme.

— Tu crois vraiment que ce petit couteau pourra t'être utile si nous arrivons face à face avec le Diable ? demande Victor à Noah.

— Bien, on ne sait jamais.

— Tu as un compas dans ton étui à crayons ?

— Ouais, sûrement, pourquoi ?

— Je me sentirais mieux si je pouvais assurer ma survie avec la pointe d'un « petit objet scolaire » de ce genre, dit-il, fier de l'avoir piégé.

Noah grimace et replace le canif dans sa poche de jeans, au moment même où Simon apparaît à la porte d'entrée.

— Venez, je n'ai pas beaucoup de temps. J'ai un autre cours dans trente minutes, dit-il, nous faisant signe d'entrer.

Nous le suivons dans l'immense pavillon sans dire un mot, tandis que Jade révise avec lui les questions qu'elle a élaborées dans la voiture. Nous empruntons un couloir et arrivons devant une porte en bois massif dont les cadrages et les moulures sont sculptés. Une plaque dorée, installée au centre de la porte, indique *Société des Sept Gardiens*. Je suis déçue de me buter à une porte fermée, mais Simon cogne sans réserve, et une voix nous commande d'entrer.

Simon et Jade entrent les premiers, et nous les suivons dans une petite pièce entièrement recouverte de lambris de bois. Un homme d'origine asiatique s'affaire derrière le long comptoir en bois sur lequel est fixé un présentoir vitré. Jade et Simon le rejoignent au centre du comptoir, tandis que Victor, Noah et moi parcourons discrètement le contenu de la bibliothèque qui se trouve sur le mur de gauche.

— Bonjour, j'aimerais vous poser quelques questions, entame Simon. Je suis finissant, cette année, et le professeur Boisvert m'a demandé de faire une présentation en classe sur les origines de la cérémonie du jonc.

— Bien sûr, comment puis-je vous être utile ? répond-il.

L'homme pose son volume de référence sur le comptoir vitré et leur sourit.

— Pouvez-vous me dire en quelle année a eu lieu la première cérémonie ? demande Simon en sortant un crayon de son sac pour prendre des notes.

— Elle a eu lieu à Montréal, le 25 avril 1925, pour l'engagement des ingénieurs fondateurs...

Je balaie rapidement la pièce du regard et, à première vue, n'y vois rien qui pourrait ressembler à une cachette pour un boulon d'or. J'aperçois une porte sur le mur du fond, derrière le comptoir. Je soupire de déception. C'est clair que si le boulon d'or est ici, il se trouve dans cette pièce arrière à l'abri des regards indiscrets. Il nous sera impossible d'y accéder en présence de cet homme.

Je m'approche du comptoir vitré. Celui-ci doit faire plus de cinq mètres de long. Quatre modèles réduits y sont exposés. À l'extrémité gauche, une affichette explique les quatre exploits d'ingénierie canadienne qu'ils représentent. J'observe la première structure qui reproduit un pont en contre-haut situé à Lethbridge en Alberta. Il est évident que le mince pont d'une cinquantaine de centimètres ne pourrait contenir un boulon d'une dizaine de pouces. Je continue mon inspection en m'attardant sur chacun des modèles.

Après avoir ratissé des yeux tout le présentoir, je prends conscience de l'échec de notre mission. Si le boulon est ici, il est derrière cette porte et je n'ai aucune idée comment nous pourrons accéder à cette pièce. Je m'arrête derrière Simon et Jade pour leur signifier que nous pouvons partir. Je remarque alors le contenu du présentoir qui se trouve devant eux.

Amusant… On dirait une réplique géante du jonc de l'ingénieur. Je parcours en diagonale l'affichette qui se trouve devant : … *l'anneau de fer martelé, non poli, reflète l'état brut de l'esprit des jeunes…* Le jonc gris-argenté, d'un diamètre d'environ vingt-cinq centimètres, semble la réplique parfaite de celui que j'ai vu au doigt du père de Victor à l'hôpital. Son pourtour martelé m'apparaît étrange pour un jonc, puisque cela lui donne plutôt l'aspect d'un écrou. À cette pensée, mon cœur s'emballe. Serait-il possible que ce soit cela ? Exhibé aux yeux de tous dans un présentoir ?

Je lance à Noah et Victor un regard alarmé et ils me rejoignent aussitôt. Noah prend place aux côtés de Simon au comptoir, et Victor reste avec moi, derrière eux.

Ma respiration se fait si rapide que je cherche mon air. Me rappelant le truc de Victor, je fais un bref calcul mental pour convertir son diamètre de vingt-cinq centimètres en pouces pour valider mon intuition. L'objet qui se trouve devant nous fait bien une dizaine de pouces. Ce pourrait bien être le boulon d'or, là, sous mes yeux !

Je tire sur la manche de Jade et murmure à son oreille :
— Il faut que j'examine ce truc de plus près.

Elle se retourne et me fusille d'un regard qui semble vouloir dire : «Non mais, as-tu perdu la tête ?» Je tire à nouveau sur sa manche pour l'inciter à passer à l'action.
— Pardon, monsieur, est-ce que je pourrais voir cette réplique du jonc ? C'est vraiment magnifique, dit-elle, tapant son ongle sur la vitre du présentoir.

L'homme hésite un moment avant de répondre à sa demande. Je remarque qu'il a d'étranges cicatrices au cou. Quatre rayures s'étendent du menton jusqu'à sa clavicule. Il sort un trousseau de clés de sa poche et déverrouille le loquet. Avec grande précaution, il prend l'objet et le pose sur la vitre devant mes amis. Je me penche au-dessus de leurs épaules, mais je n'arrive pas à bien voir.

Je donne un coup de coude dans les côtes de Noah et lui chuchote d'amener l'homme plus loin.
— Euh... pardon, monsieur, dit-il à son tour. Pouvez-vous me dire ce que représentent ces modèles réduits au juste ? Par exemple, le pont au bout du comptoir ?

Noah se déplace à gauche du présentoir tandis que l'homme demeure sur place devant nous. Il pianote d'une main sur le présentoir, tout en gardant son autre main près du jonc. Son regard alterne entre Jade et l'anneau. Il se résigne finalement à rejoindre Noah.

Je me glisse entre Jade et Simon pour voir le jonc de plus près. J'étudie l'intérieur de l'anneau et à ma grande stupéfaction, j'y découvre un motif de filetage incrusté dans le métal. Une série de sillons, comme les filets d'un écrou. *Un écrou ?* C'est le vrai nom de ce que nous appelons dans le langage courant un boulon. Mes jambes faiblissent et je m'accroche au comptoir. Ce léger mouvement fait sursauter l'Asiatique et son regard se tourne vers nous comme s'il était aux aguets.

Jade prend l'anneau dans ses mains et lui fait un sourire pour signaler que tout va bien. Il la guette un moment, pendant qu'elle admire le précieux objet. Au bout d'un certain temps, il poursuit ses explications à Noah et je prends à mon tour l'anneau en catimini. Je sens mon cœur battre à toute vitesse, non seulement alertée par la réaction étrange de l'homme, mais, surtout, par l'ampleur de ma découverte.

Le creux d'un sillon dévoile une lueur de métal jaunâtre. C'est comme si le placage argenté, usé par le temps, mettait à jour le métal d'origine : l'or.

D'instinct, mes mains suivent le reflet doré et se posent sur l'anneau. Au simple contact avec celui-ci, mes mains absorbent une décharge électrique. Le courant monte dans mes bras et se répand dans tout mon corps en passant par mes veines. Ce n'est pas douloureux, juste inconfortable, mais surtout, étrange. Victor, qui a passé un bras autour de ma taille, capte aussi les vibrations. À voir son expression, il en est venu à la même conclusion que moi. L'objet qui est devant moi *est* le boulon d'or.

Je pose mon index sur une rainure à l'intérieur de l'anneau et parcours celle-ci dans le sens antihoraire. C'est à ce moment que je reçois le vrai choc. Une série d'images déroule dans ma tête comme un film en accéléré. Des images d'Alice, de mon grand-père Albert ainsi que de mon arrière-grand-père Gabriel. Je sursaute et amorce un mouvement de recul, mais Victor me retient. Les images disparaissent aussitôt de mon esprit. Je réalise que je ne touche plus le boulon.

Je jette un coup d'œil à Noah. Il réussit à garder son interlocuteur occupé. Je dispose encore d'un peu de temps. Je pose, à nouveau, mon doigt sur le sillon et fais glisser celui-ci plus lentement. Les images réapparaissent et sont, cette fois-ci, plus claires. Je peux distinguer tous les détails et même entendre des voix :

> *Mon arrière-grand-père Gabriel remet une lettre et un carnet à Alice, qui semble enceinte de plusieurs mois. «Je dois te mettre en garde contre quelque chose, Alice. Lis cette lettre, c'est pour ton bien et celui de ta descendance. Je t'en prie, sois prudente, mon enfant.» Alice et Albert sont assis au salon et passent en revue les documents. Albert sort de la maison et saute dans sa voiture. Alice court derrière lui. «N'y va pas, c'est trop dangereux.»*

Je déplace mon doigt sur une autre rainure et le glisse, cette fois-ci, dans le sens horaire :

Une jeune fille est de dos, accroupie sur le pont. Elle semble écrire quelque chose. Des coulées de lave défilent sous le tablier du pont.

Je ne connais pas cette fille. Je fais marche arrière en passant mon doigt dans le sens inverse. J'ai besoin de revoir les images d'Alice :

Alice est debout devant un cadavre. C'est le corps d'Albert. Elle se jette sur lui et pleure. Elle relève la tête et tâte le manteau de son mari. Elle fait ensuite glisser la fermeture Éclair pour l'ouvrir. Elle rabat un côté du manteau et retire l'objet qui se trouvait dans une poche intérieure. Le boulon d'or. Elle le met dans son sac et referme le manteau.

Je saute un sillon pour voir plus loin :

Alice est chez elle, une chandelle à la main. Elle sort le boulon de son sac, et il se produit une explosion. Sa main, qui tient la chandelle, se met à vibrer et la flamme s'amplifie à un point tel que la chandelle se consume d'un coup.

Je retourne quelques sillons en arrière et ralentis le déplacement de mon doigt :

Albert est en équilibre sur la structure du pont, en contrebas, sous le tablier. Il essaie, à deux mains, d'enlever une pièce. Il manque de tomber et se retient d'une main avant de se remettre à la tâche. Au bout d'un moment, il la tient dans ses mains et la contemple. Il la glisse dans la poche intérieure de son manteau et referme celui-ci. Il escalade la structure pour rejoindre le tablier du pont. Il pose ses mains sur la balustrade et, alors qu'il tente de se hisser par-dessus, un homme apparaît dans l'obscurité. Il plaque ses deux mains sur les épaules d'Albert et le pousse dans le vide en vociférant: «Même si tu essaies de prendre le boulon, tu ne pourras pas renverser le pacte. On ne peut pas briser un pacte fait avec le Diable.» L'homme est penché au-dessus de la balustrade pour regarder Albert chuter. Lorsqu'il entend le bruit du corps qui frappe l'eau, il relève la tête et quitte les lieux. C'est un homme d'origine asiatique.

Son visage me rappelle quelqu'un. Je l'examine davantage:

Il porte des cicatrices au cou. Des cicatrices qui ressemblent à des marques de griffes.

Je sais où j'ai vu ces cicatrices!

Je sursaute et lâche le boulon. Mon corps entier se met à trembler. Victor pose ses mains sur mes épaules pour me calmer. Je lève les yeux vers l'homme qui parle avec Noah, et je chuchote à mes amis:

— Il faut partir d'ici au plus vite!

Chapitre 51

JUSTINE
An 2016

— C'est lui, j'en suis certaine. Je peux le sentir dans toutes les parcelles de mon corps, dis-je, à mesure que l'angoisse monte en moi. C'est un allié du Diable, j'en suis sûre.

Nous avons rapidement quitté les lieux, laissant Simon faire les remerciements d'usage pour ne pas éveiller de soupçons.

— Mais qu'est-ce qu'il peut bien faire dans ce petit bureau de merde? demande Noah, encore sous le choc.

— C'est simple; il garde le boulon d'or! que je déclare.

— Tu en es sûre?

— Oui, sans aucun doute! dis-je. Je sens cette aura maléfique.

— Que se passait-il, lorsque tu faisais glisser ton doigt à l'intérieur de l'anneau? demande Victor.

— C'était étrange. On aurait dit que je pouvais voir à travers le temps.

— À travers le temps? répète Jade, perplexe.

— Oui, j'ai vu des images de ma grand-mère. Je crois que j'ai vu lorsqu'elle a acquis son don. Elle tenait le boulon d'une main et une chandelle brûlante de l'autre.

— Quoi d'autre?

— J'ai vu la mort de mon grand-père Albert. Il est allé sur le pont. Il croyait qu'en enlevant le boulon, il pourrait annuler le pacte. Il a réussi à le prendre, mais quelqu'un l'a poussé à l'eau.

— Bon sang! Mais qui a fait cela? s'exclame Noah.

— L'Asiatique avec qui tu parlais.

Il déglutit et ses mains se mettent à pianoter sur ses cuisses. Pendant que chacun est perdu dans ses pensées, réalisant l'ampleur de la situation, Simon s'avance vers nous et tend les feuilles de notes à Jade. Celle-ci le remercie poliment. Victor donne une petite tape affectueuse dans le dos de son frère.

— Merci pour tout, je te revaudrai ça.

Les traits de son visage se sont radoucis pour ne pas laisser paraître son désarroi.

— Y'a pas de quoi, ça m'a fait plaisir. En tout cas, ils tiennent mordicus à leurs modèles réduits, faudrait que je demande à papa pourquoi, un de ces jours... C'est étrange de prendre autant de précautions, juste pour cela, lance-t-il en se frottant le menton.

— Que veux-tu dire? que je demande, inquiète.

— Bien, tout le présentoir vitré est pourvu d'un système d'alarme sophistiqué. J'ai vu ce genre de système de détection dans un de mes cours d'électronique, mais jamais quelque chose d'aussi bizarre et complexe que celui-là.

— Qu'a-t-il de si bizarre, dis-je, l'invitant à poursuivre son explication.

— Il est raccordé à un petit tube de plastique qui part du fond du présentoir et qui débouche plus bas dans la structure de bois qui le soutient. Un genre de tuyau d'échappement qui, à mon avis, pourrait libérer quelque chose, un gaz, j'imagine. Je soupçonne que si quelqu'un essayait de voler un des objets, un gaz se répandrait dans la pièce en guise de riposte.

— Un gaz ? dit Victor.

— Ouais, un gaz, ou je ne sais trop quoi. Un gaz pour endormir le cambrioleur, ou même un gaz mortel, si on imagine un scénario à la James Bond. Bon, je dois vous laisser, mon cours commence dans cinq minutes, dit-il en s'éloignant.

— Charmant, que je murmure, réalisant que voler ce truc ne sera pas une mince affaire.

— Simon, attends ! s'écrie Victor. Dernière chose, tu as déjà vu ce Chinois, auparavant ?

— Non, mais je sais que les gardiens se relaient pour assurer une présence constante dans les bureaux. Papa a quelques amis qui le font aussi. Peut-être qu'eux le connaissent...

— OK, merci. À ce soir.

Victor se retourne vers nous l'air grave. Il nous dévisage un moment, attendant que quelqu'un réagisse. Noah et Jade semblent abasourdis par le revirement de la situation. Ne notant aucune réaction, il ose formuler à haute voix la question qui nous hante tous :

— Alors, c'est quoi le plan pour s'emparer de ce truc ?

— Vous rigolez ! Vous n'avez pas l'intention de faire ça ? C'est du délire ! que Jade lance avec fougue.

Elle a raison, c'est de la pure folie. Cette aventure est l'histoire la plus cinglée de toute ma vie. Pour le commun des mortels, cette situation semblerait tout à fait irréelle, mais dans mon cas, cette folie est une question de survie. La survie de tous ceux que j'aime.

— Tu n'es pas obligée, Jade, dis-je. En fait, aucun de vous n'est obligé. Je peux me débrouiller seule. Je ne demande à personne de mettre sa vie en danger. Chacun est libre de prendre sa propre décision. Toutefois, si vous songez à me suivre, sachez qu'à la minute où le boulon d'or sera dérobé, nous serons encore plus en danger que nous le sommes maintenant.

— Je marche! s'écrie Noah. On est ami pour la vie, pour la mort, si ça doit se passer ainsi.

— Je marche aussi, alors, dit Jade, s'accrochant au bras de Noah. Je sais me battre mieux que toi, je te rappelle.

Elle lui lance un clin d'œil. Noah sourit et lui donne un baiser sur la tête.

— Tu avais compris que je t'accompagne aussi, dit Victor, souriant, en serrant ma main. En plus, il n'est pas question que je rate Noah en train de décapiter une créature diabolique avec son canif suisse. Ça risque d'être épique comme combat!

— Pas de problème! réplique Noah. Je vais la trancher en rondelles, comme dans une infopub. Tu vas voir que ce canif se prête à de multiples usages!

Nous éclatons tous d'un rire nerveux. La tension a grimpé d'un cran. Nous savons tous que nous allons jouer nos vies dans un seul coup de dé.

Chapitre 52

JUSTINE
An 2016

Nous avons établi notre quartier général dans le sous-sol chez Victor. Sa mère et ses frères ont un horaire chargé, et nous les croisons à peine.

Nous en sommes à l'élaboration de notre plan pour récupérer le boulon d'or. Jusqu'à présent, nous n'avons pas beaucoup d'idées sur la table et notre petit quatuor manque d'expertise concrète. Victor redescend au sous-sol avec des boissons rafraîchissantes, ses deux frères sur les talons.

— J'ai recruté deux complices pour notre mission, annonce-t-il. Nous avons besoin de renfort. Simon termine des études en génie électrique et Elliot, en médecine vétérinaire. Comme moi, ils sont ceintures noires de karaté et savent manier les armes blanches. Ça vous intéresse?

— Bien sûr! Tu leur as dit en quoi consistait toute la mission? que je demande en pesant mes mots.

— Oui, ils sont au courant de tout. Ils nous croient tous dingues, mais ils marchent avec nous, dit-il, pendant que les deux frères hochent la tête. Nous croyons que notre père a été mêlé à cette histoire d'une certaine façon. Alors on marche tous les trois, dit-il en déposant les boissons sur la table à café.

Simon s'avance vers moi et pose une main sur mon épaule.

— Pour nous aussi, ça devient une histoire de famille, alors nous allons faire ce qu'il faut pour t'aider, dit-il, le regard rempli d'empathie. Vous connaissez notre frère Elliot ?

Nous répondons tous d'un signe de tête affirmatif. Nous l'avons croisé quelques fois lors de nos allées et venues, et avons été témoins de son altercation au Maurice Nightclub. Il arbore d'ailleurs le même petit air fendant que ce soir-là. Mais si Victor juge qu'il a sa place parmi nous, je lui fais confiance.

— En théorie, il a vingt et un ans, mais en pratique, il a un âge mental quelque part entre huit et dix ans, ça dépend des jours, ajoute Simon.

Elliot, d'un air suffisant, ignore la remarque, et s'assoit à côté de Simon sur le tapis devant la table basse.

— Bien, alors, mettons-nous au travail, dit Victor en prenant place à mes côtés. Simon, tu te sens d'attaque pour désamorcer le système d'alarme ?

— Ouais, je crois bien être en mesure de le neutraliser, mais je ne peux rien vous promettre... Encore moins prévoir quelle saloperie pourrait s'échapper du tube, si je rate mon coup.

— Ne t'en fais pas, on est conscient des risques que l'on prend, que je réplique pour lui enlever ce fardeau des épaules.

— Je vais me rendre sur place, demain, pour m'assurer qu'il n'y a pas d'alarme sur la porte d'entrée et voir comment on pourrait la forcer. Elliot va m'accompagner. Il va pouvoir m'aider dans cette étape, précise-t-il.

— Tu vois, ça peut être pratique, de temps à autre, d'avoir un petit frère délinquant. T'inquiète pas frérot, si on a des ennuis avec la porte, on prendra le marteau de Thor et on cassera la baraque!

— La ferme, Elliot! répondent Victor et Simon à l'unisson.

Elliot, saisi par leur riposte, se tait et prend un air agacé.

— Bon, alors, il faut trouver le bon moment pour notre intrusion. L'idéal serait d'intervenir le soir, assez tard, mais qu'il y ait quand même un va-et-vient d'étudiants pour ne pas attirer l'attention. Quelqu'un a une idée? demande Victor.

— C'est simple, commence Elliot en se redressant, il faut que ce soit un jeudi soir. Il y a toujours un party jusqu'aux petites heures du matin. On se mêle à la foule, et ensuite, lorsque les esprits sont plus engourdis, on passe à l'action.

— Ça sera parfait! On est samedi soir, alors... ça nous laisse cinq jours. Simon, tu crois pouvoir être prêt?

— Ouais, je devrais y arriver. Il faudrait quand même prévoir des armes au cas où ça tournerait mal...

— De vraies armes? demande Noah, d'un ton inquiet.

Son visage blêmit et je perçois ses mains qui tremblotent. Il est silencieux depuis le début de la soirée, et n'a pas fait une seule blague, ce qui n'est pas dans son habitude. Ça confirme qu'il est préoccupé par cette opération.

— Oui. Des couteaux, des poignards, des sabres; ce genre de truc, réplique Elliot avec un certain détachement, comme s'il récitait une liste d'épicerie. Je vais voir ce que je peux nous trouver.

Victor remarque la tête de Noah et s'empresse d'ajouter :

— T'inquiète pas. On a prévu vous donner un petit entraînement à toi et à Justine demain soir. Vous verrez, ça va être très simple ; juste quelques rudiments de base pour manier les armes. On s'assurera de couvrir en tout temps vos arrières, lors de l'intervention.

— Quoi ? Cette fillette ne sait pas se battre ? s'exclame Elliot en dévisageant Noah de la tête au pied. Il n'est pas question de traîner un boulet avec nous.

— La ferme, Elliot ! répliquent encore Victor et Simon.

Irrité, Noah se renfrogne dans son siège, et je décide de détourner la conversation vers d'autres points à couvrir.

— Je me sentirais plus à l'aise si quelqu'un restait au chevet de ma grand-mère à l'hôpital. Puisque je tiens à m'emparer du boulon moi-même, quelqu'un d'autre se porte volontaire ?

— Bingo ! intervient Elliot en frappant sur la table. On poste ce boulet, direct à l'hôpital. S'il vient avec nous, c'est là qu'il va finir de toute façon.

— Pas question que je pourrisse à l'hôpital, je sais me battre ! réplique Noah, hors de lui.

— Je vais y aller, dit Jade, pour sauver la situation. Je connais bien Alice et si un danger survient, je suis capable d'y faire face.

— Parfait ! C'est réglé, dit Victor en se tournant vers moi. Veux-tu qu'on s'occupe de ta mère aussi ?

— Non. Ma mère est protégée par l'étui de bois de son iPhone, donc sa présence est masquée. Elle n'a pas été mêlée à cette histoire jusqu'à présent, alors je ne pense pas que ce soit un enjeu.

— Alors, il ne reste qu'à se soucier de toi, intervient Noah qui a retrouvé un peu sa bonne humeur.

— Que veux-tu dire? Je suis capable de m'occuper de moi-même!

— Il a raison, poursuit Victor, si nous réussissons la mission, il y aura deux choses à mettre en sécurité au plus vite: le boulon et toi.

— On peut cacher le boulon à l'érablière. Je connais des tas d'endroits qui pourraient faire l'affaire, avance Noah.

— Non, je ne vais pas laisser le boulon sans surveillance. Je le garde avec moi.

— Bon, bien, on ira se cacher là-bas avec toi, dit-il, cherchant des yeux l'approbation de Jade. Si tu veux, on peut habiter dans le chalet le temps de savoir ce qu'on fera ensuite?

— Non! dit Victor sur un ton glacial. C'est moi qui irai avec elle, tranche-t-il, ne laissant aucune place à l'argumentation.

Un lourd silence s'installe et je suis la seule à remarquer que Noah avale sa salive de travers. En fait, je crois que c'est l'ordre de Victor qui lui reste en travers de la gorge. Il ne semble pas vouloir qu'on le tienne à l'écart, surtout qu'il s'agit de l'érablière de sa famille.

— Ouh! Regardez-moi ça! s'exclame Elliot. Le grand Thor qui veut protéger sa dulcinée! C'est trop chou! dit-il en se frappant la poitrine.

— La ferme, Elliot! que nous crions à l'unisson, Victor et moi.

Oups! Je porte une main à ma bouche, confuse que ces mots soient sortis tout seuls. Noah esquisse un bref sourire, amusé par mon écart de langage et satisfait que je l'aie remis à sa place. Puis, l'instant d'après, son visage se renfrogne à nouveau.

— Bon, ça suffit! intervient Simon. Il nous reste du travail à faire pour peaufiner ce plan. Alors, mettons-nous au boulot. Sinon le boulon restera dans les filets du Diable.

— Ou nous tomberons dans ses filets…

Noah laisse cette phrase en suspens, alors que c'est à mon tour d'avaler ma salive de travers.

Chapitre 53

JUSTINE
An 2016

La salle d'arts martiaux est recouverte d'un tapis épais qui permet d'amortir les chutes lors des combats. Noah et moi sommes assis sur ce sol moelleux en attendant les autres. Jade se change tandis que Victor fait le pied de grue devant la porte. Il attend avec impatience l'arrivée de ses deux frères.

— Il y a quelque chose que je veux te demander depuis un certain temps, me lance Noah.

— Tu piques ma curiosité. Vas-y, je t'écoute.

— Tu sais qu'Elsa est ta petite-fille et que, par conséquent, tu auras un ou des enfants, qui en auront aussi. Tu n'as jamais pensé lui demander qui était son grand-père ? Enfin, pour savoir qui sera ton éventuel conjoint ou le père de ta descendance…

— Ça va, j'ai compris, que je l'interromps, irritée. Je vois où tu veux en venir.

Je lève la main pour lui faire signe d'arrêter. Ça m'agace un peu qu'il s'aventure sur ce terrain, surtout depuis notre différend au sujet de Victor. Je baisse la tête pour réfléchir un instant. Je ne sais pas ce qui m'a prise de lui répondre de cette façon. Il y a quelques semaines, j'aurais eu cette discussion avec lui sans aucune réserve. Nous nous sommes toujours tout dit, sans détour. Pourtant, avec toutes ses questions, je suis sur la défensive. Peut-être parce que je n'ai jamais ressenti une telle attirance pour un garçon? Peut-être parce que Noah n'a jamais été jaloux auparavant? Ou peut-être pour ces deux raisons?

— Hum... Au début, j'avoue avoir été tentée de connaître mon destin, mais après avoir réfléchi, j'ai décidé de faire confiance à la vie.

— Tu ne veux pas savoir si Victor sera le père de tes enfants, ou si ce sera quelqu'un d'autre? insiste Noah.

— Non. Si j'apprenais que ce n'est pas Victor, je risquerais de terminer la relation de façon prématurée et je ne vivrais pas ce que j'ai à vivre avec lui. Si je savais le nom de cette autre personne qui m'est destinée, je serais tentée de brusquer les choses au moment de le rencontrer. Alors non, je préfère vivre ce que j'ai à vivre sans organiser ma vie autour d'un destin planifié.

— C'est bien dit, mais, quand même, si j'étais à ta place, moi, je crois que je voudrais savoir...

Son insistance commence à m'irriter et j'aimerais qu'il cesse de me questionner.

— Tu voudrais savoir quoi, Noah? Connaître ton destin? Ou connaître le mien?

Ma réplique lui cloue le bec. Il reste muet ne sachant pas quoi répondre.

Victor, Simon et Jade entrent dans la salle et s'avancent vers nous en discutant des manœuvres d'attaque et des feintes qu'ils comptent nous enseigner. En voyant Victor, mon humeur s'adoucit et je me lève d'un bond.

Son visage est tout rouge, puisqu'il vient de donner une leçon de quatre-vingt-dix minutes dans une salle de yoga surchauffée. Le contraste avec ses yeux bleu pâle est accentué et ceux-ci sont plus brillants. Il enlève son t-shirt, s'en sert pour s'éponger le front et le laisse ensuite tomber par terre, à côté de ma mâchoire qui s'est disloquée en voyant le découpage de ses abdominaux. Bon sang! Son torse musclé est à couper le souffle.

    — On commence tout de suite. On ne va pas passer la soirée à attendre Elliot, sachant qu'il est possible qu'il ne se pointe pas, dit Victor en ouvrant une armoire pour y récupérer de longs bâtons noirs. Noah, tu vas te battre avec Jade; Simon sera votre entraîneur. Justine, tu restes avec moi. On va pratiquer des manœuvres de défense et ensuite quelques techniques d'attaque.

Il s'approche de moi et me lance un de ces bâtons. Encore sous le choc de cette vision de dieu grec, je réagis trop tard et manque le bâton qui tombe par terre.

    — As-tu peur? On dirait que tu viens de voir un fantôme… dit-il, inquiet. Tu n'es pas obligée de prendre part au combat. Si tu préfères t'abstenir, on pourra se défendre à quatre.

Oui, j'ai peur. Peur de me laisser submerger par le désir, devant ce corps sublime, parfaitement découpé.

    — Euh… non, non. Je veux me battre aussi, que je réussis à articuler. Je veux apprendre.

Je devrais peut-être aussi apprendre à lutter contre ces élans d'émotion qui m'envahissent et m'étourdissent chaque fois que je le vois ou qu'il me touche, mais je refuse de me priver de ces sensations vertigineuses.

— D'accord. Alors, prends ton bâton, en plaçant une main à chaque bout, et essaie de repousser mes offensives. Je veux d'abord voir comment tu te débrouilles.

Il se place en position de combat, pose un pied devant et commence, de façon modérée, des enchaînements d'attaques. Les premiers coups prévisibles sont faciles à contrer. Les impacts sur mon bâton de bois sont mineurs et je peux tous les encaisser. Je lui fais signe d'augmenter la cadence. Il redouble d'ardeur. Le premier coup me déstabilise et me fait perdre pied. Je bascule sur le tapis et me relève aussitôt. Il sourit et vient se placer derrière moi.

— Il faut que tu laisses un écart plus grand entre tes deux pieds, au moins de la largeur de tes épaules. Fléchis un peu les genoux. De cette manière, tu auras une meilleure stabilité au sol.

Il me montre où placer mes mains sur le bâton et exécute, avec moi, quelques mouvements. Je me sens bien ancrée au tapis et, malgré l'intensité des coups, je réussis à garder mon équilibre. Au bout d'un moment, j'ai gagné une certaine aisance et je peux même anticiper la prochaine attaque. Il enchaîne avec des déplacements vers l'avant, me forçant à reculer de quelques pas pour garder une distance raisonnable. Je jette, à quelques occasions, des coups d'œil à Noah qui semble bien se débrouiller.

La partie offensive de l'entraînement s'avère plus ardue. Elle demande beaucoup plus d'énergie et de puissance ainsi que l'élaboration d'une stratégie. De temps à autre, Victor arrête le jeu afin de m'enseigner de meilleurs angles d'attaque. Pendant près d'une heure, l'écho des coups de nos deux tandems résonne dans la salle, et la sueur ruisselle sur nos corps.

Lorsque Noah et moi présentons des signes évidents d'épuisement, Victor décide de mettre un terme à notre premier entraînement. Le claquement des bâtons n'est pas aussitôt fini que nous entendons des coups intenses sur le mur vitré de la salle de gym. Je sursaute. Une grande silhouette noire se tient derrière la vitre dans le couloir sombre. Je tressaille en distinguant la proéminence marquée de la mâchoire, et mon cœur se met à battre à tout rompre. Ça ne peut être que lui.

La silhouette ouvre la porte et fait un pas dans la salle. Je me mets en position d'attaque et brandis mon bâton dans sa direction. Avant que je m'élance, Victor pose une main sur mon bâton et abaisse celui-ci d'un geste sûr.

— T'as fini de faire l'idiot, Elliot? On t'attend depuis deux heures et tu arrives lorsqu'on a terminé!

Une personne vêtue de noir, de la tête aux pieds, un sac à dos, également noir, sur les épaules, et un masque à gaz recouvrant son visage, avance sous l'éclairage des néons. Il soulève son masque laissant soudainement apparaître : le sourire malicieux d'Elliot!

— Ah, zut! Ne me dites pas que j'ai manqué tout l'entraînement! Je voulais à tout prix voir le boulet se faire donner une raclée par sa petite amie!

— La ferme, Elliot! réplique Simon. Ne commence pas. Tu veux bien me dire ce que tu fais accoutré comme cela?

— Vous aimez notre nouvelle tenue de combat? éclate-t-il de rire.

Il dépose son sac par terre avant d'en extraire quatre masques semblables au sien.

— Tu as volé ça? demande Victor, irrité par les agissements de son frère.

— Disons, que je les ai empruntés.

— Mais, où as-tu déniché ça? hurle Simon, tout aussi mécontent. Oh, et puis non, ne me dit rien. Je préfère ne pas le savoir, dit-il, en plaçant ses mains sur ses oreilles en guise de protestation.

— Comme tu préfères, répond Elliot d'un ton arrogant.

C'est la goutte qui fait déborder le vase. Victor fonce vers lui d'un pas décidé en le menaçant du doigt.

— Maman serait furieuse de te voir dérailler de la sorte.

— Maman déraille, elle aussi. Je ne crois pas que cela la dérangerait.

Une nanoseconde plus tard, les mains de Victor lui entourent le cou.

— Je t'interdis de dire une chose pareille! Pense à tout ce qu'elle endure depuis des mois. Crois-moi, elle ne déraille pas du tout, dit-il, poussant Elliot vers le mur.

Celui-ci recule de quelques pas avant de reprendre son équilibre.

— Bravo, Elliot, s'exclame Simon. Maman en a plein les bottes et ta solution pour l'aider est de t'attirer des ennuis ? Tu ne trouves pas qu'elle en a assez sur les épaules ?

Elliot baisse la tête, saisissant la portée du message de ses frères. Noah, Jade et moi restons silencieux devant cette scène familiale mouvementée.

— Bon, ça va. J'ai compris, maître yogi, dit-il, fusillant Victor du regard. Je les rapporterai après, si ça peut vous faire plaisir.

Il murmure quelques jurons avant de reprendre son calme.

— Je vous promets que personne n'en aura connaissance, je pensais que vous seriez contents que j'aie déniché ces masques !

Personne ne répond, et il s'accroupit par terre pour les remettre dans son sac. Je suis tout à fait d'accord avec l'intervention de Simon et Victor, mais je dois avouer que je trouve l'idée des masques plutôt bonne, au cas où il y aurait un échappement de gaz.

— OK, on va garder les masques pour demain soir, mais assure-toi de les retourner après, dit Simon en secouant la tête.

Elliot se racle la gorge et prend un air détaché en refermant son sac.

— J'avais aussi prévu quelque chose au cas où l'on n'arriverait pas à prendre le dessus sur la bataille, mais j'imagine que ça ne vous intéresse pas d'en entendre parler.

— Oui, ça nous intéresse, que je réponds avec empressement, sans me soucier de l'opinion de la fratrie.

Elliot lève les yeux vers ses frères pour obtenir leur approbation. Ceux-ci font oui de la tête, et il sort nonchalamment un fusil de la pochette extérieur de son sac. Je pousse un cri en voyant l'arme.

— Pas de panique, dit-il. C'est juste un fusil tranquillisant.

Il se lève et s'approche pour nous montrer le pistolet. Victor lui arrache des mains pour l'examiner.

— Du calme, le superhéros ! Je l'ai pris à la clinique où je travaille et j'ai demandé la permission, en leur donnant une explication bidon... bien entendu, dit-il, pesant chacun de ses mots, ce qui irrite Simon et Victor au plus haut point.

Je commence à voir l'ampleur du caractère rebelle d'Elliot et je comprends leur réaction.

Elliot poursuit ses explications :

— J'ai aussi pris ces fléchettes tranquillisantes. Si nous n'arrivons pas à neutraliser quelques-unes de ces bêtes, nous pourrons les endormir et appeler la SPCA pour qu'ils viennent les récupérer ensuite, dit-il, levant les bras en l'air. Ça se fera dans les règles de l'art. Soyez sans crainte, tout est légal. Je sais ce que je fais.

Victor roule des yeux et lui redonne l'arme. Elliot travaille les weekends dans une clinique pour payer ses études. Il doit avoir accès à ce genre de matériel avec facilité. Quoiqu'il ait pris un mauvais tournant, depuis que son père est malade, on peut déceler qu'il est plutôt brillant et très allumé.

— Et si cela n'est pas suffisant? que je demande. Par exemple, si nous avons affaire à quelque chose de plus imposant que des matous, disons quelque chose comme les créatures dans le cimetière ou même pires.

— J'espère que nous n'en arriverons pas là, murmure Simon, mais si c'est le cas, j'ai un plan B particulièrement explosif.

○

À la sortie du vestiaire, Victor est adossé contre le mur de pierre, près de la fontaine. Je marche vers lui. Il a les cheveux en broussailles, encore mouillés, et l'odeur de son gel douche embaume la pièce. Il m'attire vers lui et profite du fait que j'ai relevé mes cheveux en chignon pour me couvrir le cou de baisers. Son étreinte me détend, et je me rends compte que l'entraînement et la douche chaude m'ont occasionné une baisse d'énergie. Je me sens tout à coup exténuée et me laisserais volontiers porter dans ses bras.

— Hum! tu sens bon, dit-il en continuant son exploration.

— Les autres sont partis? que je demande distraitement.

Il se détache de moi et me dévisage d'un air sérieux.

— Oui, et ça tombe bien, car j'ai quelque chose à te demander.

— Vas-y, je t'écoute, que je réponds, intriguée par la petite note de nervosité que je décèle tout à coup dans sa voix.

— Hum, comment dire? J'aimerais que tu viennes passer la nuit chez moi.

Sa demande me réveille comme un coup de fouet et je retrouve d'un coup tous mes esprits. Pendant les longues secondes qui suivent, je réfléchis à sa question et toutes ses implications. Je secoue la tête devant l'ironie de mon dilemme : j'ai la certitude d'être prête à affronter le Diable, mais suis-je prête pour *ça*?

— Je… Je… Euh… En fait, je ne suis pas sûre que ce soit une bonne idée.

Je baisse la tête, un peu embarrassée. Notre relation s'est construite, depuis le début, sur l'honnêteté ; je sais que je peux tout lui dire et qu'il ne me jugera pas, mais j'avoue que son invitation me surprend.

Conscient de mon émoi, il m'attire vers lui.

— Justine, regarde-moi, dit-il, redressant mon menton. Ce n'est pas ce que tu crois. Tu n'as pas à t'inquiéter, il ne va rien se passer. Tu dors souvent chez Noah et j'aimerais te savoir, ce soir, en sécurité à mes côtés. Je veux juste être avec toi. Rien de plus.

Je veux aussi être avec lui. J'ai confiance en Victor et je sais combien il est respectueux, mais le problème c'est que, moi, je suis attirée par ce plus.

Chapitre 54

JUSTINE
An 2016

Ce matin, en entrant dans l'hôpital, le bourdonnement et le va-et-vient du personnel me font penser à une énorme ruche d'abeilles. Il n'est pas encore huit heures et ça butine dans tous les recoins.

Je suis pleine d'énergie et je ressens une grande fébrilité. Nous sommes jeudi et, ce soir, ce sera le moment de vérité. Nous avons travaillé avec acharnement ces jours-ci pour mettre au point les derniers détails de notre mission. Nous sommes prêts à passer à l'action.

Je me surprends à me demander si ma surdose d'entrain provient de savoir Alice hors de danger, ou du fait que j'ai passé les dernières nuits chez Victor?

En sortant de l'ascenseur, j'aperçois ma mère, au poste des infirmières, en train de discuter.

— Allo, maman, comment va grand-mère ce matin? que je demande en saluant d'un signe de tête le personnel de l'étage.

Ma mère se retourne et s'approche de moi en me dévisageant d'un air étrange et distant.

— Elle reprend des forces, les plaies guérissent bien, mais elle a toujours un peu de difficulté à respirer.

— Je viens lui dire un petit bonjour avant d'aller en classe.

— Tu sais que tu ne dois pas rester trop longtemps, dit-elle sur un ton lourd de reproches.

Qu'est-ce qui lui prend de me parler sur ce ton ? Elle sait très bien que ce n'est pas mon intention. J'ai respecté toutes les consignes du personnel de santé jusqu'à présent.

— Oui, maman. Tu crois que je ferais exprès pour mettre sa santé en péril ?

— Bien sûr que non, mais…

Elle laisse sa phrase en suspens, car elle sait bien qu'il n'y a rien à rajouter là-dessus. Elle me fixe un moment. Je la sens visiblement contrariée.

— J'ai parlé à ton père ce matin. Il m'a dit que tu n'étais pas rentrée coucher ces derniers jours…

Encore une phrase en suspens que je laisse planer à mon tour, ce qui a pour effet d'attiser encore plus son mécontentement.

— Tu étais avec lui, c'est ça ? dit-elle, haussant le ton d'une octave.

Ce n'est pas la peine de lui répondre. Elle connaît assez mon langage non verbal pour tirer ses propres conclusions. Je n'ai pas envie de confirmer son insinuation.

Le souvenir des soirées passées avec Victor me rend imperméable aux récriminations. Les émotions négatives qu'elle projette sur moi rebondissent sans m'atteindre. Je me sens entourée d'un dôme protecteur et je tiens à préserver mon bonheur à tout prix. Plus j'apprends à connaître Victor, plus je souhaite sa présence dans ma vie. Même si, pour le moment, ni lui ni moi n'en demandons *plus*.

— Justine, chuchote-t-elle pour ne pas attirer l'attention. Tu ne le connais pas, tu ne sais pas à qui tu as affaire. Tu passes tout ton temps avec lui. J'ai le droit de m'inquiéter.

— Tu n'as pas de raisons de t'inquiéter, je sais ce que je fais.

Il est vrai que je ne connais pas Victor depuis longtemps, mais j'en connais suffisamment pour savoir qu'il est bien pour moi et qu'il me fait du bien. Je ne renoncerai pas à Victor, et ce, même si ma mère n'approuve pas mon choix.

— Mais, il est plus vieux que toi, et ça fait une grosse différence à votre âge, avance-t-elle, alors que je roule des yeux pour réfuter son point.

— Maman, il a le même âge que Noah et, pourtant, cet écart n'a jamais été un facteur négatif pour toi, n'est-ce pas? Combien de fois as-tu souhaité que je sorte avec lui?

Elle reste muette devant cette affirmation, car elle ne peut dire le contraire. Elle a toujours accueilli et traité Noah comme s'il avait le même âge que moi.

— Je me préoccupe de toi, c'est tout, dit-elle sur un ton plus posé.

Son visage s'adoucit, et je perçois toute l'inquiétude qu'elle tente d'exprimer avec maladresse. Je comprends où elle veut en venir, mais je dois arrêter de me culpabiliser pour tout et assumer mes choix, et ce, même si cela lui déplaît.

— Non, maman. Tu ne te préoccupes pas de moi; tu te préoccupes de ce que tu crois qui est bien pour moi: que je mange selon tes standards, que je fréquente les gens que tu crois bien pour moi... Tu ne te soucies pas de savoir comment, moi, je trouve ce garçon ni s'il me fait du bien. Je suis en âge de décider par moi-même. Tu ferais mieux de t'y faire, car je n'ai pas l'intention d'arrêter de le voir.

Je tourne les talons et m'engouffre dans la chambre de grand-mère.

La tension de cet échange disparaît aussitôt que je vois Alice assise sur son lit, un sourire amusé aux lèvres. Un poids tombe de mes épaules en constatant, de mes propres yeux, que son état s'est amélioré.

— Qu'est-ce qui t'amuse comme ça?

— Je savais bien qu'en trouvant un amoureux, tes priorités allaient changer et que les attentes des autres, envers toi, allaient avoir moins d'importance... L'amour donne une autre perspective à la vie, et du courage aussi.

— On peut dire que tu prends du mieux! dis-je, étonnée par son envie de me taquiner.

Je ferme la porte derrière moi et m'approche pour lui faire un câlin.

— Je suis si contente de te voir. J'ai tellement de choses à te dire...

— J'en ai beaucoup à te dire aussi, mais il reste peu de temps avant qu'on ne te demande de sortir.

Je hoche la tête en guise d'approbation. Je ne sais pas par où commencer, tant j'ai de questions à lui poser et d'événements à lui raconter.

— Bon, allons au plus important, dit-elle en brisant la glace. Est-ce qu'Elsa a pu t'écrire l'énigme à propos de l'endroit où se trouve le boulon ?

J'hésite avant de répondre. J'aurais envie de tout lui dire, mais j'ai une réserve à lui confier nos plans étant donné son état de santé encore fragile.

— Bon, j'en déduis que ça veut dire oui, et cela répond aussi à ma question suivante qui était de savoir si tu l'avais résolue.

Je ne peux rien cacher à ma grand-mère. Elle finit toujours par découvrir la vérité.

— Oui, nous l'avons résolue et nous savons où est le boulon.

— Bien, dit-elle en marquant une pause. J'imagine que ton but est de le récupérer et que ça ne me sert à rien d'essayer de t'en dissuader.

— Ouais, en gros c'est ça.

— Alors avant que tu te lances dans cette aventure, je souhaite te faire une mise en garde concernant le boulon.

Je la questionne du regard et elle me fait signe de prendre place sur le fauteuil.

— Le boulon possède d'autres propriétés dont je ne t'ai pas parlé. J'ai découvert, lorsque je l'avais en ma possession, qu'il y avait à l'intérieur des sillons qui pouvaient me transmettre des images du passé. Comme si je voyais un film en y passant mon doigt.

— Oui! Je le sais!

— Bien. À l'époque où ta mère était enceinte de toi, j'étais hantée à la pensée de vous perdre toutes les deux. J'ai eu envie de vérifier une petite théorie qui m'était venue à l'esprit. Je pensais que le boulon pourrait me faire voyager dans le temps et j'ai eu envie de tester la chose. J'étais obsédée par l'idée que si j'arrivais à retourner dans le passé, je pourrais empêcher Albert de prendre le boulon. J'aurais pu ensuite remonter plus loin dans le temps pour forcer mon grand-père Joseph à refuser le pacte du Diable.

J'avance sur le bout de ma chaise, impatiente de connaître la suite. Le boulon peut nous montrer des images du passé et du futur. Je l'ai vu de mes yeux. Néanmoins, peut-il vraiment nous faire voyager dans le temps?

— Je suis donc allée sur le pont et j'ai remis le boulon en place, en tournant quelques tours dans le sens contraire. Il s'est alors produit une secousse et je me suis sentie déstabilisée, comme si j'étais aspirée dans un tunnel. Je me suis agrippée au pont. Lorsque tout a cessé, je n'avais pas bougé d'un poil, mais j'avais eu la peur de ma vie. J'ai repris le boulon et je suis allée dans un restaurant pour prendre un café, le temps de me remettre de mes émotions. La serveuse m'a remis le journal du jour qui attira tout de suite mon attention. La date du jour était différente. Elle indiquait que nous étions trois ans plus tôt. J'ai compris, alors, que j'étais parvenue à reculer dans le temps, mais pas assez loin pour sauver Albert.

Une infirmière passe dans le couloir et nous fusille du regard. Je ne serais pas surprise qu'on me demande de partir bientôt.

— Grand-mère, peux-tu faire plus vite ?

— Oui, bien sûr. Voyons voir... J'étais étourdie et déboussolée, je me suis levée de table un peu trop vite et j'ai perdu conscience. Lorsque j'ai repris mes esprits, j'avais la tête sur les genoux d'Éric, celui qui allait plus tard devenir ton beau-père. Lui et son ami m'épongeaient le front avec une serviette de table humide. Je leur ai raconté des bribes de mon histoire : le pont, le Diable, le boulon, la mort d'Albert, etc. Les deux garçons me croyaient folle. Ils m'ont aidée à me lever et, en sortant du restaurant, nous sommes tombés face à face avec ta mère.

— Grand-mère, plus vite, s'il te plait, que j'implore alors que mes jambes gigotent d'impatience.

— Je suis retournée sur le pont et j'ai remis le boulon en place, en tournant trois tours dans le sens horaire. La même secousse s'est produite. Lorsque j'ai rouvert les yeux, un homme asiatique était devant moi, il avait l'air effrayant. Il travaillait pour le Diable et voulait récupérer le boulon. J'ai accédé à sa demande en me disant qu'il nous laisserait peut-être tranquilles si je ne causais pas de problèmes. Ce fut bien le cas. Nous étions tranquilles, jusqu'à tout récemment...

— Cet Asiatique, avait-il des cicatrices dans le cou ?

— Oui, comment sais-tu cela ?

Je balaie la main pour lui indiquer de poursuivre son histoire. Alice prend une pause et ferme les yeux pendant un bref instant.

— Je voulais que tu saches cette histoire, car c'est ce qui a créé un froid entre moi et ta mère. Après ma mésaventure, elle a pris le temps de remercier ces jeunes garçons et cela a été le début de sa relation avec Éric. Ils ont été amis pendant plusieurs années, et plus tard, ils sont tombés amoureux. Elle a divorcé de ton père pour aller le rejoindre. Je ne leur ai jamais reparlé de cette histoire et leur ai laissé croire que j'avais oublié ce jour-là.

Sa voix se brise et quelques larmes coulent sur ses joues.

— J'en ai toujours voulu à ta mère d'avoir quitté ton père et de t'avoir causé tant de tristesse. J'ai compris, plus tard, qu'en réalité, c'est envers moi que je suis le plus en colère, c'est moi qui ai tout gâché en changeant le parcours du destin. Tout cela était en fait de ma faute. Je suis tellement désolée, Justine...

Ma gorge se resserre à la voir si peinée, et je ne peux pas la laisser porter ce fardeau.

— Ce n'est pas de ta faute. Tu ne dois pas te sentir responsable. Si c'est arrivé, c'est sûrement parce que la relation avec papa était fragile et rien ne peut prouver qu'elle aurait duré. Qui te dit qu'elle n'aurait pas rencontré Éric plus tard dans sa vie, dans d'autres circonstances ?

Je pose ma main sur sa joue et caresse celle-ci. Elle attrape ma main et arrête mon mouvement.

— Justine, promets-moi que tu n'essaieras pas de retourner dans le passé. Cela peut avoir de graves conséquences...

— C'est promis, grand-mère! Maintenant, ne t'inquiète plus de rien et repose-toi. Il faut guérir vite. Nous aurons besoin de toi pour les prochaines étapes, dis-je en lui lançant un clin d'œil.

— Il va t'aider pour le boulon?

— Oui. Il s'appelle Victor et je crois qu'il serait prêt à tout pour m'aider.

— Je l'aime déjà! dit-elle, esquissant un sourire.

Je tourne les talons et me dirige vers la porte.

— Justine?

— Oui?

— Ta petite-fille. Elle est adorable et elle a ta détermination.

Chapitre 55

ELSA
An 2071

Des bruits de pas résonnent dans ma tête, comme si je me trouvais dans une bulle de verre. Au milieu de cette cacophonie, je distingue des voix, mais je n'arrive pas à saisir les mots. Mes paupières fatiguées restent collées à mes yeux. Je me sens lourde. Très lourde. Mon épaule droite est encore plus pesante que le reste de mon corps. Une douleur se répand dans l'ensemble de mon bras, comme si un liquide s'infiltrait sous ma peau, laissant une sensation de brûlure à son passage. Je tente de relever l'autre bras pour toucher mon épaule meurtrie, mais je n'y arrive pas. Chaque fois, il retombe sur le sol sur lequel je suis allongée.

Je concentre mon énergie à ouvrir mes paupières, et une lumière voilée apparaît au fur et à mesure que je réussis à les soulever. Au bout de quelques secondes, le voile brumeux se dissipe et je réalise que je suis chez moi, couchée sur le sol. J'essaie de comprendre ce qui m'arrive, mais mon cerveau semble se débattre dans un tas de gélatine. Les pensées qui émergent ricochent pendant un certain temps avant de pouvoir se fixer.

Des chariots, des gardes, des arbustes et des rails. Voilà les images qui bondissent sur le trampoline qu'est mon esprit.

J'amorce un mouvement pour tourner ma tête. Les images se forment au ralenti. Au moment où les choses se précisent enfin, une scène me saisit : une armée de gardes et de *mutations* est alignée devant moi, pointant des lances bien aiguisées dans ma direction.

— Tu as bien dormi après ta promenade nocturne ? L'air frais et l'activité physique donnent sommeil, n'est-ce pas ?

Je tourne ma tête en direction de la voix. C'est alors que je l'aperçois. Le Diable. En chair et en os, appuyé sur sa canne au-dessus de moi. Mon regard croise ses yeux jaune et noir, et un frisson me parcourt le dos.

— Qu'est-ce… que… vous m'avez fait ?

— Oh ! C'est juste un petit tranquillisant pour m'assurer que tu restes sage. Après ton escapade, je préfère ne prendre aucun risque.

— Je… Je… n'ai rien fait, que je bafouille.

Ma bouche est engourdie et j'ai peine à articuler.

— Bien sûr que non. Seulement, nous avons découvert des traces de pas autour de la voie ferrée, et étrangement, celles-ci mènent jusqu'ici.

Ça me revient. Je suis sortie pour transmettre l'énigme à Justine et j'ai réussi ma mission. Je suis revenue avant que papa se réveille et j'ai pris soin de remettre mon collier de métal avant de m'assoupir sur le sol, exténuée par cette aventure.

— Tu as laissé bien plus que des traces de pas sur ton chemin, et je t'en remercie. Maintenant, je connais ton secret: tu possèdes un pouvoir sur le métal...

— Que... me... voulez-vous?

— Je viens t'enseigner le respect. Tu as fui pour je ne sais quelle raison et tu as tué mes gardes. Tu vas payer pour ça! Il ne peut en être autrement!

Il donne un coup de canne sur mon collier de métal et celui-ci se referme progressivement sur mon cou. Le bruit du métal qui se courbe emplit la pièce. La panique monte en moi et l'adrénaline libérée permet de me mouvoir un peu. Je concentre l'énergie qui me reste à repousser le collier de métal, mais sans succès. C'est peine perdue. Le collier rétrécit et m'empêche de respirer.

— Non, ne faites pas ça! Ne lui faites pas de mal!

Je reconnais la voix de mon père dans ce faible cri de désespoir. Il se lève du lit et titube sur ses jambes qui sont ankylosées par plusieurs heures d'inaction.

— Il n'en est pas question, elle va subir les conséquences de ses actes, aboie le Diable. Mais si vous préférez...

Il avance vers mon père et, d'une main, il projette une boule de feu sur son abdomen qui enflamme aussitôt sa camisole. Mon père se met à hurler de douleur alors que les flammes lui brûlent la peau.

— Ne faites pas cela! que je réussis à crier.

Il tend la main, et cette fois-ci, plusieurs petites langues de feu jaillissent dans toutes les directions. Mon père se tortille chaque fois que l'une d'elles l'atteint. Les jambes, les bras et même dans les cheveux. Ses traits crispés traduisent le supplice qu'il endure. L'asphyxie le gagne alors qu'il cherche son air.

— Non, arrêtez! Je vous en supplie! Il n'a rien fait! Faites ce que vous voulez avec moi, mais laissez-le tranquille.

— Tu préfèrerais quelque chose de moins souffrant? dit-il, me dévisageant avec toute l'arrogance que je lui connais.

Il tend à nouveau la main devant lui et de l'eau se met à gicler du bout de ses doigts, arrosant mon père d'un puissant jet de la tête aux pieds. En quelques secondes, toutes les flammes sont éteintes et mon père tente de reprendre son souffle. Il inspire à plusieurs reprises et tousse comme s'il avait la gorge brûlée par la chaleur et la fumée.

— C'est cela, respire bien. Ça va être plus facile pour moi, dit-il sur le même ton méprisant.

Je n'ai pas le temps de comprendre la signification de cette phrase que le Diable augmente la pression du jet et le dirige tout droit dans les narines de mon père. Celui-ci ouvre la bouche, dans un réflexe pour respirer, mais le flot qui coule dans sa gorge l'empêche d'aspirer de l'air à l'intérieur de ses poumons.

Je pousse un cri d'horreur et tente de me relever. Aucun membre de mon corps ne réagit à mes efforts.

— Ne t'en fais pas, ce ne sera pas long. L'eau va rapidement remplir ses poumons et tout sera vite réglé.

— Laissez-le respirer, je vous en prie!

— Je croyais que tu voulais quelque chose de moins souffrant, alors voilà!

Je tente de me libérer de mes chaînes, mais les forces m'abandonnent et je n'ai aucune emprise sur le métal. Je tourne le regard vers mon père ; il ne pourra plus tenir longtemps. Des larmes inondent mes joues et mon cœur se déchire de désespoir. Au même moment, un reflux d'eau sort de sa bouche. Mon pouls bat si vite dans mes tempes qu'on dirait que ma tête va éclater. Je suis prisonnière de mon corps. Paralysée, je ne peux rien faire d'autre que le regarder se noyer.

— Voilà, c'est presque terminé, murmure le Diable.

Mon père place les paumes de ses mains devant lui pour tenter désespérément d'empêcher le flot d'eau de pénétrer dans son nez, mais il n'y arrive pas. Ses yeux roulent vers l'arrière et ses bras retombent le long de son corps comme une poupée de chiffon.

— Non, papa ! Reste avec moi ! que je hurle en sanglots.

Ses genoux fléchissent et heurtent le sol. Tout son corps se ramollit et il s'effondre sans plus bouger. Ses yeux sont révulsés et un filet d'eau coule de sa bouche.

Je rassemble toutes mes forces pour allonger mon bras et toucher son poignet. Rien. Aucun pouls. Avant même que je puisse expulser le gémissement de douleur qui remonte du fond de mes tripes, on me soulève du sol. Je m'accroche à lui autant que je peux, mais mes doigts glissent un à un et je perds le contact de cette main qui m'a encouragée et cajolée toute ma vie.

— Amenez-la aux cellules !

Ma respiration est de plus en plus saccadée à travers mes san-glots. Je n'ai plus d'air. Le plafond se met à tourner au-dessus de ma tête. Des points noirs surgissent et, l'instant d'après... plus rien.

Chapitre 56

JUSTINE
An 2016

Se fondre dans la foule d'étudiants, qui est là pour faire la fête, est un jeu d'enfant. Nos tenues sombres sont tout à fait appropriées pour l'occasion : jeans, vestes et chandails kangourou. Nous attendons que la fête batte son plein pour filer en douce vers le bureau de la Société, qui se trouve à un étage plus haut. Ça ne devrait plus être long, à en juger les conversations animées, la piste de danse qui s'est remplie, et le volume de la musique qui a monté d'un cran. Il fait chaud dans cette petite cafétéria transformée en bar pour la soirée. Le mélange d'odeurs de bière, de sueur et de parfum alourdit l'atmosphère. Je me sens étouffée et mes jambes sont molles. Le plancher de céramique à motif à damiers semble valser sous mes pieds.

Nous transportons chacun un sac à dos contenant nos armes et du matériel pour faciliter notre mission : marteau, barre à clous, pince et autres outils. J'ai opté pour un long couteau et une épée, question de mettre un peu de distance entre moi et mes assaillants, si cela se présente.

Il a été convenu que je laisse mes gourdes d'eau de côté, pour ne pas alourdir ma charge. De toute façon, si j'ai à utiliser mon pouvoir, j'en aurai besoin en plus grande quantité. Simon m'a assuré qu'il y avait des fontaines et des toilettes sur tous les étages. En plus, le Département de génie des eaux en garde des réserves importantes. J'espère ne pas en arriver là.

Nos voitures ont été garées à différents endroits sur le campus, pour faciliter notre évacuation. Cela nous donnera une marge de manœuvre supplémentaire, si nous devons nous diviser et sortir par des issues différentes.

Un peu plus tôt, en début de soirée, nous avons fait le repérage des lieux, tant à l'intérieur qu'à l'extérieur. Nous avons établi des points de rencontre en fonction des scénarios possibles.

La consigne est claire : dès que je récupère le boulon, Victor et moi devons nous enfuir en priorité. Noah a passé la journée sur les terres de l'érablière de ses parents, afin d'organiser notre refuge. J'ai une petite pensée pour Jade qui est au chevet de grand-mère, et j'espère que tout va bien aller pour elles. Pour nous aussi. Une bouffée de chaleur me monte à la tête et ma nervosité est à son comble.

— Ma tournée ! s'écrie Elliot, qui apporte cinq verres de bière.

Noah, Simon, Victor et moi refusons son offre. La boule que j'ai à l'estomac m'empêche d'ingurgiter quoi que ce soit, et je ne veux surtout pas risquer d'altérer mes réflexes par les effets de l'alcool. Victor et Simon discutent des derniers détails, tandis que Noah sautille sur place.

— Allez, ça va vous dégourdir un peu, insiste-t-il en présentant les bières à nouveau. Vous avez l'air d'une bande de trouillards. Ce sont les petits matous qui vous foutent les jetons ?

Il dépose quatre bières sur une table bistro et en avale une d'un trait. Il s'essuie la bouche du revers de sa manche.

— Moi, au contraire, ça me branche cette histoire de créatures à poil. Ça risque de faire des sujets intéressants à disséquer.

— La ferme, Elliot ! lance Simon, impatient. Franchement, tu devrais avoir honte de parler comme ça. C'est pas très professionnel pour un futur vétérinaire…

— Justement ! C'est ma curiosité professionnelle qui parle, s'exclame-t-il, avant d'entamer un deuxième verre de bière. Il avale sa gorgée et reprend :

— Occupez-vous des chats de gouttière, si ça vous chante, mais laissez-moi les mutants.

Simon lève les yeux au ciel, exaspéré.

— Ça suffit, vous deux, interrompt Victor en retirant le verre des mains d'Elliot et en le déposant sur la table. Concentrons-nous sur ce que nous avons à faire. Bon, je crois qu'on peut y aller, la fête semble battre son plein. On travaille en équipe, d'accord ?

Il fusille du regard ses deux frères et ceux-ci acquiescent en silence, avant d'emboîter le pas derrière Noah qui a pris les devants. Nous quittons la cafétéria et montons l'escalier du hall d'entrée tout à fait incognito. Plusieurs étudiants sont assis ici et là, par terre, dans les marches, sur les paliers et autour d'une réplique de la planète Terre, à discuter loin de la musique assourdissante. Au bout du hall, nous bifurquons à gauche en direction du bureau de la Société des Sept Gardiens. Le corridor est désert. Je rejoins Noah qui marche devant moi.

— Promets-moi que tu ne feras pas l'idiot en risquant ta peau comme au cimetière, que j'implore en posant une main sur son épaule. Ce n'est pas le temps de jouer au superhéros.

— Ouais, c'est vrai. Tu as déjà ton superhéros… dit-il avec une pointe d'irritation dans la voix. Ne t'inquiète pas pour moi. Je vais me débrouiller.

La fermeté de sa réponse me saisit.

Je continue quelques pas en silence et m'assois par terre contre le mur devant la grosse porte en bois massif, imitant les étudiants que nous avons vus dans le hall. Victor me sourit, approuvant cette idée improvisée. Il s'assoit à ma gauche, tandis que Noah s'installe à ma droite. Elliot et Simon prennent place par terre contre le mur opposé, juste à côté de la porte. Celui-ci colle son oreille sur la porte pendant quelques secondes et déclare :

— La voie est libre! Sortez vos masques et tenez-vous prêts à les enfiler! Elliot, tu t'occupes de la porte?

On s'exécute tous et Elliot s'accroupit devant la serrure. Il sort d'abord son masque de son sac et ensuite un trombone de métal. Il le déplie et insère la pointe de l'instrument improvisé dans la serrure. Il le fait pivoter pour déclencher le mécanisme. Au bout d'un moment, on entend un petit clic. Il retire l'objet et se retourne vers nous.

— C'est bon, on peut y aller. Il n'y a pas de système d'alarme sur cette porte ni de détecteur de mouvement dans la pièce. Quelqu'un reste dans le couloir pour monter la garde?

Tous les regards se tournent vers moi, mais je secoue la tête. Je veux prendre le boulon moi-même. Les regards convergent ensuite vers Noah.

— Je vote pour le boulet, dit Elliot.

— Non, pas question! Fait chier, cette histoire de boulet! aboie-t-il.

— Bon, allez! On n'a pas toute la nuit. Allez-y, je vais rester ici, déclare Victor.

Il m'aide à enfiler mon masque. Aussitôt fait, je me sens comme si j'avais la tête sous l'eau; mon champ de vision est restreint en périphérie. Ma respiration amplifiée résonne dans ma tête. Il fait chaud et j'ai l'impression d'avoir l'air d'une mouche. On dirait que Victor lit dans mes pensées.

— Ça fait ressortir tes beaux yeux, chuchote-t-il avec amusement.

J'entre la dernière dans la pièce obscure et referme la porte derrière moi. Simon et Elliot ont allumé leurs lampes torches et nous guident vers le comptoir du fond. J'ouvre aussi la mienne et dirige le faisceau au centre du présentoir. Je pousse un soupir de soulagement. Il est là. Le métal brille sous la lumière.

Un espace d'environ un mètre sépare le comptoir du mur de droite. Nous franchissons cette allée pour nous retrouver derrière. Nous sommes tous nerveux et appréhendons la suite de l'opération.

Noah et moi assurons, avec nos lampes torches, l'éclairage des manœuvres qu'exécutent Simon et Elliot dans l'armoire sous le comptoir. Simon ouvre les portes et prend le temps d'examiner ce qu'il voit. Une bouteille, de la taille de celle qu'on utilise pour le barbecue, occupe toute la place à gauche. Un mince tuyau de caoutchouc noir part de celle-ci, longe la paroi de l'armoire et monte jusqu'au présentoir vitré, en se glissant dans un petit trou prévu à cet effet. Après un moment de réflexion, il expose sa théorie.

— Je crois qu'il suffit que je ferme le réservoir de la bouteille pour empêcher le gaz de s'échapper.

— Ça semble trop facile, mais je crois que tu as raison, renchérit Elliot. On pourrait aussi couper le tuyau de caoutchouc à la sortie de la bouteille pour être plus sûrs. J'ai amené des bouchons d'oreille en mousse que je peux rouler et mettre dans le trou. En reprenant sa forme, le bouchon va combler l'ouverture du tuyau. Il n'y aura donc plus aucune chance de fuite.

— Bonne idée! confirme Simon. Euh... Saurais-tu à quoi servent ces deux fils électriques, qui sont rattachés à cette petite boîte?

Elliot prend ma lampe et étudie ceux-ci. Il plonge ensuite la tête sous le comptoir pour aller voir de plus près.

— Je crois qu'ils sont branchés à des détecteurs. Sûrement pas un détecteur de mouvement, car nous serions déjà cuits. Probablement un détecteur de bris de verre, ou quelque chose comme ça. Pour le moment, on ferme l'alimentation de la bouteille et on se sentira plus en sécurité pour réfléchir à l'étape suivante.

Simon acquiesce d'un signe de tête et se met à la tâche. Ses mains tremblent et nous retenons tous notre souffle. L'opération pourrait se terminer ici!

Il ferme d'abord le robinet d'alimentation et attend qu'Elliot soit prêt. Dès qu'il a comprimé le bouchon d'oreille, Simon coupe le tuyau et Elliot l'ajuste dans le trou.

Mon cœur bat à tout rompre, pendant que j'attends de voir ce qui se passe. Il fait chaud sous ce masque et une légère condensation se forme sur le pourtour de la paroi vitrée. Nous restons immobiles durant de longues minutes, mis à part Noah dont les genoux ne cessent de claquer.

— Arrête de gigoter et te tortiller comme un enfant, tu veux? s'exclame Elliot, se tournant ensuite vers son frère. On dirait que ça va, pour cette étape; on fait quoi ensuite, Simon?

Elliot est impatient d'arriver au but. Moi aussi. J'ai hâte d'en avoir fini et de retrouver l'air frais de la nuit. Victor doit se demander ce qui prend autant de temps. La lumière de la lampe de Noah commence à vaciller, ce qui m'indique que lui aussi ne tient plus en place. Notre silence augmente la pression qui pèse déjà lourd sur les épaules de Simon, qui examine toujours les fils.

— Écoutez, je suis pas mal convaincu que ces fils alimentent les détecteurs qui se trouvent dans le comptoir, mais je n'en ai pas la certitude absolue. Si je coupe les câbles, je ne peux prédire ce qui arrivera. Il y a deux options: soit on tente le coup, soit on repart les mains vides.

— Pas question de repartir les mains vides, s'écrie Noah.

Tous les regards se tournent vers lui, et je suis étonnée de sa détermination.

— Je veux dire... on ne peut pas abandonner Justine. Je vote pour tenter le coup.

— On tente le coup, que je réponds pour l'appuyer. Si vous ne voulez pas être mêlés à cela, on peut vous laisser sortir avant.

Je dirige le faisceau de lumière vers Elliot.

— Pas question de manquer cela! C'est la chose la plus dingue qu'on ait faite en famille depuis longtemps!

Simon approuve en hochant la tête et il nous ramène aussitôt aux choses concrètes:

— OK, mais, préparez-vous à tirer votre révérence; il va falloir agir vite.

Je me demande comment on pourra ouvrir le présentoir. Il n'y a pas de panneau rabattable pour accéder au contenu intérieur. De plus, la vitre semble être d'une bonne épaisseur...

— Oui, mais, comment on fait ensui...

Je n'ai pas le temps de finir ma phrase qu'Elliot prend son couteau, tend la lame et coupe les fils en deux. Une lumière rouge se met à clignoter sous la petite boîte d'alimentation.

— Putain de merde, on dirait que j'ai raté quelque chose! s'exclame Elliot.

Simon se couche au sol et éclaire le dessous de la boîte.

— Zut! Il y a un autre fil qui part d'ici et qui longe l'armoire au ras du plancher. Il est possible qu'il alimente une alarme de secours au cas où des crétins, comme nous, auraient l'intention de sectionner les fils...

Sa constatation me fait l'effet d'une bombe. Nous sommes dans la merde jusqu'au cou. Il est clair que cette intrusion est maintenant du domaine public. Combien de temps avons-nous avant que quelqu'un ou quelque chose rapplique? Je déglutis avec difficulté.

— On fait quoi, maintenant? que je demande, secouée par ce revirement de situation.

— Poussez-vous loin du comptoir et protégez vos têtes, s'écrit Noah.

Nous obtempérons à ses ordres sans discuter. Je m'accroupis le long du mur, baisse la tête et couvre celle-ci avec mes mains. Un bruit d'éclats de verre retentit et je reçois une pluie de petits morceaux de vitre. Lorsque j'ouvre les yeux, Noah tient un marteau dans sa main et le présentoir est brisé à l'endroit qui nous intéresse. Le boulon d'or gît au milieu des milliers de fragments de vitre.

— Pas mal pour un boulet! dit Elliot.

Je me lève d'un bond et secoue mes vêtements pour faire tomber les débris de verre. J'avance vers le comptoir et tends la main vers le précieux objet. J'hésite, puis recule. Peut-il y avoir un autre dispositif de sécurité? Je prends une grande inspiration et agrippe le boulon. Au point où nous en sommes, c'est tout ce qui compte. Je résiste à l'envie de l'admirer une seconde fois. Je l'enfouis sous mon chandail et referme mon manteau pour le maintenir en place. Noah me tire par le bras.

— Décampons d'ici au plus vite, crie Noah, paniqué.

Il sort le premier en me tirant par la main, les frères Dugré suivant de près. Nous soulevons nos masques pour reprendre notre souffle.

— Quelque chose ne va pas? s'écrie Victor, alarmé par l'expression tendue de nos visages.

— On a raté un fil. On va avoir de la visite! que je hurle, à travers le bruit de nos pas qui résonnent dans le couloir désert...

Désert, mais pas pour longtemps...

Chapitre 57

JUSTINE
An 2016

Nous franchissons le hall d'entrée en coup de vent et atteignons la porte de sortie, sans être vus. Nous nous arrêtons quelques secondes, le temps de respirer l'air frais de l'extérieur. Victor, ne réalisant pas à quel point on a besoin de souffler, nous presse de continuer.

— Allez, vite, il faut escorter Justine jusqu'à la voiture, ordonne-t-il.

Nous repartons de plus belle. Victor a raison. La partie cruciale du plan consiste à conserver ce boulon en ma possession. Ce ne sera pas une partie de plaisir. Tôt ou tard, le Diable va se rendre compte que nous le lui avons dérobé.

En effet, juste avant d'atteindre le stationnement, des formes se matérialisent devant nous. Il doit y en avoir cinq en tout sur une ligne horizontale. Cinq gros chats maléfiques prêts à l'attaque. C'était inévitable. Mes jambes faiblissent et Victor me serre la main en m'attirant vers lui.

Les matous avancent vers nous. Arrivés à la hauteur d'un lampadaire, on peut voir leurs horribles yeux jaunes miroiter sous l'effet de la lumière. Leurs crocs sortent de leurs gueules entrouvertes et leurs griffes jaillissent de leurs pattes. Nous freinons notre course. Il n'y a d'autre choix que de rebrousser chemin. La meute nous empêche de progresser vers la voiture de Victor.

— Minou, minou, par ici, chantonne quelqu'un derrière moi.

Qui serait assez stupide pour tenter d'amadouer ces bêtes ? Lorsque je tourne la tête, j'aperçois Elliot, accroupi au sol, les coudes sur les genoux. D'une main, il pointe un fusil tranquillisant sur sa cible. De l'autre, il secoue un sac de friandises pour chat.

— Tu sais que tu es vraiment timbré ? grogne Simon en secouant la tête. Laisse tomber les friandises et tire-nous de ce pétrin ! On dirait que tu t'amuses avec ce petit jeu de dards…

Elliot ne se laisse pas distraire par les insultes de son frère aîné. Il vise à travers la lunette et appuie sur la gâchette. Le projectile atteint l'animal en pleine poitrine. La bête s'effondre, se tortille un moment et s'immobilise.

Il se relève en un éclair offensé par la remarque de son frère.

— On reste poli, tu veux bien ! Ce n'est pas un jeu de dards, pauvre imbécile. C'est un fusil hypodermique et ces fléchettes vont sauver tes fesses.

Il se retourne vers nos assaillants et laisse tomber les friandises par terre. Ils ont franchi quelques mètres en notre direction et manifestent leur agressivité par des cris perçants. Il met en joue sa prochaine cible, les deux mains vissées sur son arme. Il tire deux coups de suite. Les deux bêtes tombent tour à tour sur le sol.

La quatrième créature griffe le sol en montrant des crocs bien aiguisés. Elle bondit droit sur Elliot. Celui-ci l'atteint en plein vol. Elle percute le sol dans un bruit sourd. Le dernier animal amorce une tentative de fuite, mais une fléchette rouge pénètre son arrière-train.

Je n'ai même pas le temps de pousser un soupir de soulagement qu'une nouvelle série de matous se matérialise au même endroit. Un groupe encore plus nombreux que le premier.

— Va falloir sortir vos armes, groupe. Je n'aurai pas assez de munitions, prévient Elliot avec un peu moins d'assurance qu'il y a quelques minutes.

Nous sortons chacun une arme de notre sac. Le manche du couteau que je tiens est froid dans la paume de ma main, et un frisson me parcourt le dos. Je réalise que ce n'est pas tant la température de l'arme qui me fait frissonner que l'idée de devoir m'en servir.

— Changement de programme. Il va falloir passer au plan B, annonce Simon d'un ton sec et peu rassurant.

Je lève les yeux et constate que plusieurs mutants se dressent derrière les énormes chats noirs, qui sont apparus il y a quelques secondes à peine. En tout, ils sont plus d'une quinzaine de créatures prêtes à nous faire la peau.

Les matous ne peuvent compter que sur leurs griffes et leurs crocs, tandis que les mutants sont armés jusqu'aux dents de couteaux et d'épées. Cette fois, ça y est ; chacun de nous devra se battre si nous voulons venir à bout de ces bêtes. Plus encore, rester en vie.

— C'est quoi déjà, le plan B ? s'informe Noah d'une voix tremblante.

Chapitre 58

JUSTINE
An 2016

— On doit retourner à l'intérieur, dit Simon, reculant vers le pavillon d'où nous sommes sortis auparavant.

— Pas question, proteste Victor, on risque de se retrouver pris au piège.

— Non, crois-moi, ce sont eux qui vont être pris au piège. Il y a du matériel électrique à haute tension dans tout le sous-sol. On va griller ces bestioles !

— J'embarque ! s'exclame Elliot. AT-TEN-TION, ça va chauffer !

Simon pointe son couteau sous le menton de son frère.

— Tu ne touches à rien, Elliot, tu me laisses manœuvrer les choses, compris ? On ne parle pas d'un petit circuit électrique pour brancher ta jolie veilleuse. Il y a assez de puissance là-dedans pour flamber tout le quartier.

— Bon, ça va. J'ai compris, dit-il. T'inquiète pas, je ne vais pas tout faire foirer. Allez-y, je retiens la visite un petit moment.

Simon rétracte son couteau, et nous donne des instructions avant de partir.

— Je m'occupe des effets spéciaux. Elliot et Victor, protégez les arrières de Justine. Noah, viens m'aider à mettre tout ça en marche.

Sur ces derniers mots, Simon court vers l'entrée du pavillon. Noah *sprinte* derrière lui et arrive à prendre les devants. Il est un coureur d'élite, mais je soupçonne que fuir ces bêtes lui donne encore plus de motivation. Victor me prend la main et m'entraîne avec lui. Il ouvre la porte et nous déboulons dans le hall d'entrée.

— Il faut trouver un moyen de faire évacuer les étudiants ! que je m'exclame entre deux souffles. Il faut aussi trouver la source d'eau la plus proche ; je veux prêter main-forte au combat et je me sentirais plus à l'aise d'utiliser mon don que des armes.

Il dégage sa main de la mienne et m'envoie un clin d'œil.

— Tout ce que tu veux, chérie ! dit-il.

Il se dirige vers le mur et actionne l'alarme de feu. Une sirène retentit instantanément et les gicleurs se mettent à déverser une fine pluie. D'une pierre, deux coups ! Il a trouvé le moyen d'éloigner les étudiants qui sont à l'intérieur, et de me donner accès à une quantité d'eau illimitée. Ingénieux, comme solution.

Un déferlement humain envahit le hall d'entrée, et Victor s'empresse de diriger les étudiants vers la sortie arrière du bâtiment. De cette façon, personne n'arrivera face à face avec la horde de créatures diaboliques.

Une fois cette étape réglée, nous traversons la cafétéria déserte et empruntons l'escalier menant au sous-sol pour suivre Noah et Simon. Nous les rejoignons devant une porte verte avec une affichette rouge, blanche et noire sur laquelle est inscrit: *DANGER haute tension*. Rien de bien rassurant pour des gens comme nous qui ne sont pas «au courant» des notions électriques de base. En espérant que Simon sait ce qu'il fait.

Il nous fait entrer à l'intérieur de cette immense pièce à caractère industriel tout en béton gris. Je suis surprise par la grandeur de celle-ci, mais surtout par l'imposante installation électrique qui s'y trouve.

—Préparez-vous au combat. Ça va chauffer! s'écrie Simon, en s'affairant à mettre sous tension différents appareillages.

Il se dépêche d'ouvrir plusieurs interrupteurs, dont un qui affiche 600 volts. Je comprends pourquoi cela s'appelle un laboratoire de puissance.

Il enfile des gants de caoutchouc et retire plusieurs plaques de métal qui recouvrent plusieurs conducteurs électriques. Il déambule d'un appareil à l'autre en effectuant des manœuvres similaires. Je n'ai pas la moindre idée de ce qu'il fabrique, mais il a l'air en contrôle de la situation. Noah s'affaire à suivre ses instructions. Le temps presse. Elliot pourrait rappliquer d'un instant à l'autre avec, à ses trousses, toute la cavalerie diabolique.

— Bon, le plan est assez simple, dit Simon, s'épongeant le front avec sa manche. Il faut diriger les créatures vers les conducteurs dont j'ai retiré les panneaux de protection. Si vous arrivez à les projeter là-dessus, elles seront cuites.

Il se dirige vers l'autre extrémité de la pièce pour nous montrer d'autres types de machinerie.

— Ici, entre ces deux électrodes, je vais être en mesure de créer des arcs électriques, ou des éclairs, si on veut. Ce sont des surtensions temporaires qui vont créer un chemin dans l'air, comme un éclair. L'arc aura une température de 19 000 degrés Celsius. Il n'y a pas de pardon avec ce genre de chose. Alors, tenez-vous loin de ces deux points et amenez la viande à rôtir le plus près possible entre les deux pôles.

Noah avale sa salive de travers dans un petit toussotement.

— Justine, il n'y a pas de gicleurs ici, donc si tu veux utiliser ton pouvoir, il faudra t'approvisionner avec ceux du corridor. De grâce, évite d'envoyer de l'eau près des appareils électriques. Sinon on risque tous d'être électrocutés.

C'est à mon tour d'avaler de travers. Je me rends compte que les risques sont plus élevés que dans l'atelier de grand-mère. Un faux mouvement, une éclaboussure et, on sera tous foudroyés. Je ferais mieux de me servir de mon don qu'en dernier recours. Je regarde l'arme que je tiens dans ma main. Cette fois, je ne pourrai pas m'en sortir. Je devrai me défendre et tuer, ou mourir moi-même. Le couteau semble tout à coup beaucoup plus lourd qu'il ne l'était.

En relevant la tête, j'entends un long cri continu dans le fond du couloir. On dirait le cri de détresse d'une personne qui tomberait du haut d'un précipice. Je reconnais la voix d'Elliot qui s'amplifie à mesure qu'il gagne du terrain vers nous. Ça y est, la bataille va commencer.

Victor serre ma main pour me souhaiter bon courage. Il se place devant moi pour me cacher. J'apprécie son geste, mais, dans quelques secondes, nous devrons bouger pour nous défendre et je serai à découvert. Je devrai compter uniquement sur moi-même pour affronter les bêtes. Mes mains tremblent et je resserre ma prise sur le couteau.

C'est un Elliot hors d'haleine qui se pointe en premier dans le cadrage de la porte, suivi de très près par la meute de chats maléfiques. Ils bondissent de part et d'autre dans la pièce. En une nanoseconde, ils sont partout autour de nous.

Victor assène le premier coup en plantant son couteau dans la poitrine d'un félin qui s'étale sur lui. Le sang de la bête éclabousse mon visage lorsqu'elle tombe au sol. Je réprime un haut-le-cœur en m'essuyant avec le revers de ma manche.

Alors que Victor se penche pour retirer son arme de sa victime, une autre bête en profite pour lui planter ses griffes dans le bras. Son hurlement de douleur provoque, en moi, une poussée d'adrénaline. Sans réfléchir, j'enfonce mon poignard au milieu du dos de la bête et le retire aussitôt. Celle-ci s'effondre de tout son long. Un mélange de dégoût et de satisfaction m'habite. Je suis reconnaissante envers Victor pour ses leçons de combat qui ont su aiguiser mes réflexes.

Du coin de l'œil, j'aperçois Noah tenter de repousser le matou devant lui avec son épée. Ses mouvements sont timides et son attaque, peu convaincante. À ce rythme, il ne tiendra pas longtemps. Je m'en veux de l'avoir entraîné dans cette histoire. Un autre chat se jette sur son dos et s'accroche à son sac. Il se sert de son autre main pour lui balancer des coups de marteau à l'aveuglette.

C'est Elliot qui le libère de son fardeau en lançant un couteau qui se plante dans le cou du matou. Celui-ci glisse le long du corps de Noah avant de choir sur le béton.

— Si tu restes sur place à faire le boulet, tu es mort. Allez, magne-toi et attaque ! crie-t-il.

Cette intimation lui fait l'effet d'une bombe. Je vois l'éclair du guerrier jaillir dans les yeux de mon ami qui se place en position de combat. Il esquive deux coups de griffes et enfonce son épée dans le bas du ventre de la bête devant lui. Il se retourne et fonce sur la cible suivante.

Victor et moi maintenons la cadence et abattons avec vigueur chacune des bêtes qui s'en prennent à nous. Victor pourrait combattre deux bêtes à la fois, comme le font ses frères à côté de nous, mais il préfère me protéger. Lorsque nous venons à bout de nos assaillants, nous allons prêter main-forte à Simon.

Elliot se démène contre son agresseur qui lutte avec ardeur. Noah retire son épée de sa dernière victime et s'élance vers Elliot, en brandissant son marteau dans les airs et en criant de fureur. D'un coup, il fracasse le crâne de l'animal et la bête s'effondre au sol.

— Mec, on dirait presque que tu commences à y prendre goût ! lance Elliot à Noah.

— J'ai jamais aimé les chats ! réplique-t-il en essuyant son marteau plein de sang sur son pantalon.

— J'espère que tu aimes encore moins les mutants...

Noah se retourne vers la porte et aperçoit la horde de mutants qui débarquent dans la pièce, armés jusqu'aux dents.

— Simon, c'est l'heure de mettre toute la puissance! crie-t-il.

La vision de toutes ses créatures qui foncent dans le laboratoire me tétanise. Elles sont beaucoup plus nombreuses que nous. Elles sont si terrifiantes, que mes genoux flanchent et se mettent à trembler.

Victor ne fait ni un ni deux, il charge un mutant et engage un combat à l'épée. Le claquement des épées retentit dans toute la pièce. Il entraîne habilement son adversaire en reculant vers les conducteurs électriques sous tension. Noah et Elliot l'imitent et foncent à leur tour sur une cible.

— Justine, par ici! crie Simon, agitant sa main pour m'indiquer son emplacement.

Je sursaute et tourne la tête. Il se tient devant la machinerie qu'il compte utiliser pour créer des arcs électriques. Je rassemble mon courage et fonce vers le mutant qui se tient non loin de là. Il est si grand, mais mon instinct de survie prend le dessus. À coups d'épée, je le force à reculer dans cette direction. La puissance de ses ripostes est telle que je dois prendre mon arme à deux mains pour contrer ses attaques. Chaque fois que j'abats mon épée, un cri sourd sort de ma gorge. Le combat m'épuise et je sens la fatigue s'installer. La sueur ruisselle sur tout mon corps. Je redouble d'ardeur alors que je m'approche du but.

Au moment où je crois atteindre l'objectif, un deuxième mutant surgit aux côtés du premier. Je m'efforce de bloquer les coups des deux épées qui s'abattent en même temps sur moi, mais avec de plus en plus de difficulté, car mes agresseurs sont plus grands et plus forts que moi. J'évite d'abord un coup destiné à me trancher la gorge, mais une des épées réussit à me blesser. La lame m'effleure en me laissant une longue éraflure au cou. La douleur est aigüe et un filet de sang se met à couler. Je fais, d'urgence, un pas en arrière tandis qu'une lame remonte sur ma cuisse déchirant mon pantalon et ma chair en dessous. La blessure chauffe comme une brûlure. Je vacille, mais tente de garder l'équilibre.

L'angoisse monte d'un cran, je ne pourrai pas tenir le rythme longtemps. Je ne fais pas le poids contre ces deux bêtes. J'encaisse un coup sur le bras, lorsque j'entends un bruit. Simon a abaissé l'interrupteur de la prise de 600 volts. Un éclair d'arc explose du conduit et l'arc électrique se forme dans les airs.

L'explosion est fulgurante et l'éclair atteint de plein fouet les deux mutants devant moi. Je suis projetée au sol, quelques mètres plus loin, et mon épée glisse dans la direction opposée. Ma tête heurte le mur et ma vision se brouille quelques secondes. Ma vue revient à temps pour voir les bêtes convulser avant de s'enflammer et de s'écrouler sur elles-mêmes.

Je me retourne vers Victor. Il est en mauvaise posture. Une autre créature s'est jointe au premier combattant et il arrive de peine et misère à éviter leurs coups violents dirigés vers sa poitrine. Il dévie une attaque, mais la pointe de l'épée pénètre son épaule. Il pousse un cri étouffé et son visage se crispe. Mon cœur s'arrête en voyant sa souffrance.

Victor, dans un effort surhumain, recule de plusieurs pas pour entraîner ses assaillants à sa suite. À la toute dernière seconde, il amorce une feinte en plongeant sur le côté. Les deux mutants, ayant engagé un coup d'attaque, foncent tête première sur les conducteurs électriques. Ils s'enflamment comme deux immenses boules de feu. L'odeur de la chair grillée empeste la pièce tandis que les restes des bêtes continuent de brûler.

J'entends une autre décharge plus loin et je constate, du coin de l'œil, qu'Elliot a aussi poussé une créature sur les conducteurs, et qu'elle est déjà calcinée. Il se joint ensuite à Noah qui a du mal à tenir tête au mutant qui s'acharne sur lui. À deux, ils font reculer la bête vers Simon.

Au dernier moment, une autre créature débarque et ils doivent se séparer pour combattre le tandem. Elliot dirige le combat de manière à ce que la nouvelle créature se retrouve dos à l'autre. Lorsqu'elles se trouvent entre les deux électrodes, Elliot donne le signal à Noah et les deux s'éloignent de là au plus vite. Au même moment, Simon active la décharge électrique. L'éclair fouette les deux mutants et ceux-ci se désagrègent à une vitesse impressionnante.

Soudain, une ombre se dresse au-dessus de moi. Un mutant a profité d'un moment où j'avais baissé ma garde et tenté de reprendre mes esprits pour apparaître devant moi. D'un geste nerveux, je tâtonne le béton froid à la recherche de mon épée. Je ne trouve rien. Je balaie la pièce du regard et constate qu'elle gît à plusieurs mètres de moi. Je suis par terre, en position de faiblesse, et je suis désarmée. Au dernier instant, je me recroqueville sur moi-même.

— Justine, les gicleurs! crie Victor qui lutte avec une créature, non loin de moi.

Oui. Les gicleurs. Je pose mon regard sur le plafond du corridor et me concentre sur la fine bruine qui en sort. Suis-je capable de contrôler le flot en toute sécurité? Je me lève d'un bond et chasse cette pensée. Ce n'est pas le temps d'hésiter. En moins de deux, j'arrive à créer un puissant filet d'eau et le dirige sur mon agresseur. Celui-ci se fait emporter par le torrent et se retrouve plaqué contre le mur devant moi. Il se débat avec vigueur pour s'extraire du jet. Je ne pourrai pas le tenir longtemps en place.

Je distingue sur la gauche un gros bac de métal d'environ un demi-mètre de haut qui contient du matériel électrique. Je dirige le jet vers celui-ci et l'eau s'y déverse comme si l'on remplissait un bain. Noah, qui devine ma stratégie, se joint à moi pour forcer le mutant à se replier vers le bac. Après quelques pas, il se bute à la bordure de métal et bascule dans le bac déjà rempli à rebord. Il est rapidement submergé. Noah saute dans le bassin pour le transpercer de plusieurs coups de couteau en plein cœur. Je soupire de soulagement. Un autre de moins…

Entretemps, Elliot et Victor ont réussi à faire griller d'autres bêtes sur les conducteurs sous tension et s'acharnent sur les dernières. Elles ont l'air conscientes que c'est leur dernière chance et attaquent sauvagement les deux frères. L'une d'elles abat avec férocité sa lame sur Elliot. Il bloque le coup avec son épée, mais l'élan est si puissant que l'épée est éjectée de ses mains et vole un moment avant d'atterrir sur le sol, plus loin. Il est désarmé et la bête fonce droit sur lui.

Alors que je crois le prochain coup fatal, Noah surgit par-derrière et enfonce son couteau dans le dos du mutant. Celui-ci s'affaisse instantanément aux pieds de Noah. La créature demeure immobile pendant que Noah la contemple avec dégoût. Dans un dernier sursaut, elle se retourne et plante son épée dans la cuisse de Noah avant de s'effondrer à nouveau.

Noah se met à hurler et tombe à genoux. Il se tortille de douleur tout en essayant d'extraire l'épée de sa cuisse, sans succès.

Elliot se précipite à ses pieds.
— Laisse, mec, je vais le faire. Je te jure que tu vas m'aimer encore moins après ça…

Il entoure de ses deux mains le manche de l'épée et tire de toutes ses forces pour la retirer. Noah hurle à nouveau lorsqu'Elliot réussit à l'ôter. Le visage de Noah est blanc et couvert de sueur. Elliot l'aide à se relever et lui offre son épaule comme appui. Noah essaie d'articuler quelques mots à travers sa respiration saccadée.
— Si… tu… t'avises de me traiter… de boulet, je te fais la peau!
— OK, on se calme, mec. T'es un vrai guerrier!

Je me rue vers Victor pour l'aider à contenir la dernière bête. Il combat d'une seule main et son visage est crispé de douleur.

Son épaule le fait souffrir. Je prends part au combat et l'aide à détourner les coups avec mon long couteau.

— Amenez-le ici ! s'écrie Simon prêt à faire jaillir un autre arc électrique.

J'amorce un pas de recul pour diriger la créature vers Simon, mais un cri retentit :

— Non ! Je vous interdis de cramer celui-là aussi, ordonne Elliot.

Il aide Noah à s'asseoir près du mur et me bouscule ensuite au passage.

— Laissez-moi m'en charger, je vous avais dit que je voulais m'occuper des mutants ! lâche-t-il d'un ton sans retour.

Elliot s'approche avec son fusil tranquillisant et le pointe vers le mutant.

— Même si tu me tues, vous ne vous en sortirez pas vivants…

La voix ténébreuse de la bête me fait sursauter et je serre le bras de Victor sans réfléchir. Celui-ci grimace de douleur.

— Tu vois ? C'est avec moi qu'il veut traiter, dit Elliot en pesant sur la détente.

La fléchette s'enfonce dans son cou en plein dans la veine jugulaire. La bête s'effondre sur elle-même. Elliot approche du mutant, lui tourne la tête avec le bout de son épée et l'examine un moment. Il se penche, soulève l'animal et le bascule sur son épaule.

— Mais, qu'est-ce que tu fais ? demande Simon, sous le choc.

— Je l'amène avec moi, je connais un mec qui paierait cher pour m'aider à faire son autopsie...

— Tu es vraiment plus fêlé que je l'imaginais...

— Simon, on n'a pas le temps pour les chicanes de famille. Occupe-toi de Noah, il vaut mieux s'éloigner d'ici au plus vite, ordonne Victor. Les pompiers arriveront d'une minute à l'autre, et qui sait, quoi d'autre...

Chapitre 59

JUSTINE
An 2016

En sortant de l'immeuble, nous fonçons tout droit vers le boisé. Simon et Noah nous suivent en retrait. Avant même qu'on puisse s'y engouffrer, un puissant tourbillon de sable s'élève du sol. Le tumulte qu'il crée est si intense qu'il nous fait tous tomber à la renverse. Noah, souffrant, pousse un cri dans sa chute. Nous devons placer nos mains devant notre visage pour nous protéger.

Un individu apparaît à travers la poussière. C'est l'homme d'origine chinoise qui garde le boulon dans le bureau de la Société des Sept Gardiens. Je crois que je pourrais reconnaître ce regard terrifiant à travers toute la population asiatique de la planète. La balafre dans son cou confirme mes soupçons.

— Vous ne pourrez pas vous échapper, le maître est en route et il vous retrouvera, dit-il, levant les bras devant lui.

La terre se soulève du sol de plus belle et le tourbillon s'intensifie. Serait-ce possible qu'il possède, lui aussi, un don ? Un don avec la terre ? J'aurais dû y penser. Après tout, il a gardé le boulon, tout ce temps. Il a dû être en contact direct avec l'objet à un certain moment. La terre aspirée vers le haut crée un cylindre de protection hermétique autour de lui, ce qui nous empêche de nous approcher pour le neutraliser. À cinq, nous aurions eu un avantage sur lui, mais le remous du tourbillon est si puissant qu'il nous repousse. La force centrifuge contribue à exercer un effet d'éjection.

Le vent intense, les résidus de terre et de débris, qui s'élèvent du sol, nous empêchent de bien voir. Je sors mon masque, et les autres m'imitent. Cela nous permettra de respirer à notre aise et de ne pas avoir les yeux remplis de sable.

— Justine, Elliot, par ici ! crie Victor, derrière nous.

Le rugissement du vent rend les communications difficiles. Il a rejoint Simon et Noah.

Nous tentons de nous approcher d'eux, mais je sens le tourbillon se déplacer dans ma direction et s'enrouler autour de moi. J'essaie de franchir ce mur de poussière, mais en vain. Je suis prisonnière d'un typhon de sable et celui-ci se referme sur moi. L'espace diminue de plus en plus, et je me sens comprimée.

Les autres semblent se débattre dans un cylindre de vent et de terre, pareil au mien. Nous sommes tous prisonniers de notre propre tornade. Noah, qui est toujours appuyé contre l'épaule de Simon, s'est retrouvé dans le même cercle que lui.

La silhouette du Chinois se dirige vers moi, et mon cœur cesse de battre. Il ne faut pas qu'il m'atteigne. Il ne doit pas reprendre le boulon.

— Justine! Derrière toi! hurle Victor à travers le vacarme du vent.

J'exécute avec difficulté un demi-tour sur moi-même. Je me concentre pour regarder à travers les vagues de sable qui virevoltent. Lorsqu'une vague de sable moins dense passe devant mes yeux, je distingue une affiche jaune sur un poteau, non loin de moi. Je plisse les yeux, comme si cela pouvait m'aider à voir plus clair. Soudain, entre deux vagues de sable, la barrière de débris s'amincit et je peux entrevoir de quoi il est question : une borne-fontaine. Excellent! Si j'arrive à y puiser l'eau et à activer mon pouvoir, la situation pourrait tourner à notre avantage. J'essaie d'avancer dans cette direction, mais je reste clouée sur place. Impossible de me déplacer avec mon typhon.

Tout à coup, une main traverse ma barrière de sable et m'accroche un bras. Une main forte et puissante. Je sursaute et ma respiration s'accélère. C'est lui! Il m'a eue! J'essaie de me défaire de son emprise, lorsque je reconnais la main qui me tient. C'est celle de Victor. Je la reconnaîtrais parmi des centaines. Il m'attire vers lui et lorsque nos deux tourbillons se touchent, les deux barrières s'effritent et se fondent en une seule. Je me retrouve donc au centre du même tourbillon que lui.

— Il faut amener les autres avec nous. Notre seule chance est de canaliser nos énergies.

Ensemble, nous tentons de toutes nos forces de faire avancer notre cercle vers Elliot qui se trouve non loin de nous. Dans un élan combiné, nous donnons un coup de poing et pénétrons sa barrière. Nous l'agrippons chacun par un bras et tirons. La tâche est ardue, comme si quelque chose exerçait une résistance supplémentaire.

— Justine, il faut synchroniser nos mouvements, dit Victor. Je vais compter jusqu'à trois et on tire. Un, deux, trois…

Lorsqu'il surgit dans notre anneau de protection avec le corps du mutant sur son dos, je comprends ce qui augmentait le degré de difficulté. Il le pose par terre, se racle la gorge et s'empresse de nous donner des instructions.

— Il faut se mettre à trois et pousser cette barrière pour rejoindre la borne-fontaine.

— Qu'est-ce qu'on fait de Noah et Simon ? dis-je, inquiète pour nos amis.

— Ils vont tenir le coup. L'intérêt de l'Asiatique est ici, sous ta veste ; il va les laisser tranquilles, réplique Victor.

Je jette un coup d'œil derrière et vois que l'homme se rapproche de nous. Ils ont raison. Nous devons agir vite et n'avons pas le temps d'aller les chercher. Nous nous mettons à la tâche. Celle-ci n'est pas simple, mais au bout de trois essais, je sens enfin que nous progressons vers notre but. Deux poussées supplémentaires nous permettent d'arriver au pied de la précieuse source d'eau. Il ne nous reste qu'à trouver un moyen de rompre la barrière pour faire entrer la borne-fontaine dans notre cercle.

Elliot soulève le mutant du sol et nous devinons ses intentions. Nous tenons la bête à trois et fracassons la barrière comme si nous enfonçions une porte avec un énorme tronc d'arbre. La barrière se brise un instant et je me jette sur la borne-fontaine.

Le mur de vent se reforme aussitôt. Cette fois, nous sommes tous les trois à l'intérieur avec l'arme qu'il nous faut pour contrer cette tempête.

Elliot dévisse un embout et l'eau se met à couler par terre. C'est à moi de jouer. Je ne peux pas manquer ma chance. Je prends une grande inspiration et place mes mains, paumes vers le ciel. J'amorce un mouvement vers le haut pour faire monter l'eau en une grosse fontaine de plusieurs mètres. L'eau qui se déverse du sommet imbibe la terre qui tourbillonne autour de nous. Une épaisse boue se forme au contact de l'eau pour retomber ensuite sur le sol. En l'espace de quelques secondes, nous sommes délivrés de cette barrière surnaturelle.

J'essuie la boue qui macule mon visage et cherche où se trouve notre assaillant. Je le repère alors qu'il soulève de la terre en prévision de sa prochaine offensive. Des bandes de pelouses entières explosent du sol, partout autour de lui, et la terre jaillit en geysers.

J'attaque la première et déploie une puissante trombe d'eau. Le gigantesque courant inonde les geysers et les transforme en coulées de boue. Les geysers rabattus au sol submergent maintenant notre agresseur. L'emplacement où il se tient est vite transformé en sables mouvants.

Ses pieds s'enlisent dans la boue qui continue à se former avec le torrent que je déverse. Il ne faut que quelques secondes pour que celle-ci lui monte jusqu'aux genoux. Il tombe à la renverse et la moitié de son corps se trouve enseveli sous la pâte boueuse.

Il tente de lever les bras pour se dégager de cette vase, mais un effet de succion l'enfonce de plus belle.

Je continue à faire monter la boue pour recouvrir l'ensemble de son corps, afin qu'il ne puisse plus bouger du tout. Mon don s'est développé de manière exponentielle et la présence du boulon accentue mes performances. Je me sens puissante et je ne peux plus m'arrêter.

— Justine, arrête! hurle Victor. Ça suffit! Il ne peut plus rien faire contre nous! Nous devons fuir avant que le Diable se mette de la partie!

Je regarde l'homme qui gît dans la boue. Seuls son nez et ses yeux émergent de l'amoncellement de vase. Un peu plus, et je tuais cet homme.

— À ta place, je l'aurais achevé, dit Elliot, replaçant le mutant sur son dos.

— La ferme, Elliot, tirons-nous d'ici, réplique Victor.

Nous rejoignons nos amis et courons vers la voiture de Victor. Nous enjambons les carcasses des chats qui sont encore immobiles sur le pavé du stationnement. Je tire sur la manche d'Elliot pour le forcer à s'arrêter.

— Eh! Tu n'avais pas dit que tu appellerais la SPCA pour qu'ils viennent récupérer ces bêtes?

— Euh... Non, ça ne sera pas nécessaire, dit-il, déambulant à travers les bêtes et enlevant les fléchettes rouges qui sont encore visibles.

— Mais, pourquoi?

— Parce que, lorsque j'ai pris le matériel à la clinique, j'ai opté pour un petit changement de dernière minute.

— Quel changement?

— Au lieu de prendre le fluide pour endormir, j'ai décidé de prendre celui que les vétérinaires utilisent pour euthanasier...

— Donc, ils sont tous...

— Yep, finito!

Mon cerveau assimile cette information pendant une nano-seconde et je cherche quoi répondre. Rien. Il n'y a rien à répondre à cela. Ils sont tous morts.

— Dépêchez-vous, il faut partir d'ici, crie à nouveau Victor qui nous a devancés de plusieurs dizaines de mètres.

J'aide Simon à porter Noah et, dès que nous atteignons le stationnement, je le laisse et me dirige vers la voiture de Victor déjà remplie. Nous avons de quoi tenir plusieurs jours au chalet de Noah. Plusieurs sacs de vêtements et de provisions s'entassent les uns sur les autres dans le coffre.

— Justine! Attends! crie Noah, qui s'avance vers moi en boitant.

Il se déplace péniblement. Il me tend la clé de son chalet, me fixe un moment et, enfin, se jette dans mes bras.

— Sois prudente! Je... Je... Je t'aime, Justine, ajoute-t-il, à ma grande surprise.

Cet élan d'affection me fige sur place. Même si nous sommes les meilleurs amis du monde, nous n'avons pas l'habitude de tels témoignages d'amour. Je me dégage doucement de son étreinte.

— Euh... moi aussi, Noah, que je balbutie. Toi aussi sois prudent, et merci pour tout. Tu es mon meilleur ami et je suis reconnaissante de tout ce que tu fais pour moi.

Son visage se crispe comme si les paroles que je venais de prononcer lui laissaient un goût amer dans la bouche.

Je suis déstabilisée, car, pour la première fois de ma vie, je n'arrive pas du tout à lire ses pensées. Qu'est-ce que j'ai dit de mal pour provoquer cette réaction? Je ne saurais le dire, mais, chose certaine, je sais qu'il y a quelque chose qui cloche. Quelque chose qu'il ne veut pas me dire. Est-ce le fait que Victor reste avec moi et qu'il a obtenu le second rôle?

— Justine, il faut déguerpir, on va encore avoir de la visite si on reste ici, dit Victor, pressant l'épaule de Noah en guise de salutations.

Il a raison. Il est dangereux pour tous de s'attarder ici. Victor et moi devons amener le boulon loin d'ici. Je trouverai bien un autre moment pour lui tirer les vers du nez !

— Partez au plus vite! On se voit bientôt, que je précise à Noah en m'éloignant.

— À bientôt, me répond-il en soutenant mon regard avec insistance.

Son visage est sévère et, à la limite, je pourrais dire qu'il semble en colère malgré ses paroles de tendresse. Cependant, à travers cette colère, ses yeux semblent me supplier de rester. Ma gorge se serre. J'ai l'impression qu'il me demande de choisir entre l'amour et l'amitié. C'est à ce moment précis que je me rends compte que ce qui le tracasse est d'une ampleur encore plus grande que je ne l'avais imaginée.

Chapitre 60

JUSTINE
An 2016

Le soleil se lève à peine. L'horizon est teinté d'une lueur blanc-jaunâtre. Je suis venue si souvent ici pour profiter de la neutralité de cet endroit, mais cette fois-ci, je n'ai pas besoin de son effet apaisant. J'ai enfin trouvé ma place. Je ne suis plus déchirée entre deux mondes, deux vies, comme je l'étais auparavant. Je suis ancrée dans cette vie qui est la mienne; celle qui me fera cadeau d'enfants, de petits-enfants et de toute une descendance à chérir.

J'ai couru le plus vite que j'ai pu. Les battements de mon cœur sont si forts que j'en ressens les pulsations dans les veines de mon cou et dans mes tempes. Je m'accroupis sur la plate-forme pour écrire mon message, mais je me rends compte que je n'ai pas d'eau avec moi. Enfin, oui... il y en a.

Je regarde le courant du fleuve sous le tablier du pont et fais jaillir un long et mince jet jusqu'à moi. Celui-ci se répand sur le métal en m'éclaboussant. Je touche mon ventre et sens, sous mon manteau, l'objet circulaire qui fait décupler la puissance de mon pouvoir. C'est le boulon qui m'apporte cette nouvelle force.

— Justine, fais vite! me crie Victor, de la voiture qu'il a immobilisée sur la voie routière.

Les phares d'urgence clignotent pour signaler son arrêt, même s'il n'y a pas de voitures à cette heure du matin.

J'inscris mon message en un rien de temps. Seulement deux syllabes. Deux minuscules syllabes, mais qui ont une si grande signification:

«Je l'ai»

J'ai le boulon. Il est en ma possession. Je suis tellement heureuse d'annoncer cette nouvelle à Elsa. C'est un nouvel espoir. Cette victoire atténuera la puissance du Diable, tandis que je vais augmenter la mienne. Je sens déjà grandir cette force en moi. J'en aurai besoin, car le plus dur reste à faire. Si je veux sauver les miens, je dois trouver le moyen de renverser le sortilège. Je sais que sur mon chemin, tôt ou tard, il faudra que j'affronte le Diable. Je n'aurai pas le choix. C'est à moi que revient la tâche. Le pouvoir de l'eau doit se mesurer à celui du feu de l'enfer.

Je suis, ici, accroupie sur ce pont et constate à quel point cette tâche est colossale. Je ferme les yeux et soupire. Des images défilent dans ma tête. Des images que j'avais refoulées dans mon cerveau et qui surgissent, ici, en ce moment.

Les images de cette jeune fille agenouillée, de dos, sur le pont, en train d'écrire sur le métal, tandis que de la lave coule sous le tablier du pont. Soudain, tout s'éclaire. Je sais qui elle est. Non. Je *sens* qui elle est. C'est ma petite-fille, Elsa. C'est bien *elle*. Mon cœur s'emballe.

Je l'ai vue lorsque je faisais glisser mon doigt sur le sillon du boulon. J'y ai vu des images du passé, mais j'y ai aussi vu des images du futur; les images de *son* futur.

J'ouvre les yeux et la lumière inonde ma tête, comme une révélation. Tous les liens se rattachent. Le boulon peut montrer des images du passé, et il peut montrer des images du futur. Il a permis à Alice de voyager dans le passé. Il me montrera le chemin que je dois suivre maintenant...

J'ai promis à ma grand-mère que je n'utiliserais pas le boulon pour aller dans le passé et je tiendrai ma promesse.

Mais, je n'ai rien promis concernant le futur...

J'esquisse un sourire d'espoir et inscris, sur le métal, la promesse que je lui fais à *elle*.

« Elsa, je vais venir te sauver ».

FIN

ARBRE GÉNÉALOGIQUE
de JUSTINE SAINT-LAURENT

12 SEPTEMBRE 1916 M. Joseph Fortin, arrière-arrière-grand-père de Justine et contremaître du pont de Québec, scelle un pacte avec le Diable.

23 SEPTEMBRE 1917 Lors de la cérémonie religieuse, en bordure du pont, et la pose du boulon d'inauguration, Joseph Fortin dupe le Diable en lui lançant un chat noir au lieu de lui livrer une âme.

2 NOVEMBRE 1917 La femme de Joseph Fortin donne naissance à un garçon que l'on prénomme Gabriel, arrière-grand-père de Justine. Après l'accouchement, le Diable tue la femme de Joseph en guise de vengeance.

15 FÉVRIER 1944 La femme de Gabriel Fortin donne naissance à une fille du nom d'Alice. Le Diable tue la femme de Gabriel, ce dernier n'ayant pas respecté le pacte.

18 MAI 1969 Albert Bergeron, le mari d'Alice Fortin, tente de renverser le sortilège et meurt noyé dans le fleuve.

9 JUIN 1969 Alice Fortin donne naissance à Anne Bergeron.

4 JANVIER 1998 Anne Bergeron, épouse de Charles Saint-Laurent, donne naissance à Justine Saint-Laurent. Cet accouchement provoque la grande crise du verglas.

PONT DE QUÉBEC : FAITS MARQUANTS

2 OCTOBRE 1900   Pose de la pierre angulaire. Cérémonie grandiose marquant le début des travaux, en présence de Sir Wilfrid Laurier, premier ministre du Canada.

29 AOÛT 1907   Premier effondrement. La structure sud du pont de Québec s'écrase dans les eaux du fleuve. Bilan : 76 ouvriers décédés.

2 SEPTEMBRE 1907   Deuil national et funérailles publiques de tous les malheureux morts au pont de Québec. La cérémonie a lieu à l'église de Saint-Romuald.

QUELQUES MOIS PLUS TARD
  Un monument-épitaphe est érigé au cimetière de Saint-Romuald. Des pièces d'acier en forme de clocheton, retirés du fleuve après l'écroulement, ont servi à bâtir ce monument.

11 SEPTEMBRE 1916   Deuxième effondrement. La travée centrale se tord et s'engouffre dans le fleuve. Bilan : 13 morts et 14 blessés.

20 SEPTEMBRE 1917   À 16 h, les ouvriers terminent la pose de la dernière cheville qui maintient en place la travée centrale. Le pont est enfin terminé.

23 SEPTEMBRE 1917   Trois cérémonies religieuses soulignent l'issue heureuse de la pose de la travée centrale. L'une a lieu aux abords du pont sur la rive nord, l'autre, à l'église de Sillery et la troisième, à l'église anglicane de New Liverpool (Saint-Romuald).

22 AOÛT 1919   Inauguration officielle du pont par le prince de Galles.

CE MONUMENT-ÉPITAPHE A ÉTÉ
ÉRIGÉ À LA MÉMOIRE DES 76 VICTIMES
DÉCÉDÉES AU PONT DE QUÉBEC
LE 29 AOÛT 1907. IL FAISAIT PARTIE
INTÉGRANTE DE LA STRUCTURE ÉCROULÉE.

LA SOCIÉTÉ D'HISTOIRE
DE
SAINT-ROMUALD

Remerciements

J'aimerais d'abord remercier du fond du cœur mon éditrice, Émilie Lussier, qui a cru en moi dès le début de mon aventure littéraire. Sa passion et son énergie sont des complices extraordinaires. C'est un bonheur de plonger dans la merveilleuse famille Flic Flac. Merci à tous les collaborateurs qui ont travaillé sur ce livre.

Des remerciements à l'infini pour Martin, Samuel et Clara qui m'ont encouragée toutes ces années avec une confiance inébranlable. Sans vous trois, il m'aurait été difficile de tenir le coup et poursuivre ce rêve jusqu'au bout. Vous alimentez au quotidien ma persévérance et mon inspiration ! À Isabelle Chabot et Nancy Labonté, pour votre accompagnement à travers les hauts et les bas de cette aventure et pour avoir cru sans relâche que cette fiction deviendrait réalité. Votre présence et vos encouragements ont été précieux pour avancer.

Merci à tous mes premiers lecteurs pour votre temps et la générosité de vos commentaires : les jeunes de mon super public cible (Samuel, Gabrielle, Florence, Justine, Tania et cie...) et les moins jeunes (ma sœur Hélène et mes amies). J'aimerais souligner plus particulièrement le travail d'annotation de Gabrielle Paquet; merci Gab pour la pertinence de tes commentaires et la vérité toute crue ! J'aime ça ! Merci beaucoup à Léo Roy et son expertise en génie électrique qui m'a permis de cramer les bêtes diaboliques !

Justine et Simon, merci de me laisser emprunter vos noms et quelques traits de vos charmantes personnalités. C'est un petit clin d'œil pour vous signifier que je pense souvent à vous, mes chers filleuls. Finalement, et non le moindre, un merci tout spécial à Marc Fisher pour son temps précieux et ses conseils judicieux.

À propos de l'auteure

Sophie a grandi en cultivant son imaginaire à travers les ateliers d'écriture, le théâtre, la poésie et la lecture. Diplômée de l'Université Laval en administration, elle poursuit une carrière en gestion, marketing et expérience client. Au bout de quinze ans, sa passion pour la créativité la pousse à mettre ce besoin primaire au premier plan.

De retour à ses anciennes amours, elle s'affaire maintenant à gérer son imagination fertile entre deux lignes. Elle puise son inspiration dans les voyages, la nature, l'eau, le soleil et les doux moments en famille et entre amis, s'amusant à mettre en scène le réel à travers la fiction.

Suivez Sophie Huard, auteure, sur Facebook ou sur le site des éditions Flic Flac : www.flicflac.ca